UN SILENZIO FATALE

LE INDAGINI DELLA DETECTIVE KAY HUNTER

RACHEL AMPHLETT

CAPITOLO 1

Fu la mattina successiva a quella notte che trovarono il corpo mutilato.

Il parco era tranquillo alle sette, in netto contrasto con le luci intense e la musica assordante che avevano riempito l'aria fino a sei ore prima.

I due enormi palchi che erano stati montati in due giorni la settimana precedente erano silenziosi, le strutture a U delle luci che formavano un arco sopra di essi erano spente e, fortunatamente, ripulite dalla schiuma esplosa ormai secca e dai rotoli di carta igienica, considerando le buffonate della band australiana che era salita sul palcoscenico internazionale offrendo un'esibizione di punta il venerdì sera, e finita sui social media quella mattina.

Ora, il dolce cinguettio delle allodole si diffondeva nella leggera brezza estiva all'estremità più lontana del parco ondeggiante, punteggiato dal ritmico *toc-toc-toc* di un picchio.

Una tenue sfumatura di rosa e blu abbracciava l'orizzonte, attenuando i raggi più intensi del sole per qualche ora e spargendo una leggera rugiada sull'erba alta che minacciava di appassire se l'ondata di caldo fosse durata oltre il fine settimana.

Petali color lilla e bianco etereo punteggiavano l'erba, con il trifoglio selvatico che prosperava accanto a veccia e millefoglio, creando un profumo inebriante che attirava una miriade di insetti che ronzavano felici tra il fogliame, nonostante le picchiate dei rondoni e delle fringuelli. Alti ippocastani e faggi proiettavano ombre screziate sui vecchi sentieri per carrozze che attraversavano il paesaggio ondulato dell'antica tenuta di campagna, con le basi dei loro robusti tronchi disseminate di lattine di birra vuote.

In lontananza, vicino al parcheggio, una decina di agenti di polizia in uniforme, di recente addestramento, si aggirava intorno a uno dei chioschi alimentari che faceva buoni affari con caffè intenso e panini al bacon, mentre l'aroma di chicchi d'Arabica e grasso si diffondeva sopra i festivalieri ancora assonnati.

Una sottile fila di ragazzi sui vent'anni vestiti con magliette spaiate li osservava con sospetto dalla posizione della tenda accanto all'ingresso di un'associazione di consulenza sulle droghe, finché la loro attenzione non fu catturata da una giovane donna che ne emergeva, la cui esile figura veniva avvolta in un abbraccio rassicurante dall'uomo più vicino, prima di essere portata via.

Il campeggio accanto al parcheggio iniziava come un vasto arcobaleno di tende in poliestere di diverse forme e dimensioni che, dopo qualche centinaio di metri, lasciava il posto alle piazzole più costose e alla parte lussuosa tra le opzioni di alloggio. Qui, ondeggianti tele bianche ospitavano letti matrimoniali e bagni privati, con tappeti spessi di lana su misura che rivestivano i pavimenti impermeabili.

Agli agenti di polizia si unirono presto un gruppo di volontari della St John's Ambulance, un miscuglio di giubbotti ad alta visibilità arancioni e gialli si spintonavano per posizionarsi accanto ai tavoli a cavalletto allestiti con bustine di zucchero omaggio e bastoncini di legno per mescolare.

Altra robaccia da raccogliere più tardi, quindi.

Andrew Bressett voltò le spalle ai palchi temporanei e alle torri di luci, schioccando la lingua infastidito mentre usava una pinza telescopica di alluminio per recuperare un altro mozzicone di sigaretta da sotto un cespuglio spinoso.

Arricciò il naso, poi lasciò cadere l'oggetto incriminato nel sacco nero della spazzatura che portava.

I guanti che indossava offrivano un minimo di protezione da oggetti taglienti e germi ma, come ieri, si sarebbe spalmato le mani di sapone antisettico una volta che lui e gli altri volontari avessero finito.

«Gesù, un altro maledetto ago».

Si voltò al suono della voce femminile e vide Susie Hinsen che teneva con cautela una siringa usata tra le dita guantate.

«Lewis ha il contenitore per i rifiuti biologici», disse. «Ne ho già trovati tre stamattina».

«Io sto vincendo, questo è il mio quinto». Fece cenno a un uomo curvo sulla sessantina più avanti lungo il sentiero e attese che li raggiungesse. «Grazie, Lewis. Pensavo che ormai tutti prendessero pillole».

«Generazioni diverse», disse Andrew. «Ho sentito uno dei primi soccorritori dire ieri che quelli più anziani preferiscono ancora gli aghi, mentre i più giovani hanno troppa paura. Pensano che le pillole siano l'opzione più sicura».

Susie alzò gli occhi al cielo in risposta, poi infilò l'ago attraverso il foro a forma di buca delle lettere nella parte superiore della scatola e rivolse a Lewis un sorriso grato. «Come va la tua schiena?»

«Bene». Il sessantenne scosse il contenitore per rifiuti biologici, facendo tintinnare il contenuto. «Vado a svuotarlo».

Andrew osservò l'uomo più anziano allontanarsi trascinando i piedi, proteggendosi gli occhi dal riflesso sui parabrezza delle auto. «Ricordami di nuovo perché ho accettato di fare questo? Potrei essere a Brighton a fare windsurf in questo momento».

«Perché mi ami». Susie si alzò in punta di piedi, lo baciò e poi sorrise. «E poi, non c'è abbastanza vento».

«Non qui». Si asciugò la fronte con il dorso del braccio, poi osservò il sentiero che si snodava attorno a due faggi prima di scomparire oltre un leggero rialzo nell'erba. «Altri venti minuti, poi torniamo a prendere dell'acqua, che ne pensi?»

«Per me va bene. Il primo gruppo non sarà sul palco prima delle dieci; quindi, potremmo probabilmente fare un'altra ora prima».

Andrew gemette. «Fantastico».

Camminò con passo pesante dietro di lei, gli stivali di sicurezza con punta d'acciaio che lei aveva insistito perché indossasse raschiavano la terra secca e appesantivano i suoi piedi che già sudavano nel caldo mattutino.

A dire il vero, l'opportunità di fare volontariato al festival musicale in cambio di biglietti sovvenzionati era stata buona, solo che non aveva messo in conto le sveglie all'alba dopo aver fatto festa insieme a tutti gli altri partecipanti e poi aver cercato di dormire mentre la maggior parte dei festivalieri continuava i festeggiamenti.

Quando la sveglia del suo telefono era suonata alle sei, per poco non l'aveva lanciato fuori dalla tenda per la frustrazione.

Non sarebbe qui se non fosse per Susie.

Si frequentavano solo da quattro mesi ma era già affascinato da lei, e lei lo sapeva.

Ecco perché, quando avevano perso l'occasione di assicurarsi i biglietti tramite l'agenzia online e lei aveva suggerito un modo alternativo per entrare e vedere le loro band preferite, lui aveva accettato l'idea.

Infilzò un pacchetto di patatine in alluminio, chiedendosi per l'ennesima volta perché il gusto sale e aceto avesse *quel* colore di confezione di questi tempi, ed espirò.

A giudicare dalla pulizia di questa mattina, domani sarebbe stato peggio.

Alzando la testa per scrutare verso l'altro lato del parco, riuscì a vedere auto già in fila per entrare nell'area del festival, che si aggiungevano a quella che sarebbe stata una platea gremita per il concerto di stasera.

«Saranno fantastici», disse Susie, fermandosi per farsi scudo con la mano sulla fronte. «Lo so per certo».

«Spero che si siano esercitati. Sono passati quindici anni dall'ultima volta che si sono esibiti insieme su un palco, e non andò bene».

«Non era a Francoforte, dove Joey ha dato un pugno a Thommo dopo la quarta canzone?»

«Sì. A quanto pare Thommo aveva cercato di farlo inciampare per scherzo». Andrew sorrise. «Non mi sarebbe dispiaciuto essere invisibile quando è stato proposto questo tour».

Come previsto, il suono di una batteria percossa con colpi irregolari giunse fino a dove si trovavano, il dolce pendio della collina offriva una visuale chiara dei palchi. Un tecnico delle chitarre cominciò a strimpellare su e giù per la tastiera, i riff e i fill ben noti fornivano un potente miscuglio di ricordi.

«Come hai detto tu, forse hanno tutti bisogno di soldi». Susie indicò con il mento verso la siepe che costeggiava il sentiero in lontananza. «Dai, prima finiamo questo lavoro, prima possiamo tornare alla tenda e cambiarci».

«Hai ripensamenti sull'esserti offerta volontaria?»

Lei si avvicinò alla siepe aggrovigliata, il suono del suo raccoglitore di alluminio che colpiva il terreno arrivava fino a dove lui lavorava. «Mi fa male la testa. Oggi sto alla larga dal sidro, questo è sicuro».

Lui rise. «Te l'avevo detto che era forte».

Fermandosi accanto a un groviglio di agrifoglio e un cespuglio di prugnolo in fiore, allungò le pinze e afferrò un paio di mutandine abbandonate, girando il viso mentre le lasciava cadere nel sacco. «Cristo, certa gente».

«Ehi, pensi che dovrei consegnare questo?»

Alzò lo sguardo al suono della voce di Susie e la vide tenere in alto una sciarpa di cotone blu, del tipo che aveva visto indossare a molte donne la sera per proteggersi dal freddo mentre passeggiavano tra le varie tende del cibo e della birra.

Arricciando il naso, si avvicinò, notando il tessuto striato di sporco. «Non so, potrebbe essere lì da un po'. Dov'era?»

«Proprio qui, per terra». Lei la scosse, liberandola da un po' di sporcizia. «È di buona qualità. Credo che qualcuno l'abbia persa di recente. Anche se non fosse così, quelli degli oggetti smarriti potrebbero metterla insieme al resto per donarla dopo».

«Va bene, allora». La guardò mentre se la legava intorno alla vita per conservarla, poi sbirciò oltre le sue spalle, con lo sguardo attratto da qualcosa che rifletteva la luce del sole oltre i tronchi intrecciati della siepe.

Le passò accanto, non volendo distogliere lo sguardo dall'oggetto luccicante per paura di perderlo.

Qualcosa come una lattina o una confezione di patatine abbandonata, o…

«Santo cielo», riuscì a dire, prima di girarsi, con il dorso della mano sulla bocca mentre conati di vomito lo scuotevano.

«Che c'è?» Susie iniziò a camminare verso di lui, con la preoccupazione impressa nei lineamenti. «Tesoro?»

«Non avvicinarti», disse lui, con voce tremante. Tirò fuori il cellulare dalla tasca con mano tremante, afferrando il polso di lei con l'altra e trascinandola via, mettendo quanta più distanza possibile tra loro e i rovi spinosi. «Non guardare».

«Andrew, che succede? Mi stai spaventando».

La lasciò andare mentre la chiamata veniva inoltrata, lo stomaco si contrasse quando l'operatore rispose.

«H-ho bisogno della polizia», disse. «C'è una donna... C'è così tanto sangue... Credo che sia morta».

CAPITOLO 2

L'ispettrice Kay Hunter tamburellò le dita sul volante dell'auto di servizio argento, graffiata e ammaccata, e represse le prime parole che le vennero in mente.

Per cominciare, l'aria condizionata del veicolo aveva smesso di funzionare due giorni prima quando lei e il suo collega, il sergente detective Ian Barnes, erano rimasti bloccati sulla Sittingbourne Road dopo una riunione di quattro ore al quartier generale della polizia del Kent a Gravesend.

Poi, il meccanismo del finestrino elettrico si era rifiutato di funzionare quando avevano lasciato la stazione di polizia di Palace Avenue quella mattina, rinchiudendoli in un contenitore di metallo che li stava lentamente cuocendo mentre la fila di traffico avanzava a passo di lumaca.

Un maggio deprimente aveva lasciato posto a un giugno rovente, con la cittadina della contea invasa da turisti e i pub e le discoteche pieni fino all'orlo ogni notte mentre le persone iniziavano le loro vacanze estive.

Ancora poche settimane, e anche le scuole avrebbero chiuso, aggiungendo un altro elemento di disturbo al centro città con adolescenti annoiati in branco alla ricerca di facili distrazioni.

Kay si spostò la frangia dalla fronte con uno sbuffo e osservò oltre il parabrezza il giovane agente che presidiava un cordone di sicurezza eretto in fretta e furia, il viso arrossato mentre cercava di rimproverare una frequentatrice ubriaca del festival che era abbastanza vecchia da sapere come comportarsi.

«Dai, dillo» mormorò Barnes. «Ti sfido».

Il detective più anziano mise il telefono nella tasca della camicia e si arrotolò le maniche, una folata di qualsiasi deodorante stesse usando ultimamente arrivò fino a dove era seduta lei.

«Stanno facendo del loro meglio date le circostanze» disse lei.

«Parli proprio come un vero leader».

«Hmm».

Il giovane agente la notò in quel momento, le sopracciglia schizzavano verso l'alto prima di far passare altre due auto e chinarsi al suo finestrino.

Kay sospirò, aprì la portiera e attese mentre lui indietreggiava sorpreso.

«Non chiedere» disse lei. «Dov'è il cordone esterno?»

Lui si voltò e indicò oltre lo snack bar permanente del parco. «Se parcheggia lì, capo, e segue il sentiero prendendo la biforcazione a destra, troverà il detective Piper sulla scena del crimine accanto a un boschetto di alberi in cima alla collina. Il patologo è arrivato quindici minuti fa».

«Bene, grazie».

Kay sbatté la portiera e fece avanzare l'auto con cautela, guidandola attentamente intorno a un gruppo di quarantenni che indossavano una varietà di magliette con marchi che rispecchiavano i suoi stessi gusti musicali.

«Cristo, pensavo che quel gruppo si fosse sciolto anni fa» disse Barnes, allungando il collo per fissare uno di loro mentre passavano.

«Forse le casse pensionistiche avevano bisogno di un rabbocco».

«Non dirmi che suonano qui questo fine settimana?»

«Sì. Dovrebbero essere l'attrazione principale sul palco principale stasera». Kay fece una smorfia. «Sono contenta di non essere io quella che dovrà dire al loro manager che dovranno riprogrammare per un altro anno. Se dureranno così a lungo. Hai visto la foto del batterista sul giornale la settimana scorsa?»

Barnes ridacchiò. «Non dirmi, hai dato a Laura il compito di dirglielo, vero?»

«Ho pensato che il suo fascino avrebbe forse attenuato il colpo». Kay girò l'auto in uno spazio accanto a un furgone bianco sporco e spense il motore. «Cristo, Ian, bel modo di iniziare un fine settimana».

Allungò la mano, prese una giacca estiva leggera grigia dal sedile posteriore e scese, mettendosi al passo con il suo collega mentre camminavano oltre lo snack bar.

Una folla si era radunata accanto alla finestra di servizio, tutti gli occhi si voltarono a guardarli in modo inquisitorio, come se fosse colpa loro che il fine settimana fosse stato rovinato.

Una donna sui vent'anni con i capelli castani arruffati

lunghi fino alla vita, pantaloncini di jeans e un top verde inciampò verso di loro, con una bottiglia di alcopop mezza vuota in mano e una sigaretta rollata fumante schiacciata tra le dita della mano sinistra. «Dovresste fare qualcossha per rishholvere quessta situazione. Abbiamo pagato centinaia di sterline per i noshtri biglietti, shapete».

Kay indietreggiò davanti alla puzza di alcol e pelle non lavata, e allontanò la donna con un gesto. «Ci sarà un annuncio dal palco principale a tempo debito. E le consiglio di andarci piano con quella roba. Sarà una giornata lunga».

«Vaffanculo». La ragazza ringhiò, poi fece una piroetta e tornò barcollando dai suoi amici.

Kay strinse i denti. «In momenti come questo, vorrei che potessimo dirglielo. Almeno così sarebbero più cooperativi».

«Sarà su tutte le notizie prima di quanto pensi» disse Barnes.

Lei sbirciò oltre la spalla verso dove una troupe televisiva si stava posizionando accanto al traffico in coda, la presentatrice spingeva il suo microfono sotto il naso di possessori di biglietti inferociti che venivano allontanati. «Cristo, questa diventerà anche una notizia nazionale, vero?»

Il suo cellulare trillò nella tasca, e lei lo estrasse, sospirando al nome familiare sullo schermo. «Aspetta, Ian. Devo rispondere. Capo?»

«Siete già sulla scena?»

Il familiare tono brusco dell'ispettore capo investigativo Devon Sharp si sentiva facilmente attraverso l'altoparlante del telefono, e lei abbassò rapidamente il volume prima di seguire Barnes verso il sentiero che si allontanava dallo snack bar.

«Siamo appena arrivati, capo. I cordoni perimetrali sono stati installati, e la Stradale ha agenti qui che deviano i veicoli lontano dal sito. Sta richiedendo tempo a quanto pare, specialmente perché le persone vogliono una spiegazione che non possiamo dare loro».

«Ho parlato con il Commissario Capo. Ha accettato di rilasciare altri venti agenti da Ashford e Sevenoaks per assistere sulla scena...»

«Capo, con tutto il rispetto, è possibile verificare che siano esperti?» Kay si girò, rallentando mentre indietreggiava e osservava gli agenti appena qualificati che stavano cercando di calmare la folla sempre più irrequieta. «Le cose potrebbero degenerare da un momento all'altro qui».

«Manderemo anche quattro pattuglie a cavallo, allora», disse Sharp. «È ora che quei maledetti cavalli facciano un po' di esercizio. Sono abbastanza costosi da mantenere».

«Sarebbe ottimo, grazie». Si affrettò dietro Barnes, che aveva raggiunto il bordo della collina e la stava aspettando accanto al successivo cordone di nastro bianco e blu della scena del crimine. «Stiamo per indossare le tute, quindi le darò un altro aggiornamento tra un'ora circa».

«Resterò in attesa», disse Sharp. «Aspetteremo tue notizie prima di inviare il comunicato stampa, in modo da poter condividere più dettagli che aiutino nell'indagine».

«Grazie, capo».

Barnes alzò un sopracciglio quando lei lo raggiunse. «Manderà rinforzi?»

«E la cavalleria».

«Accidenti, deve essere andata bene la tua valutazione questa settimana». Sollevò il nastro perché lei si abbassasse per passare, poi si fermò mentre un agente in uniforme che conoscevano si avvicinava a loro, con una cartellina in mano. «Buongiorno, Aaron».

«Buongiorno». Aaron Stewart si tolse il cappello e passò la mano sui capelli castani corti che erano già umidi di sudore, poi porse la cartellina a Kay insieme a una penna nera. «Ispettrice, abbiamo creato un secondo cordone intorno alla scena del crimine, questo serve solo a tenere lontana la folla. Le due persone che hanno scoperto il corpo della donna sono state interrogate, e le abbiamo portate in una delle tende della St John's Ambulance per garantire loro un po' di privacy. Gavin ha pensato che lei volesse parlare con loro di persona prima di mandarli a casa».

«Bene, grazie». Kay scarabocchiò il suo nome e restituì il foglio di registrazione formale. «Dove abitano?»

«Lei è di Burnham, lui vive in quel nuovo complesso residenziale vicino alla strada di Loose». Aaron si mise la cartellina sotto il braccio. «Ho anche detto a un paio di agenti di iniziare a esaminare i sacchi di spazzatura che erano stati raccolti in questa zona prima che trovassero la vittima. Sembra che abbiano probabilmente raccolto alcuni dei suoi vestiti, una sciarpa, da qui il cordone extra nel caso ci fosse qualcos'altro in giro. Sto solo aspettando altri agenti così possiamo iniziare una ricerca minuziosa».

Kay annuì. «Sembra che tu abbia tutto sotto controllo. Dove vuoi che camminiamo?»

In risposta, Aaron indicò una linea di nastro che era stata appesantita con pietre, il cui percorso serpeggiante conduceva attraverso l'erba verso una piccola tenda bianca in poliestere. «Segua solo quello, ispettrice, Gavin ha messo alcune tute protettive di scorta nella tenda per voi».

Barnes guidò il cammino, entrambi persi nei loro pensieri mentre si affrettavano verso la tenda e si alternavano nell'indossare le tute bianche integrali sopra i vestiti.

Bilanciandosi su una gamba e poi sull'altra per tirare i copriscarpe di plastica sopra le sue scarpe basse, Kay si fermò per grattarsi il rivolo di sudore che si stava formando sotto il cappuccio, facendole prudere il cuoio capelluto.

Il sole ora stava tracciando un percorso feroce attraverso il cielo mattutino, e ci sarebbero stati diversi gradi in più prima che finisse qui.

Sentì voci mormorare oltre il lembo della tenda, lo aprì e trovò Barnes che parlava al telefono cellulare, con la fronte corrugata.

«Che succede?» disse quando lui terminò la chiamata. «Problemi?»

«La sede centrale potrà fornirci solo cinque impiegati amministrativi in più a partire da domani», rispose, rimettendo il telefono nella tasca della camicia e richiudendo la zip della sua tuta protettiva. «E due di loro sono collaboratori part-time, quindi potremmo perderli in qualsiasi momento».

«Porca mi…»

«Ispettrice, ha un minuto?»

Kay si girò sentendo la voce familiare e vide il detective Gavin Piper racchiuso in una tuta simile alla sua, marciare nell'erba verso di loro.

Mentre si avvicinava, si tirò indietro il cappuccio, i capelli normalmente a spazzola erano ora appiattiti contro la fronte, e c'era un'espressione determinata nei suoi occhi.

«Aaron ci ha raccontato della coppia che ha trovato la vittima», disse Kay. «Cosa hai scoperto su di lei finora?»

«Lucas pensa che abbia tra i venticinque e i trent'anni», disse il giovane detective. «Ovviamente non si impegnerà formalmente su nulla fino a quando non farà l'autopsia, ma ci sono segni di strangolamento intorno al collo e lividi sulla parte interna delle cosce...»

Si interruppe, con lo sguardo turbato, e Kay aggrottò la fronte.

«Che c'è, Gav?»

«Le sue dita, ispettrice. Chiunque le abbia fatto questo, le ha tagliato le punte delle dita».

CAPITOLO 3

Kay fissò il collega per un momento, sbalordita.

Il cinguettio musicale di un tordo canoro echeggiava intorno a lei, il suono rimbalzava tra i rami dei faggi che frusciavano nella brezza leggera che ora saliva lungo il pendio verso di loro, le note lievi in contrasto con il peso che le opprimeva il petto.

Con la gola secca, lanciò un'occhiata a Barnes per vedere un'espressione inorridita increspargli il volto.

«Ha dei lividi sull'orbita oculare e agli zigomi», disse Gavin, abbassando la voce a un mormorio. «Potrebbero essercene altri, ma Lucas è ancora con lei».

«Documenti d'identità?» chiese Barnes, con disperazione tangibile nella voce.

«Nessuno addosso. Indossa solo un vestito estivo. I due che l'hanno trovata, Susie Hinsen e Andrew Bressett, hanno trovato della biancheria intima là nell'erba dall'altro lato della siepe che nascondeva il corpo dal sentiero, e una sciarpa. Abbiamo anche trovato un paio di sandali gettati tra l'edera proprio vicino a quell'avvallamento nell'erba».

Gavin tirò il colletto increspato in poliestere della sua tuta ed espirò. «Non abbiamo ancora trovato una borsa, un telefono o altro. Le buste di rifiuti che stavano raccogliendo prima di trovarla sono state prese dagli investigatori della Scientifica per analizzarle, nel caso ci sia qualcos'altro che possa essere collegato a lei».

«A che punto è Lucas con l'esame iniziale?» chiese Kay.

«Ha coperto le mani per preservare eventuali tracce dell'aggressore. Ci sono schizzi di sangue lungo le braccia che potrebbero essere suoi, o forse del suo assassino se è riuscita a colpirlo».

«Solo tracce?»

«Il sangue sulle braccia e sulle mani è stato macchiato, capo, forse l'aggressore ha cercato di ripulirlo dopo, qualcosa del genere». Guardò oltre la spalla. «Speriamo di trovare ciò che è stato usato per farlo una volta ampliata l'area di ricerca, ma ho sentito che potrebbe volerci del tempo...»

«Aaron ha accennato che sta aspettando rinforzi, quindi la situazione potrebbe cambiare nel corso della mattinata». Kay guardò oltre lui verso il nastro della scena del crimine teso tra due paletti in acciaio inossidabile. «Ci vuoi mostrare di cosa si tratta?»

«Certo, seguitemi».

Gavin tornò faticosamente verso il cordone interno, con Kay che lo seguiva mentre lui si districava tra una serie di marcatori di plastica dai colori vivaci disposti lungo il sentiero delimitato.

L'erba alta frusciava contro il tessuto in poliestere della sua tuta, sfiorandole le gambe mentre si avvicinava a un gruppo di quattro investigatori della scena del crimine, con le teste chine mentre conducevano un'analisi meticolosa dell'area circostante.

Si sforzò di reprimere le emozioni, la rabbia per l'uccisione brutale di una donna. La disperazione per una vita umana stroncata, che ora rappresentava un campione biologico da registrare e analizzare per trovare le risposte che cercavano così disperatamente.

«Kay».

Lei sbatté le palpebre, scuotendosi leggermente mentre una figura si alzava in piedi, occhi marroni attenti che la guardavano da sopra una mascherina che nascondeva il resto dei suoi lineamenti.

«Lucas. Grazie per essere arrivato così in fretta».

«Era il mio fine settimana di riposo, ma date le circostanze...» Abbassò lo sguardo e sospirò. «Non potevo dire di no, vero?»

Kay si avvicinò, sentendo il respiro trattenuto di Barnes.

La donna giaceva sulla schiena, un braccio allungato lontano dal corpo come se avesse tentato di attutire una caduta, l'altro piegato in modo innaturale sotto il fianco. I suoi capelli rossi erano tagliati in un elegante caschetto lungo fino alle spalle, il colore vivace in netto contrasto con la tonalità grigio-bluastra della sua pelle. Tre borchie perforavano l'orecchio destro, ciascuna era una stella d'argento perfettamente disegnata, e una sottile cavigliera d'argento le avvolgeva il piede nel punto il cui era scivolato.

Poi lo sguardo di Kay si spostò sulle dita della donna avvolte in sacchetti di plastica protettivi, e fece involontariamente un passo indietro alla vista del sangue secco che le colava lungo le dita.

«Gavin vi ha parlato di queste, allora», disse Lucas. «Ho controllato: a ciascuna di esse è stata tagliata la punta, ma in fretta. Forse è stato fatto per rendere più difficile identificarla».

«Il suo assassino l'ha fatto prima o dopo...?» chiese Barnes, con voce roca.

«Non posso dirlo, non finché non avrò effettuato l'autopsia». Il patologo si accovacciò di nuovo e raccolse delicatamente la mano della donna, sostenendole il polso con le dita guantate. «Farò dei tamponi su queste ferite, nel caso ci siano tracce del suo assassino, ma...»

«Se chi ha fatto questo era determinato a impedirci di scoprire la sua identità, allora sarà stato anche attento a nascondere la propria», disse Kay. Aggrottò la fronte, i pensieri già si accavallavano. «Mi chiedo perché arrivare a tali estremi».

Lucas le lanciò un'occhiata, la pelle agli angoli degli occhi si increspò con una triste ironia. «Lascerò le risposte a questo tipo di domande a te, Kay. Nel frattempo, devo finire qui in modo che la squadra di Harriet possa mettersi al lavoro».

«D'accordo. Grazie. Quando pensi di poter fare l'autopsia?»

«Chiamerò Simon quando avrò finito qui e gli chiederò di controllare l'agenda. Il prima possibile la prossima settimana». Lo sguardo di Lucas tornò alla donna morta. «Avrà la priorità su qualsiasi caso ospedaliero, questo posso promettertelo».

Kay fece una pausa mentre Barnes si allontanava,

osservando i lineamenti brutalizzati della giovane donna, imprimendoli nella memoria.

Dopo un momento, strinse i pugni, poi si rivolse a Gavin. «Devo parlare con la coppia che l'ha trovata mentre tu finisci qui».

«Nessun problema, capo. Come dicevo, li abbiamo sistemati in una delle tende della St John's Ambulance lontano da occhi indiscreti. Stavo anche per organizzare un'auto per riportarli a casa, visto che ora ci sono anche i media».

«Per non parlare di tutti quelli con un telefono cellulare che posteranno sui social media nell'istante in cui fiuteranno cosa sta succedendo». Kay sospirò. «Non possiamo davvero permetterci il personale per fare da servizio taxi, ma sono d'accordo che abbia perfettamente senso date le circostanze».

«Ci penso io, capo. Andrò giù quando avrò finito qui. Dovresti avere tutto il tempo per parlare con loro».

«Va bene». Si voltò per andare, poi si fermò e guardò oltre la spalla. «E, Gav? Ottimo lavoro nell'organizzare tutto questo così rapidamente».

Lui si raddrizzò allora, liberandosi di un po' di stress dai lineamenti abbronzati. «Grazie, capo».

CAPITOLO 4

Nel momento in cui Kay e Barnes si liberarono delle tute protettive e le misero in un apposito contenitore per rifiuti biologici, tornarono al chiosco, la folla era aumentata considerevolmente.

La maggior parte delle persone aveva espressioni perplesse, alcuni parlavano con i volontari che si aggiravano con aria distratta, i loro movimenti nervosi mentre si tenevano occupati con compiti apparentemente banali, qualsiasi cosa pur di evitare il contatto visivo con i possessori dei biglietti.

Una delle troupe televisive aveva affrontato il trambusto, un cameraman e un tecnico del suono di fronte a un reporter che tentava di intervistare i possessori di biglietti frustrati mentre appariva decisamente fuori luogo nei suoi pantaloni eleganti e camicia. Manteneva un sorriso fisso mentre ascoltava due uomini che cantavano a squarciagola tra una risposta e l'altra alle sue domande, agitando lattine in aria e rovesciandosi birra addosso a intervalli regolari.

La donna che aveva fermato Kay in precedenza ora sedeva a gambe incrociate su uno dei tavoli da picnic in legno, gesticolando selvaggiamente con le mani mentre urlava contro uno degli uomini che le si affollavano intorno.

Una coppia con un bambino piccolo in passeggino si affrettava lungo il sentiero, l'uomo lanciò un'occhiata di traverso al reporter e alla folla crescente prima di alzare una mano per fermare Kay mentre passavano.

«Siete della polizia? Che succede?» disse. «Avevamo un pass famiglia per il festival ma qualcuno ha detto che è stato trovato un cadavere. È vero?»

Kay avvertì un brivido quasi impercettibile mentre le teste si giravano verso di loro, con espressioni curiose sui volti dei festaioli più vicini.

Il reporter abbassò il microfono e li fissò per un momento. Poi apparve un sorriso predatorio, e fece cenno al cameraman e al tecnico del suono prima di farsi strada verso di lei e Barnes.

«Al momento non posso rilasciare dichiarazioni», disse all'uomo e a sua moglie dall'aria preoccupata. «Gli organizzatori faranno un annuncio a tempo debito».

«I vostri colleghi hanno detto la stessa cosa un'ora fa», urlò un altro uomo dall'altra parte, con la pelle di un rabbioso colore rosa scottato dal sole. «Stiamo ancora aspettando, cazzo. Chi è morto?»

«Capo, da questa parte». Barnes fulminò con lo sguardo la troupe televisiva, bloccandoli sui loro passi, poi diede a Kay una leggera spinta, indicando una grande tenda blu di tela più vicina al parcheggio.

«Quei rinforzi e i cavalli è meglio che arrivino presto,

maledizione», disse a denti stretti. Imprecò quando il suo tacco si girò in una buca profonda, ringraziando con un cenno quando lui allungò la mano per sostenerla. «Le cose sono destinate a degenerare se questi non ricevono qualche risposta, e quel reporter non aiuterà di certo. Avremo bisogno di più personale per intervistare il maggior numero possibile di persone mentre escono, solo per assicurarci di ottenere nomi e recapiti».

Un volto familiare li accolse fuori dalla tenda, la sua altezza gli conferiva un'ulteriore aria di autorità e la sua postura era di massima allerta per chiunque fosse tentato di avvicinarsi. Annuì mentre si avvicinavano.

«Capo. Vuole parlare con la coppia che l'ha trovata?»

«Fra un minuto, Kyle». Kay abbassò la voce e lo prese da parte mentre Barnes prendeva il suo posto e fulminava la folla con lo sguardo. «Cosa le hanno detto finora?»

L'agente di polizia in prova Kyle Walker voltò le spalle alla folla prima di continuare, e Kay apprezzò il gesto, avrebbe impedito a qualsiasi potenziale lettore mimica facciale di origliare la loro conversazione.

«Sono entrambi scossi, come può immaginare», disse. «Ho fatto controllare le loro condizioni dai primi soccorritori quando li abbiamo portati qui, ma credo che lo shock iniziale stia iniziando a scemare. Hanno confermato che nessuno dei due ha riconosciuto la vittima e, dopo aver parlato con loro, ho verificato i loro alibi per le ultime ventiquattro ore. Tutto a posto da quel punto di vista. Per quanto riguarda il luogo in cui è stata trovata la vittima, il tipo, Andrew, ha detto che la donna che gestiva i volontari della pulizia ha semplicemente assegnato quella parte del parco a loro questa mattina quando si sono presentati».

«Hai già parlato con lei?»

«È sulla lista, una certa Dana Schuldberg. Non c'era nessun altro disponibile per restare con questi due, quindi...»

Kay annuì. «Non preoccuparti. Dammi i suoi dati e le parlerò io».

«Grazie, capo». Tirò fuori il suo taccuino e glielo porse.

Dopo aver scattato una foto della pagina aperta con il suo telefono, Kay allungò il collo per sbirciare intorno al lato della tenda. «Dove la trovo?»

«C'è una tenda amministrativa centrale due file dietro questa, prima di arrivare al parcheggio». Kyle fece un cenno col mento verso il numero crescente di persone che si stavano radunando intorno. «È probabilmente lì perché devono organizzare l'evacuazione di questa gente senza scatenare una rivolta».

«Va bene, grazie».

Scavalcando una corda di sostegno tesa di un rosso acceso, oltrepassò un cartello con il logo familiare dell'associazione di volontari del pronto soccorso St John's Ambulance e si fece strada nella tenda, con Barnes al suo fianco.

Una morbida tonalità blu l'avvolse, attenuando la luce intensa dall'esterno, la spessa tela attutiva parte del rumore dei festaioli.

Ricordandosi di rimanere professionale invece di emettere un sospiro di sollievo, Kay si guardò intorno finché i suoi occhi non si abituarono, notando che la tenda era stata allestita in modo che la parte anteriore fornisse un'area approssimativa simile a una reception con due tavoli da lavoro. Oltre questi, tre cubicoli erano separati da altra tela, i lembi tirati indietro per rivelare brande da campo e attrezzature di primo soccorso ordinatamente organizzate in scatole di plastica di varie dimensioni. Etichette erano attaccate all'esterno delle scatole che indicavano chiaramente cosa si potesse trovare e dove in caso di emergenza.

Un movimento con la coda dell'occhio attirò la sua attenzione, e scorse una coppia seduta su un paio di sedie da campeggio in tela alla sua destra, il viso della donna arrossato mentre si tamponava gli occhi con un fazzoletto di carta.

L'uomo accanto a lei era chinato con i gomiti sulle ginocchia ma si raddrizzò quando Kay e Barnes si mossero verso di loro, il suo sguardo inquisitorio.

«Siete detective?» disse.

«Sì. Sono l'ispettrice Kay Hunter, e questo è il mio collega, il sergente detective Ian Barnes», disse, mostrando il suo distintivo. «Mi rendo conto che questo è un momento difficile per voi, ma avremo bisogno di farvi alcune domande in più».

«Va bene», la donna tirò su col naso. Allungò la mano verso quella dell'uomo, intrecciando le loro dita. «Vogliamo fare tutto il possibile per aiutare».

Barnes si diresse verso una rastrelliera di sedie di legno che erano state appoggiate contro il lato di uno dei tavoli da lavoro. Tornò con due e ne aprì una per Kay.

Mormorò un ringraziamento, attese che il collega estraesse il suo taccuino e poi rivolse nuovamente l'attenzione alla coppia. «Dunque, siete Susie e Andrew, è corretto?»

La coppia annuì all'unisono.

«Torniamo a questa mattina presto», disse. «Avete pernottato sul posto?»

«Sì», disse Andrew. «Era parte dell'accordo per fare volontariato nelle pulizie. Susie ha trovato i dettagli online dopo che non siamo riusciti a ottenere i biglietti. Significava avere un pass per il fine settimana a metà prezzo. Sembrava un buon compromesso al momento...»

S'interruppe, sconsolato.

«Conoscevo qualcuno che l'ha fatto l'anno scorso», disse Susie a bassa voce. «Ci hanno dato una piazzola per la tenda lontano dalla sezione principale, così era un po' più tranquillo. Significava che potevamo, in un certo senso, dormire qualche ora prima di alzarci al mattino per iniziare a ripulire prima che la musica ricominci alle dieci.»

Andrew emise uno sbuffo strozzato. «Non che abbiamo dormito molto. La musica sarà anche finita a mezzanotte, ma la maggior parte delle persone ha continuato a far festa fino all'alba.»

«A che ora avete lasciato la tenda?»

«Poco dopo le sei», disse lui. «C'era una riunione di gruppo alle sei e mezza, come ieri, solo per ripassare le basi sulla salute e sicurezza...»

«Ci sono alcune siringhe in giro, cose del genere», aggiunse Susie. «E gli organizzatori sono paranoici che qualcuno possa ammalarsi, quindi c'è una serie di regole su queste cose. E naturalmente c'è il rischio di colpi di caldo questo fine settimana; quindi, ci stavano distribuendo quelle bottiglie d'acqua da mezzo litro.»

«Quanto è durata la riunione?» disse Kay.

«Solo una quindicina di minuti», disse Andrew. «Abbiamo tutti partecipato a un incontro di orientamento mercoledì, prima che arrivassero i possessori dei pass VIP giovedì, quindi le riunioni mattutine servono fondamentalmente per ribadire quanto detto allora e per sollevare eventuali preoccupazioni.»

«Qualche volontario ha sollevato preoccupazioni su qualcosa?»

«No, non che io sappia.»

«Susie?»

La donna scosse la testa. «A dire il vero, è stato tutto davvero ben organizzato.»

«D'accordo, quindi cosa è successo dopo che avete finito con le questioni di salute e sicurezza?»

«Ci hanno detto quali aree del parco andare a pulire», disse Andrew. «Cambiano ogni giorno così non ti ritrovi con la stessa area che hai pulito il giorno prima.»

«Questo perché alcune aree sono peggiori di altre», spiegò Susie. Fece un leggero scrollo di spalle. «È più equo così, in modo che una squadra non sia bloccata nello stesso posto ogni giorno.»

«Sì, ha senso», disse Kay. Lanciò un'occhiata a Barnes. «Dovremo parlare con chi ha ripulito quell'area ieri.»

Lui annuì in risposta, la testa ancora china sul taccuino.

Kay si rivolse di nuovo alla coppia. «A che ora avete lasciato la riunione di gruppo?»

«Probabilmente eravamo in cammino per le sette», disse Andrew. «Volevano che iniziassimo prima che facesse troppo caldo. Questo è il problema quest'anno, a quanto pare negli anni precedenti le pulizie non iniziavano prima delle sette e mezza. Di solito avremmo avuto un'ora in più per dormire.»

«Da quale direzione vi siete avvicinati al pendio e alla siepe dove avete trovato la vittima?»

«Abbiamo usato il sentiero, quello che prende una biforcazione a destra allontanandosi dal lago. Ti porta in cima alla collina, e poi puoi seguirlo in un grande giro verso destra prima che curvi di nuovo verso il basso dove ci sono tutti i palchi.»

«Avete visto qualcun altro mentre camminavate verso la cima della collina?»

«No», disse Susie. «Siamo stati i primi ad arrivare in cima alla collina. Lewis, che ci seguiva, era abbastanza indietro...»

«È sulla sessantina e adora la musica ma non può permettersi un biglietto, quindi fa volontariato da anni per diversi festival.» Andrew riuscì a sorridere. «È un vero personaggio, alcune delle band abituali lo conoscono bene.»

«La donna che ci coordinava lo ha incaricato di portare il contenitore per rifiuti a rischio biologico ai vari volontari sparsi per il parco», continuò Susie. «Ma come dicevo, non era così vicino quando siamo arrivati lassù...»

«Ma poi hai trovato quell'ago», disse Andrew, «e Lewis si è unito a noi per un minuto prima di allontanarsi per svuotare il contenitore perché si stava riempiendo.»

Kay si alzò dal suo posto e osservò la coppia. «Stiamo aspettando rinforzi per aiutare con la gestione della folla, ma siete liberi di andare. Probabilmente avremo altre domande man mano che la nostra indagine procede, quindi se potessimo contattarvi di nuovo...?»

«Assolutamente.» Andrew allungò la mano per prendere quella di Susie e fece un tremito involontario. «Abbiamo dato i nostri dati all'altro detective là fuori, quindi...»

«Va bene, vi contatteremo.»

Uscendo dalla tenda, Kay strizzò gli occhi nella forte luce del sole e osservò i banchi vivacemente decorati che vendevano merchandise e abbigliamento del brand.

«Parleremo con quella Dana Schuldberg», disse, «e poi andremo alla sala operativa per aggiornare la squadra. Nel frattempo, puoi...»

«Mi scusi, è lei in carica qui?» Un uomo sulla sessantina con una giacca nera sopra una maglietta bianca e jeans blu spintonò una giovane coppia e sgomitò oltrepassando Kyle. «Devo parlarle.»

Kay inarcò un sopracciglio. «E lei è?»

«Brian Kasprak.» Tese una mano, che lei ignorò. «Sono il manager del gruppo principale.» Kasprak guardò ciascuno di loro a turno, emettendo una risata nervosa. «Li conoscete, vero?»

«Vagamente», disse Barnes.

«Giusto, giusto.» Un'altra risata strozzata.

«Brian? Sei lì dentro?» Una voce tagliò attraverso la parete di tela, e poi una donna apparve accanto a Kyle, ombreggiandosi gli occhi. «Devi darmi altre fotografie per i social media. E c'è una stazione radio polacca che vuole una tua dichiarazione per il loro notiziario di mezzogiorno. Tipo, adesso.»

«Arrivo tra un attimo, Melanie. Aspetta.» Si voltò di nuovo verso Kay. «Vedi, il fatto è che i ragazzi devono esibirsi per un concerto principale stasera, e sono davvero entusiasti, e beh... tutto questo è un po' un inconveniente, non è vero?»

«Un inconveniente?» disse Kay.

«Tutte queste persone, tutte con i biglietti, che sostengono la musica dal vivo», continuò Kasprak. «Sarebbe un peccato deluderle, dopotutto, la band è tornata sul palco solo sei mesi fa e questo è...»

Kay alzò la mano. «Signor Kasprak, dobbiamo ancora parlare con gli organizzatori del festival e stiamo ancora conducendo un'indagine attiva. Come i nostri colleghi le hanno senza dubbio già detto, ci sarà un annuncio a tempo debito. Fino ad allora, se non le dispiace...»

Il volto del manager si rabbuiò mentre si faceva da parte, ma poi un'espressione speranzosa gli riempì gli occhi. «Hai preso un biglietto?»

«Non ne ho avuto bisogno» disse Kay. «Potevo sentirlo benissimo da casa mia con le finestre chiuse, grazie.»

CAPITOLO 5

Il detective Gavin Piper si sfilò le maniche della tuta protettiva in poliestere dalle braccia, poi mormorò un ringraziamento mentre lasciava cadere la tuta umida in un sacchetto per materiale biologico pericoloso che un giovane investigatore della Scientifica gli porgeva.

Accanto alla tenda che era stata allestita come base temporanea per la squadra forense, c'era una cassa di plastica con bottiglie d'acqua che qualcuno aveva recuperato dagli organizzatori del festival, e lui ne aprì una, trangugiando metà del contenuto tiepido in pochi secondi.

La tenda era di diverse misure più piccola rispetto a quelle colorate che punteggiavano il campeggio sotto il dolce pendio, e il suo scopo era più cupo.

Sentì crescere un senso di disagio mentre un flusso costante di investigatori si muoveva avanti e indietro nelle loro ingombranti tute protettive, concentrandosi sui vari kit di analisi e campioni che venivano registrati e imbustati mentre la loro ricerca continuava.

Lo ignorarono mentre lavoravano, troppo intensamente concentrati sul compito da svolgere e la necessità di risposte che diventava più urgente con l'avanzare della mattinata.

Passandosi una mano tra i capelli, sentendo l'umidità tra le scapole, osservò mentre Lucas supervisionava il corpo spezzato della donna che veniva delicatamente adagiato in un sacco di nylon nero, i suoi lineamenti che scomparivano alla vista mentre veniva accuratamente chiuso con la cerniera.

Deglutì, rendendosi conto che non era solo la figlia di qualcuno, forse la moglie o la fidanzata di qualcuno, ma un'altra vittima la cui fine brutale esigeva risposte, e giustizia.

La mascella di Gavin si contrasse, e girò sui talloni, lanciando la bottiglia vuota in una pila che cresceva costantemente in una scatola di cartone accanto al lembo aperto della tenda.

La mancò, e invece atterrò ai piedi di un tecnico della Scientifica che in quel momento aveva sporto la testa attraverso il lembo e lo stava guardando con una certa preoccupazione.

«Se tutti mi lanciassero qualcosa quando dico loro cose che potrebbero non voler sentire...»

«Scusa, Harriet.» Le lanciò un sorriso imbarazzato, poi si affrettò a raccogliere la bottiglia vuota e depositarla nella scatola. «Ho sentito che mi stavi cercando.»

«Infatti. Vieni dentro.»

Harriet Baker, investigatrice capo della scena del crimine e veterana da diversi anni nella polizia del Kent, si voltò senza aspettarlo.

Entrando nell'ambiente soffocante della tenda, vide che il cappuccio della sua tuta era ora abbassato, rivelando capelli castano scuro che aveva legato in una pratica coda di cavallo, mentre la sua mascherina le pendeva intorno al collo. Si diresse verso un tavolo pieghevole che occupava tutta la lunghezza della piccola tenda a forma di scatola ed era coperto di sacchetti per prove di varie dimensioni.

Sembrava ignara dell'effetto del clima caldo, e invece concentrò la sua attenzione sui sacchetti di prove, con la mano guantata che fluttuava sopra di essi mentre parlava.

«Questo è ciò che è stato trovato finora entro un raggio di cento metri da dove è stata rinvenuta la vittima, e dobbiamo ancora processare il cordone esterno.»

Gli occhi di Gavin si spalancarono. «È più di quanto pensassi ci sarebbe stato.»

«E credo sia sicuro presumere che non tutto apparterrà alla nostra vittima, ma volevo che tu vedessi quanto abbiamo da esaminare qui prima che Kay inizi a chiederti di sollecitarmi un rapporto sui progressi.» Harriet abbassò la mano e sospirò. «Ci vorrà un po', Gav. Ci sono cose qui che potrebbero essere state lasciate cadere nel corso di numerosi anni.»

Lui si avvicinò, facendo scorrere lo sguardo sul contenuto dei sacchetti. «Gesù, quella è una fede nuziale?»

«Sì, e c'è anche un anello di fidanzamento da qualche parte in mezzo a tutto questo.» Harriet scosse la testa stupita. «E non vuoi sentire alcune delle altre cose che abbiamo trovato. Inutile dire che staremo qui fino al tramonto, e poi probabilmente dovremo continuare anche domattina, quindi dovremo mettere in sicurezza l'area.»

«Parlerò con gli agenti in uniforme per organizzare questo.»

«Grazie.»

«Una volta arrivati quei rinforzi, dove vuoi che li mandi a cercare?»

«Dal perimetro del bosco a qualche centinaio di metri dietro questa tenda, e poi seguendo lungo l'erba verso dove è stata trovata la vittima. Non abbiamo ancora avuto la possibilità di farlo, e stiamo cercando segni di uscita, chiunque abbia fatto questo ha lasciato il parco in qualche modo.»

Gavin vide la disperazione nei suoi occhi. «Ma non ha piovuto, e il terreno è asciutto quindi non troveremo impronte.»

«Non impronte, no, ma rami di arbusti spezzati, erba calpestata, qualsiasi cosa del genere. È per questo che abbiamo transennato in modo che nessuno possa attraversare quell'area. I volontari delle pulizie non avevano ancora camminato in quella zona, vero?»

Lui scosse la testa. «No, l'hanno confermato nelle dichiarazioni iniziali rilasciate ai primi soccorritori. Ok, inoltrerò quella richiesta.»

Gli occhi di Harriet si addolcirono. «Kay ti ha dato un compito enorme qui, non è vero?»

«Proprio così.» Fece una smorfia. «Ma non è la prima volta.»

«E non sarà l'ultima, sta sostenendo il tuo lavoro da molto tempo ormai, Gav. Detto tra me e te, penso che se avesse mezza possibilità, ti darebbe una promozione, ma io non ti ho detto niente.»

Le sue guance avvamparono, e poi i suoi occhi

trovarono di nuovo la pila di sacchetti di prove, la superficie del tavolo quasi completamente nascosta sotto il sistema di catalogazione accuratamente organizzato che Harriet e la sua squadra stavano utilizzando. «C'è qualcosa in quel mucchio che può essere ricollegato con certezza alla nostra vittima?»

Harriet fece un leggero sorriso al cambio di argomento, poi allungò la mano verso tre sacchetti a lato rispetto agli altri. «Questi sono gli slip che sono stati trovati questa mattina, quindi daremo priorità a questi per primi. Poi, c'è questo braccialetto in macramè. Sembra fatto in casa, ma detto questo ci sono molte persone che realizzano queste cose in serie per venderle online quindi potrebbe essere più difficile da rintracciare a meno che qualcuno non ricordi di averla vista indossarlo. Infine, abbiamo trovato questo elastico per capelli impigliato nei rami vicino a dove è stata trovata la vittima, ci sono capelli impigliati che corrispondono al suo colore, ma ovviamente finché non potremo elaborare i controlli del DNA, non posso dirlo con certezza. Se è suo, allora potrebbero esserci anche tracce del suo assassino.»

Gavin diede un'ultima occhiata al misero contenuto dei sacchetti. «Troverò qualcuno in uniforme per organizzare la squadra di ricerca il prima possibile.»

Uscendo dalla tenda, si diresse a grandi passi verso il bordo della collina e fissò il numero crescente di persone radunate ai piedi del sentiero tortuoso che attraversava il campeggio.

Mentre le persone iniziavano a svegliarsi e a sentire le notizie dai vicini partecipanti al festival, riuscì a percepire un crescente disagio dal punto in cui si trovava. Il silenzio proveniente dal palco era assordante, una sottile corrente malevola e silenziosa permeava il parco.

Oltre il sentiero sterrato che conduceva dentro e fuori dal sito, vide un grande rimorchio per cavalli, con le porte posteriori aperte e il primo di quattro enormi animali che veniva condotto giù per la rampa. I finimenti brillavano alla luce del sole e, mentre osservava, un cavaliere che indossava le insegne della Polizia di Kent e un giubbotto ad alta visibilità giallo brillante, venne aiutato a salire in sella al cavallo più vicino.

Il processo si ripeté fino a quando tutti e quattro i cavalieri furono in sella e cominciarono a camminare verso la folla, che si aprì all'unisono per far passare le bestie.

«Era ora, dannazione», disse sottovoce, notando un minibus che si fermava accanto al rimorchio per cavalli prima di far scendere un flusso costante di agenti in uniforme nel parco.

Distogliendo lo sguardo dai suoi colleghi per un momento, tornò a guardare il campeggio, con le centinaia di tende colorate che coprivano l'erba, e sospirò.

Il posto era così vasto, così affollato di persone provenienti da tutto il paese e oltre, che era opprimente.

Come diavolo avrebbero trovato un assassino che era riuscito a scaricare un cadavere nel mezzo di un parco durante un festival musicale senza che nessuno vedesse o sentisse nulla?

CAPITOLO 6

Kay poteva percepire il cambiamento di energia tra le persone che incrociava mentre si faceva strada tra le tende con Barnes, scrutando con gli occhi i chioschi di ristoro su entrambi i lati del largo viale coperto d'erba.

I tavoli cominciavano a riempirsi di persone in cerca di bevande calde con caffeina, o qualcosa di più forte, per iniziare la giornata, mentre le conversazioni aumentavano di volume con la diffusione delle prime voci.

I loro sguardi furtivi erano passati da curiosi ad accusatori, e sapeva che se non avessero fornito presto delle risposte alla folla, i nuovi arrivati al cordone di polizia avrebbero avuto il loro bel da fare.

Il suo telefono vibrò nella tasca, e si morse il labbro dopo aver letto il messaggio sullo schermo.

«Ian, aspetta». Gli fece cenno di avvicinarsi a uno dei quattro tavoli a forma di botte vuoti disposti di fronte a una delle tende-bar, lontano da un gruppo di bevitori mattinieri, si chinò sotto il bordo di un ombrellone decorato con il logo di un birrificio locale e tirò fuori il telefono. «Dammi solo un secondo. Devo parlare con Sharp».

Lui annuì, appoggiando il gomito sul tavolo e volgendo le spalle all'apertura della tenda-bar, ignorando deliberatamente l'aroma di luppolo che ne fuoriusciva.

La sua chiamata ricevette risposta immediata. «Kay, quali sono le novità?»

«Grazie per i rinforzi, capo, sono arrivati dieci minuti fa». Abbassò la voce mentre due adolescenti passavano a braccetto, le loro risatine spensierate in contrasto con le notizie che stava comunicando. «Gavin mi ha informato che ha contattato la sala operativa per coordinare le indagini porta a porta nelle proprietà che confinano con il parco e per il controllo delle telecamere di sorveglianza in tutti i punti di uscita che potrebbero essere stati utilizzati dall'assassino. Non appena io e Barnes avremo parlato con la donna che gestisce i volontari qui, torneremo alla centrale per supervisionare l'indagine da lì. Ma, capo, la situazione qui si sta facendo tesa. Credo che dovremo fare quell'annuncio al più presto».

«Mi sembra di capire che vorresti diffondere un comunicato stampa con pochissime informazioni», disse Sharp.

«Penso che sia l'opzione più saggia date le circostanze attuali, capo. Ci sono già voci che circolano, e preferirei che fossero contenute il prima possibile. Meglio se siamo noi a controllare la narrazione, non credi?»

Lui rifletté sulle sue parole per un momento, poi si schiarì la gola. «D'accordo, faremo inviare qualcosa di basilare a tutti gli organi di informazione nei prossimi quindici minuti, dicendo che una donna ha perso la vita al festival. Diremo che le nostre indagini sono in corso e chiederemo a chiunque abbia informazioni o preoccupazioni di chiamare un numero verde che abbiamo già predisposto qui al quartier generale. Ti va bene? Farò in modo che la squadra delle relazioni con i media si coordini con gli organizzatori del festival per diffondere la notizia anche sui loro social».

«Sarebbe perfetto, capo. Grazie. Chiamerò più tardi quando avrò altro da riferire».

Abbassando il telefono, notò l'avviso di notifica visualizzato sull'app della sua email, con il cuore che sprofondò alla vista del numero di messaggi non letti, e poi lo mise via. «Ok, Ian, andiamo».

Trovarono la tenda dell'amministrazione in pochi istanti. Un flusso costante di volontari andava avanti e indietro attraverso il lato aperto, con tutta la parete di tela arrotolata e legata per facilitare l'accesso.

Kay mostrò il suo distintivo a un uomo anziano dai capelli bianchi che si tratteneva appena all'interno per ripararsi dal sole mentre distribuiva bottiglie d'acqua a chiunque ne avesse bisogno.

Lui si raddrizzò quando capì chi erano, e indicò una donna con una lunga coda di cavallo castana che si muoveva rapidamente tra i diversi volontari, impartendo ordini con voce decisa.

«Aspettate», disse mentre si allontanavano. «Come stanno Andrew e Susie? Stanno bene?»

«Il meglio possibile date le circostanze», disse Kay.

Un'espressione triste attraversò il suo volto. «Se l'avessi saputo, sarei rimasto con loro. Ero nell'esercito, sa. Come medico».

«Mi scusi, lei è?»

«Lewis». Indicò con il pollice oltre la sua spalla verso un grande bidone metallico per rifiuti a rischio biologico che occupava un angolo della tenda. «Sono responsabile di quello, quindi questa mattina mi hanno mandato in giro per tutto il parco a raccogliere aghi e roba varia che gli altri volontari trovavano mentre facevano pulizia. Susie ha trovato un ago poco prima...»

Kay osservò il bidone. «Immagino che quello che ha trovato sia già lì dentro».

«Sì, è lì. Ma non l'ha trovato vicino a... Era circa a metà collina, appena fuori dal sentiero».

«Va bene. Grazie». Si voltò verso Barnes. «Dovremo chiedere a Harriet di prendere quel bidone».

«Ci sto già pensando, capo», mormorò lui, tirando fuori il telefono. «Speriamo che non se la prenda con me».

Kay si avvicinò dove la responsabile dei volontari stava trasportando una notevole pila di documenti verso un tavolo a cavalletto di legno, la sua maglietta arancione brillante e la gonna turchese fornivano un'esplosione di colore nella penombra della tenda di tela.

«Mi scusi, è lei Dana Schuldberg?» Presentò lei e Barnes mentre lui le raggiungeva, e fece un sorriso comprensivo. «Vedo che è occupata, ma avremmo bisogno di scambiare due parole».

«Non c'è problema». Dana spinse di lato la pila di documenti e sistemò la sua coda di cavallo con un gesto esperto. La sua fronte si corrugò mentre osservava Barnes tirare fuori il suo taccuino. «Immaginavo che sareste venuti».

«Da quanto tempo lavora per gli organizzatori del festival?» disse Kay.

«Circa quattro anni. Non organizzano solo festival musicali, tengono ogni tipo di eventi all'aperto durante l'anno, ed è per questo che mi piace. Ho l'opportunità di vedere tante cose diverse».

Kay si guardò intorno nella tenda, osservando la decina di persone di varie età che si muovevano avanti e indietro con diverse attrezzature, appunti, tutte di fretta per andare da qualche parte o fare qualcosa. «Le capita davvero di vedere qualcosa?»

Dana sorrise. «A volte. Almeno essendo qui, posso sentire». Abbassò la voce. «È vero che una donna è stata assassinata?»

«L'unica cosa che posso confermare al momento è che il corpo di una donna è stato trovato da due dei vostri volontari questa mattina. Non possiamo ancora ipotizzare una causa di morte». Kay rivolse alla donna un sorriso complice. «E le sarei grata se potesse aiutarci a contenere eventuali voci tra i volontari per il momento».

«Certamente. In cos'altro posso esservi utile?»

«Avremo bisogno di un elenco dei nomi di tutti i volontari che lavorano qui durante il fine settimana, e anche dei contatti se li avete».

«Nessun problema. Ha un indirizzo email? Probabilmente è più facile, giusto?»

«Grazie.» Kay consegnò un biglietto da visita. «Da dove prendete i vostri volontari?»

«Alcuni si candidano tramite il sito web, come hanno fatto Andrew e Susie. Altri li conosciamo perché hanno aiutato in eventi precedenti, queste persone hanno la priorità perché li conosciamo già», disse Dana. «Significa che dobbiamo dedicare meno tempo alla loro formazione se hanno già fatto questo lavoro prima. Probabilmente assumiamo solo da venti a trenta nuovi volontari per un evento di queste dimensioni, il resto, come Lewis laggiù, è con noi da un po'.»

«Che tipo di compiti hanno svolto qui i volontari?»

«Praticamente tutto quello che si può immaginare. Controllare i biglietti ai cancelli insieme al personale di sicurezza specializzato, controllare borse e veicoli. C'è una politica rigorosa come parte delle regole di licenza, quindi, è consentito solo l'alcol venduto in loco.» Dana alzò gli occhi al cielo. «Non crederesti in quali posti troviamo la roba. Controlli antidroga ovviamente, anche se quest'anno c'è un programma volontario, perciò, ci sono bidoni speciali in cui le persone possono buttare qualsiasi cosa non vogliano portare dentro. Si è dimostrato efficace in altri festival in tutto il paese, e abbiamo già notato una diminuzione dei casi di pronto soccorso nelle ultime ventiquattro ore. Oh, e la crema solare, abbiamo volontari che girano con bustine di crema solare omaggio. E poi c'è il lavoro amministrativo dietro le quinte e l'aiuto alle band per arrivare e lasciare i palchi...»

Mentre Kay ascoltava, provò un senso di ammirazione travolgente per la donna. «Sembra che abbiate avuto molto da fare. Qualcuno dei volontari vi ha causato problemi o dato motivo di preoccupazione?»

Dana scosse la testa. «Nessuno di loro, no. Almeno, nessuno me l'ha riferito.»

«Ok, ti lasciamo tornare al lavoro.» Kay indicò il

biglietto da visita nella mano della donna. «Per favore, inviami quei dettagli il prima possibile però.»

Sollevò una mano per schermarsi gli occhi mentre guidava Barnes fuori dalla tenda nel caldo della tarda mattinata, e aggrottò la fronte mentre un flusso costante di persone si affrettava oltre loro, dirigendosi verso il palco principale.

«Non staranno per iniziare la musica dal vivo, vero?» mormorò, facendo un passo indietro per far passare le persone mentre Barnes si fermava sui suoi passi, lo sguardo abbassato sul suo telefono.

«Ne dubito, capo. Guarda.» Girò lo schermo verso di lei. «Hanno aggiornato i loro social media per dire che ci sarà un annuncio alle dodici.»

Kay controllò l'orologio. «Mancano quindici minuti.»

«Penso che questa gente rimarrà delusa.» Barnes osservò un gruppo di otto uomini in pantaloncini e magliette barcollare davanti a loro stringendo bicchieri di plastica mezzi vuoti. «E potrebbe essere utile chiudere i bar prima che ricevano la brutta notizia.»

ical # CAPITOLO 7

Il detective Laura Hanway si fermò davanti alla porta della sala operativa, con il cuore che le batteva forte mentre stringeva al petto una pila di cartelle manila.

La stazione di polizia di Palace Avenue si era trasformata rispetto alle sue origini dei primi anni del 1900 ed era ora un miscuglio di edifici aggiunti uno sull'altro nel corso degli anni.

L'area della reception aperta al pubblico lasciava il posto a una serie di corridoi che si dipanavano lontano dalla strada trafficata e salivano per diversi piani, con un lato che dava sul tribunale dei magistrati della città.

Alle sue spalle, i suoni di una trafficata stazione di polizia di contea echeggiavano sulle pareti e su per le scale, da qualche parte al piano di sotto, verso le celle, una porta metallica sbatteva contro il telaio, il rumore rimbalzava attraverso l'edificio.

Di fronte a lei, si trovava lo spettacolo di un'indagine per omicidio che stava prendendo pieno ritmo, un'indagine per omicidio che ora stava gestendo lei fino al ritorno di

Kay e Barnes da Mote Park, quando avrebbero preso il comando.

Deglutì, con il cuore che le batteva forte.

Nonostante fosse parte integrante della squadra di Kay da alcuni anni ormai, nonostante avesse fatto esperienza su una vasta gamma di crimini durante quel periodo, fino ad ora non aveva mai guidato la squadra da sola.

E tutti contavano su di lei per fornire una strada da seguire concisa e chiara.

Proprio adesso.

La sala operativa era stata creata aprendo una parete divisoria tra due sale riunioni, dopo che l'abituale ufficio dove lavorava era stato ritenuto troppo piccolo per l'indagine per omicidio ora in corso. Computer e schermi venivano frettolosamente installati su scrivanie che stavano rapidamente scomparendo sotto cavi che serpeggiavano sulle loro superfici, mentre scatole di attrezzature giacevano sparse sulla moquette logora.

«Bip bip». Un'agente in uniforme la spinse di lato con il gomito, portando in braccio una scatola di risme di carta, sopra la quale aveva bilanciato un bicchiere di caffè da asporto e un portapenne in plastica pieno zeppo di penne di diversi colori. Posando il tutto nello spazio libero più vicino, si voltò e alzò un sopracciglio verso Laura. «Non serve a nulla restare lì impalata. Dai, questi hanno bisogno di un capo e al momento, e sei tu».

Laura espirò, poi si sforzò di sorridere. «Grazie per il promemoria, Debs».

«Ci mancano tre amministrativi, ma questo è tutto il personale che avrai». L'agente Debbie West indicò l'alto poliziotto che stava pulendo una lavagna in preparazione per il briefing iniziale, con le spalle rivolte alla stanza. «E Kyle è tornato dal parco giusto in tempo per aggiornarti».

Detto questo, l'agente spostò il bicchiere di caffè e sollevò la scatola di carta verso un'enorme stampante e fotocopiatrice nell'angolo più lontano, la sua voce attraversò la stanza mentre impartiva istruzioni ai membri junior del personale.

Laura represse un sorriso, sapendo bene che l'indagine era in buone mani con Debbie in carica come responsabile delle prove. L'agente era molto esperta negli incidenti critici ed era stata parte integrante della squadra di Kay molto prima che Laura si unisse alla stazione di polizia dalla sua contea d'origine, il Lancashire.

Esaminando rapidamente la disposizione delle scrivanie, si affrettò verso un gruppo di quattro più vicine alla lavagna e mise le cartelle manila al centro di una di esse prima di raggiungere Kyle.

«Sei stato veloce», disse.

«Potrei aver usato i lampeggianti per arrivare qui».

«Cattivo cattivo». Prese un pennarello per lavagna e glielo porse. «Ok, dimmi quello che puoi. Mettiamo alcune azioni qui per iniziare prima che torni il capo».

«D'accordo». Iniziò una lista di punti, cominciando con i fatti noti sulla vittima e le sue ferite. «Ho scaricato alcune foto e le ho inviate via email a Debbie. Le inserirà in HOLMES2 entro mezz'ora e ne metteremo una o due qui in modo che tutti possano vedere con cosa abbiamo a che fare. Barnes ha telefonato e ha detto che la donna responsabile dei volontari ci invierà un elenco di questi ultimi così potremo iniziare a fare controlli sui precedenti, e una volta che gli organizzatori del festival si saranno calmati abbastanza, faranno lo stesso con tutti i possessori dei biglietti».

«Almeno quelli legali». Laura aggrottò la fronte. «Non sono sicura di come faremo con le vendite di seconda mano che non sono passate attraverso una delle compagnie ufficiali».

«Ci saranno delle lacune, di sicuro».

«E le indagini porta a porta?»

«Sono in corso».

Si girò sentendo la voce familiare e vide Gavin che si faceva strada tra le scrivanie verso di loro, con una lattina di bevanda energetica in mano. «Quanti agenti abbiamo che se ne occupano?»

«Otto al momento, con altri quattro in arrivo. Aaron Stewart sta coordinando sul posto, hanno allestito un posto di comando fuori da Willington Street, lontano dai media». Gavin aprì la lattina e bevve un lungo sorso, soppresse un rutto e poi fece una smorfia. «E due troupe televisive di Londra sono arrivate proprio mentre stavo partendo. Kay non sembrava contenta».

«Ci credo».

«I social media sono impazziti», disse Kyle. «C'è un nuovo hashtag di tendenza e tutto quanto. Spero che l'assicurazione degli organizzatori sia aggiornata».

«Uno di loro stava già parlando con gli assicuratori quando me ne stavo andando. Sembrava più stressato per la logistica di chiudere il festival in anticipo e far uscire tutti dal parco in sicurezza che per il fatto che abbiamo un'indagine per omicidio in corso. Almeno con la manodopera extra lì dovrebbe andare relativamente liscio».

Gavin finì il resto della bevanda e gettò la lattina nel cestino più vicino prima di rivolgere la sua attenzione alla lavagna. «Ho ricevuto un messaggio da Harriet quando sono entrato nel parcheggio qui, ci farà avere un rapporto preliminare entro martedì pomeriggio al più presto, quindi qual è il tuo piano d'azione per noi questo fine settimana, Hanway?»

Laura osservò le lettere maiuscole ordinate dei punti elenco di Kyle, e si prese qualche secondo per raccogliere i suoi pensieri. «Con le indagini porta a porta in corso, non potremo fare nulla lì fino a quando non sentiremo qualcosa dagli agenti in uniforme. Presumo che le indagini porta a porta includeranno richieste di filmati dai citofoni e dalle telecamere di sorveglianza dei residenti? Almeno così potremo controllare se qualcuno si comportava in modo sospetto intorno al perimetro».

«Sì, lo faranno», disse Gavin. «Ho anche chiesto ad Aaron di assicurarsi che la sua squadra parli con qualsiasi attività commerciale lungo quelle strade mentre lavorano, ci sono molte piccole attività gestite da casa che potrebbero avere filmati aggiuntivi o persone che lavorano di notte che potrebbero aver visto qualcosa».

«Ottimo, quindi mettiamo un'altra squadra a concentrarsi sulle strutture più grandi e iniziamo il prima possibile». Laura attese mentre Kyle aggiungeva l'azione alla lavagna. «Non appena Debbie avrà configurato il suo computer, le chiederò di aggiungere questi compiti a HOLMES2 in modo da poter tenere traccia dei progressi. Qualcuno ha avuto notizie da Lucas o Simon riguardo alla data dell'autopsia?»

«Lunedì, alle undici», disse Gavin. «Simon ha

telefonato a Kay poco prima che io partissi. Ha detto che andrà con Barnes dopo il briefing di quella mattina».

Laura si morse il labbro per un momento. «Ha detto se riuscirà a trovare un odontologo forense con poco preavviso? Se alla nostra vittima mancano le impronte digitali e non troviamo alcun documento d'identità, dovremo ricorrere alle cartelle odontoiatriche, giusto?»

«Non l'ha detto, ma conoscendo Lucas, probabilmente sta già telefonando a destra e a manca per costringere qualcuno a rendersi disponibile.»

«Vero. Ok, non c'è molto altro che possiamo fare fino a quando non avremo i risultati dell'autopsia, quindi...»

«Solo un'idea, ma che ne dici della squadra di ricerca specializzata?» disse Kyle. «Qualcuno li ha già chiamati? Voglio dire, l'assassino potrebbe aver gettato prove nel lago o in uno dei ruscelli che attraversano il parco.»

Lo stomaco di Laura si capovolse. «Merda, no...»

«Non preoccuparti, li chiamo io e organizzo tutto» disse Gavin gentilmente. «Non puoi pensare a tutto. Ricorda, siamo una squadra, giusto?»

Aveva già tirato fuori il telefono e si stava allontanando prima che lei potesse ringraziarlo, ma lei rivolse a Kyle un sorriso riconoscente.

«Credo che passerai gli esami da detective a pieni voti.»

CAPITOLO 8

Barnes fece tintinnare le chiavi da una mano all'altra prima di puntare il telecomando verso l'auto, le luci di accensione una volta lampeggiavano.

«Torniamo alla sala operativa, capo?»

Kay osservò le file di auto in coda per lasciare il parco, ogni veicolo fermato all'uscita da un agente in uniforme per raccogliere i dati di contatto e controllarli rispetto alle vendite dei biglietti.

Gli animi tra alcuni dei partecipanti al festival più ubriachi si erano logorati, la loro pazienza esaurita una volta diffusa la notizia della cancellazione di tutti gli spettacoli musicali successivi, nonostante le circostanze. Altri cercavano di offrire consigli stoici, tentando di disinnescare qualsiasi conversazione che diventasse accusatoria mentre avanzavano lentamente in tre code serpeggianti che si erano formate alle uscite pedonali.

Tutto intorno a lei, le tende venivano smontate e riposte, gli zaini riempiti di vestiti e souvenir e qualsiasi altra cosa su cui i partecipanti avessero messo le mani nelle ultime ventiquattro ore, mentre i gestori degli stand rimuovevano insegne e decorazioni dalle loro postazioni rimuginando su quanto le assicurazioni dell'organizzatore del festival avrebbero pagato loro.

E ogni singola persona doveva essere registrata.

Le ore-uomo necessarie per elaborare le informazioni che ne sarebbero derivate avrebbero esaurito tutte le loro risorse.

Si strofinò la tempia. «No, facciamo un giro fino all'uscita di Willington Street per vedere come se la sta cavando Aaron con le indagini porta a porta. Voglio farmi un'idea di come stiamo procedendo lì prima di tornare indietro».

Aprendo la portiera, salì in auto, agganciando la cintura di sicurezza prima di rendersi conto che Barnes non l'aveva raggiunta.

Era ancora in piedi fuori, con le spalle rivolte al veicolo.

«Ian? Andiamo o no?» lo chiamò.

Passò un momento, poi lui aprì la portiera e si sporse verso di lei, con il telefono cellulare in mano. «Cambio di programma, capo. È appena arrivata la squadra di ricerca specializzata».

«Merda, il lago».

Kay uscì rapidamente per raggiungerlo, i loro passi affrettati mentre percorrevano il sentiero ben battuto su per la collina e poi prendevano la biforcazione a sinistra per seguirlo fino al lago ornamentale che abbracciava i margini a nord del parco.

I pedalò a forma di cigno che normalmente riempivano

il corso d'acqua durante il giorno erano tutti ormeggiati contro un lungo molo di legno sul lato opposto, e il capanno che ospitava la biglietteria della società di noleggio aveva la serranda metallica ben abbassata.

Due agenti in uniforme stavano camminando lungo la riva oltre il molo, fermandosi per parlare con una coppia di pescatori e mandandoli via prima di continuare il pattugliamento.

E poi vide il familiare Land Rover con i colori della Polizia del Kent della flotta dell'unità di ricerca specializzata, con la carrozzeria coperta da una serie di antenne, portapacchi e cassette di equipaggiamento.

«Laura ha detto al telefono che la squadra ha una seconda unità disponibile se necessario», disse Barnes, allentando la cravatta mentre iniziavano la breve discesa dalla collina. «Considerando tutti i ruscelli che confluiscono in questo e che costeggiano il parco, potrebbe essere un'idea...»

«Vero. Vediamo cosa dicono. Mi farò guidare da loro piuttosto che cercare di dir loro come fare il loro lavoro».

Il collega annuì in assenso mentre si avvicinavano, e lo sguardo di Kay individuò rapidamente un uomo robusto sulla quarantina che riconobbe da un seminario sull'unità di ricerca che si era tenuto l'anno precedente nella sede centrale.

«Terry, grazie per essere venuto con così poco preavviso», disse a mo' di saluto.

Lui si girò, chiudendo la zip di una muta in neoprene che rivestiva la sua mole dalla caviglia al collo e fece un leggero cenno, poi guardò verso Barnes.

«Ian, questo è il sergente Terry Clybourne da Gravesend», disse lei. «Qual è il piano qui?»

Il capo dell'unità di ricerca indicò con il pollice oltre la sua spalla dove due colleghi stavano scaricando una cassa cubica rinforzata dal retro del Land Rover prima di posarla a terra. «Prima manderemo su il drone, per dare un'occhiata alle zone meno profonde dell'acqua e vedere se notiamo qualcosa di ovvio. Dopodiché, sarà una ricerca a tappeto, temo».

Il cuore di Kay sprofondò nonostante sapesse che le procedure dovevano essere seguite. Non c'era un modo rapido per indagare su una così vasta distesa d'acqua, non senza il rischio di perdere prove decisive. «D'accordo, solo per informarvi, l'unica informazione che abbiamo finora dal patologo forense degli Affari Interni è che le punte delle dita della vittima sono state rimosse, con cosa non è chiaro, quindi...»

«Terremo aperte tutte le opzioni». Terry annuì, facendo un cenno a un secondo uomo che indossava una muta da immersione e ora stava indossando spessi guanti protettivi. «Quindi non cercheremo solo coltelli, ma considereremo qualsiasi oggetto affilato. Hai sentito, Michael?»

L'altro uomo fece un pollice in su in risposta, poi guardò attraverso il lago verso la pendenza del sentiero. «Dove esattamente è stata trovata lassù?»

«Più avanti a sinistra», disse Kay. «Vedi quella fila di alberi? C'è un gruppo di rovi a circa quattrocento metri di distanza».

L'attenzione di Terry si spostò sul collega. «Meglio iniziare da quel lato, e seguire lo stesso percorso che fa il sentiero mentre scende dalla collina. Se il suo assassino ha avuto un momento di panico ed è uscito dal parco da questa parte, potrebbe aver gettato qualsiasi cosa abbia usato mentre passava».

«Sembra un buon piano». Michael tornò a controllare l'attrezzatura da immersione.

Kay osservò per un momento mentre il drone si alzava in aria, l'operatore premeva i pulsanti dell'unità di controllo radio per raggiungere la migliore altitudine per la ricerca, poi lanciò un'occhiata a Terry. «Mi odierai per questa domanda, ma quanto...»

«Tempo ci vorrà?» Le rivolse un sorriso dispiaciuto. «Quanto serve. Staremo qui tutto il giorno, di questo non ho dubbi. Anche se dovessimo trovare qualcosa che potrebbe aiutare la vostra indagine, dovremo comunque continuare a perlustrare l'intera area per escludere altri oggetti».

«Capisco. Vi lasceremo lavorare. Potresti chiamarmi più tardi con un aggiornamento? Devo mantenere questa indagine in movimento».

«Lo farò. Mi metterò in contatto».

Kay guidò il ritorno lungo il sentiero, la bellezza della luce del sole che scintillava sull'acqua le sfuggì mentre l'enormità dell'indagine si insinuava nelle sue ossa.

Con il cuore pesante, sapendo che avrebbe fatto tutto il possibile per fornire risposte alla famiglia della vittima e consegnare il suo assassino alla giustizia, risalì la collina verso l'auto con passo pesante, mascella serrata.

«Hai intenzione di dare un altro aggiornamento a Sharp lungo la strada?» disse Barnes, salendo al volante e inserendo lentamente l'auto nella linea serpeggiante di traffico a rilento.

«Non ancora, no». Sospirò. «Vorrei poterlo aggiornare con qualcosa di più della promessa di un elenco di nomi prima di avere quella conversazione».

I livelli di adrenalina di Kay salirono di un altro gradino quando entrò nella sala operativa.

La squadra era aumentata in modo esponenziale nelle ore in cui lei era stata a Mote Park, con i volti abituali affiancati da personale amministrativo e in uniforme provenienti da tutta la zona.

Il livello di rumore era ancora quello di un'indagine agli inizi mentre le persone si presentavano, si sistemavano in gruppi più piccoli per concentrarsi su una parte o l'altra dei numerosi filoni d'inchiesta che si stavano formando, e gestivano la miriade di telefonate che arrivavano dalla sede centrale.

L'odore di vari pranzi tardivi consumati in fretta e di snack zuccherati riempiva già la stanza, ma nessuno alzò lo sguardo dalle proprie scrivanie mentre lei passava, tutti concentrati sui monitor dei computer o sui telefoni.

«Capo, ecco qui.» Debbie West la raggiunse a metà strada e le mise in mano una tazza fumante di caffè prima di porgerne un'altra a Barnes. «Ci sono anche panini al formaggio e sottaceti sulle vostre scrivanie, presi dalla gastronomia qui vicino. Ho pensato che nessuno di voi avesse avuto il tempo di mangiare finora.»

«Debs, sei un angelo», disse Barnes.

Kay bevve cautamente un sorso e chiuse gli occhi mentre la caffeina le scorreva sulla lingua. «Oh mio Dio, ne avevo proprio bisogno. Grazie.»

L'agente sorrise, poi con un gesto della mano indicò gli agenti riuniti. «Tutti sono operativi con accesso a HOLMES2, abbiamo installato telefoni aggiuntivi su quelle quattro scrivanie là pronti per quando la sede centrale ci trasferirà la linea diretta lunedì, e sto aspettando notizie dal reparto IT per far portare qui la stampante dalla nostra solita stanza. Penso che ne avremo bisogno.»

Un po' della tensione cominciò ad allentarsi dalle spalle di Kay mentre ascoltava, sapendo che la parte amministrativa dell'indagine era in buone mani e che quindi aveva meno compiti da gestire.

Avvicinandosi al punto in cui Gavin e Laura erano seduti con i telefoni all'orecchio, si prese un momento per scartare il panino e ascoltò le loro conversazioni mentre masticava.

Il più anziano dei due detective aveva un gomito appoggiato sulla scrivania mentre lavorava, con il taccuino aperto mentre la sua penna graffiava la pagina, la fronte corrugata.

La voce di Laura era poco più di un mormorio, ma sembrava che stesse parlando con qualcuno che aveva informazioni su una delle catene locali di stazioni di servizio.

Finirono contemporaneamente, e Kay gettò l'involucro del panino nel cestino prima di pulirsi le mani. «Ok voi due, facciamo un rapido briefing con il resto della squadra in modo da aggiornarci allo stesso tempo ed evitare di ripetervi.»

Guidò il gruppo verso la lavagna, seguita da un flusso costante di agenti e assistenti amministrativi. Voltandosi verso il gruppo riunito, si schiarì la gola.

«Per coloro che non hanno mai lavorato con me prima, sono l'ispettrice Kay Hunter. Sarò il leader principale di questa indagine per omicidio, con il sergente detective Ian Barnes in qualità di mio vice. Anche i detective Piper e Hanway rappresentano punti di contatto durante questo periodo.» Fece una pausa per sorseggiare il caffè, promettendo a sé stessa di prendere una bottiglia d'acqua dal distributore automatico al piano di sotto prima di disidratarsi nel caldo estivo. «L'agente Debbie West sarà responsabile delle prove e la sua squadra si occuperà anche di mantenere aggiornato il database HOLMES2. Se avete domande tecniche o altri problemi, parlate prima con Debbie. Bene, andando avanti, gli ultimi aggiornamenti, per favore.»

«Prima le signore», disse Gavin.

«Dovremmo ricevere i filmati delle telecamere di sorveglianza da tre distributori di proprietà di quella catena sulla A20 in direzione Bearsted entro lunedì mattina», disse Laura. «Non possono fornirceli prima perché i feed vengono inviati alla sede centrale e sono su un sistema ciclico, quindi tutto ciò che risale a ieri sera sarà già stato caricato. Ho avuto più fortuna con i due distributori più piccoli vicino al parco, uno dei gestori sarà presente domani così posso andare a parlargli, e l'altro sta mettendo a disposizione il proprio sistema immediatamente; quindi, ho mandato Kyle lì a dare un'occhiata.»

«Ottimo lavoro.» Kay si girò verso Gavin. «Avanti.»

«Stavo appena parlando con uno dei proprietari che ha un'unità giù nell'area di Turkey Mill, alcune di quelle unità confinano con il parco, quindi le sto passando in rassegna tutte per richiedere filmati delle telecamere di sorveglianza nel caso l'assassino sia fuggito da lì e sia uscito sulla A20.»

«Qualcosa finora?»

«No, ma andrò lì lunedì mattina presto e parlerò con gli altri proprietari delle attività man mano che arriveranno per chiedere la stessa cosa.»

«Continua a seguire questa pista, Gav, è una buona teoria. Chi sta esaminando il database delle persone scomparse?»

«Sono io, capo», disse Laura. «Per ora mi sono limitata all'area del Kent. Se non troviamo nessuno che assomigli alla nostra vittima, allargherò la ricerca.»

Kay aggiornò gli appunti sulla lavagna, richiuse il pennarello e si rivolse nuovamente alla sua squadra. «Non c'è molto altro che possiamo fare oggi dato che stiamo aspettando così tante informazioni dalle indagini porta a porta e dai nostri esperti, quindi se il vostro lavoro è arrivato a un punto in cui potete andarvene dopo questo briefing, fatelo pure. Ma vi voglio tutti qui per le otto in punto domattina. Ci aspettano lunghe giornate nelle prossime settimane ma dobbiamo alla nostra vittima e ai suoi amici e familiari di lavorare con la massima diligenza possibile e assicurare il suo assassino alla giustizia. Non mi fermerò finché non ci riusciremo, è chiaro?»

Osservò ogni membro della sua squadra mentre un mormorio di assenso filtrava tra gli agenti riuniti. «Va bene, per oggi può bastare. Congedati.»

CAPITOLO 10

L'orizzonte era tinto di rosa pallido e arancione quando l'auto di Kay scricchiolò sulla ghiaia del vialetto di casa sua.

Rimase seduta per un momento dopo aver spento il motore, ascoltando i ticchettii del motore mentre si raffreddava e i suoi pensieri si stabilizzavano.

Una stanchezza le si diffuse nel petto e nelle spalle, chiuse gli occhi, ruotò il collo e sentì un soddisfacente *crack* quando un muscolo ebbe uno spasmo, poi scese dall'auto con lo stomaco che brontolava.

Il dolce profumo del gelsomino si diffondeva da un arbusto che stava rapidamente superando le dimensioni della botte di legno in cui era piantato accanto alla porta d'ingresso, creando un'inebriante miscela con la lavanda che riempiva le aiuole.

Un bombo le ronzò accanto, concentrato su una grande fucsia che pendeva oltre la bassa recinzione del giardino del vicino, su cui atterrò con l'entusiasmo di un bambino su un castello gonfiabile.

Kay puntò il telecomando sopra la spalla verso l'auto, poi infilò una chiave nella serratura della porta d'ingresso ed entrò in un corridoio rinfrescato da una deliziosa brezza che attraversava la casa dalla porta sul retro della cucina.

Da qualche parte in lontananza, poteva sentire un fischiettare e, vedendo un paio di sandali abbandonati disordinatamente accanto allo zerbino, sorrise.

Adam Turner, il suo compagno, si era preso il fine settimana libero dal lavoro, un'evenienza rara, ma che poteva permettersi ora che il suo affollato ambulatorio veterinario era al completo di personale.

Chiudendo la porta d'ingresso, estrasse la rivista locale gratuita dallo sportello della cassetta delle lettere e si tolse le scarpe con un calcio accanto ai sandali di Adam, poi vagò verso la cucina.

Per abitudine, il suo sguardo scrutò le superfici dei ripiani e il pavimento piastrellato, alla ricerca di qualsiasi indizio che Adam avesse portato a casa uno dei suoi pazienti.

Non vedendo nulla, annusò l'aria, poi socchiuse lo sguardo quando i suoi occhi colsero un movimento attraverso la porta sul retro aperta e sentì il suono ritmico di martellate.

«Che cosa stai combinando, Turner?» mormorò.

Quattro mesi prima, l'anziana signora che possedeva la proprietà confinante con la loro era stata trasferita dalla famiglia in una casa di riposo. Il figlio e la figlia della donna avevano deciso di vendere la proprietà, ma non prima di aver contattato Kay e Adam per vedere se fossero interessati ad acquistare parte del terreno che confinava con la casa.

Kay non aveva mai fatto molto caso agli alberi che poteva vedere oltre la recinzione posteriore dal suo giardino, supponendo che il proprietario avesse semplicemente alcuni vecchi alberi da frutto che fiorivano ogni anno e fornivano un comodo schermo di privacy tra le due proprietà.

Con sua grande sorpresa, una volta che lei e Adam avevano accettato l'invito della famiglia e si erano avventurati a dare un'occhiata, scoprirono che c'erano mille metri quadrati di frutteto ben sviluppato oltre la recinzione, un terreno che sarebbe stato ideale per lo sviluppo edilizio se loro non avessero voluto acquistarlo.

Seguirono frenetiche settimane, durante le quali incontrarono commercialisti, consulenti per i mutui e notai, ma alla fine riuscirono a concordare un prezzo con la famiglia e negli ultimi due mesi dedicarono ogni momento libero a quella porzione di terreno.

Dopo aver rimosso la recinzione che separava il loro giardino dal frutteto, lei e Adam avevano trascorso ore estenuanti a rimuovere gli alberi marci, a scavare i ceppi e a prendersi cura di un terreno che era stato lasciato crescere selvaggio per quasi un decennio.

Ora avevano un posto che era rapidamente diventato un rifugio nelle serate, un luogo dove rilassarsi e lasciarsi andare dopo una giornata di lavoro.

Kay infilò un paio di infradito e prese due bottiglie di birra dal frigorifero prima di uscire attraversando il prato e passando su un sottile ponte di legno che attraversava un piccolo ruscello che divideva le proprietà originali. Guardò in basso mentre passava, facendo una smorfia per la mancanza d'acqua e prendendo mentalmente nota di riempire le ciotole d'acqua sparse nel giardino più vicino alla casa per i ricci e altri animali selvatici.

Raggiunto il frutteto, si diresse verso un tavolo in ferro battuto con due sedie posizionato sotto i rami di un melo trentennale carico della promessa di frutti autunnali e posò le birre prima di cercare la fonte del fischiettio di Adam.

Lo trovò oltre un boschetto di bambù che avevano piantato come schermo temporaneo tra il frutteto e la loro casa mentre i nuovi alberelli che avevano piantato attecchivano.

Impugnando un martello, stava piantando un palo da recinzione, uno degli otto che delineavano un rettangolo che occupava metà del terreno che avevano liberato.

«A cosa serve?» disse, aspettando che lui si fermasse per asciugarsi la fronte con l'orlo della maglietta. «Per le galline?»

Adam sorrise. «No. Ho pensato che finché non decidiamo cosa fare con questa parte, potrei usarla come spazio temporaneo per qualche paziente occasionale. Non quelli veramente malati, solo quelli che potrebbero aver bisogno di essere tenuti d'occhio o di una dieta speciale per qualche giorno, quel genere di cose. Potrei avere un ospite che ha bisogno di una casa per qualche giorno questa settimana, sto solo aspettando di sentire da Scott se si farà o meno».

La attirò in un abbraccio sudato e la baciò, e lei si staccò ridendo.

«Hai bisogno di una doccia. Dai, ho portato della birra, vieni a berla prima che si scaldi».

«Musica per le orecchie di un uomo». Lasciò cadere il martello a terra accanto a un sacco di cemento e una vanga. «Aspetterò fino a domattina per fissare le traverse e i picchetti».

«Non troppo presto, altrimenti i vicini ti faranno nuovo se sentono una sparachiodi prima delle nove», disse lei. «Sai com'è lui».

«Kevin sarà comprensivo. Vuole che gli dia una mano la prossima settimana con quel pannello di recinzione rotto dalla sua parte». La seguì fino al tavolo e alle sedie, affondando su di una e togliendosi gli stivali da lavoro con un sospiro. «Oso chiedere come è andata la tua giornata?»

Kay bevve un lungo sorso di birra prima di rispondere. «Non sappiamo chi sia, Adam. Chiunque l'abbia uccisa le ha rimosso le impronte digitali, e abbiamo così tante informazioni da esaminare che è quasi peggio che non averne affatto».

«Gesù». Allungò la mano e afferrò quella di lei, passando il pollice sul dorso delle sue dita. «Ho visto sui social che hanno chiuso il festival».

«Era inevitabile. A prescindere dal fatto che metà del parco è ora una scena del crimine attiva, sarebbe stato di pessimo gusto continuare date le circostanze». Arricciò il naso. «Nonostante ciò che il manager del gruppo principale aveva da dire al riguardo».

«Sharp si sta occupando della cosa?»

«La sede centrale si sta tenendo alla larga per il momento, grazie al cielo, a parte fornire la manodopera extra di cui avevamo bisogno oggi e un servizio di linea diretta per eventuali indizi che potremmo ricevere. Se la situazione rimarrà tale tra qualche giorno dipenderà dal fatto che Lucas o Harriet possano darci alcune risposte».

Adam si mosse sulla sedia ed estrasse il cellulare dalla

tasca posteriore dei suoi pantaloncini da surf. «Sembri distrutta. Ordinerò del cibo da asporto invece di cucinare stasera. Ho la sensazione che altrimenti ti addormenterai prima che serviamo in tavola».

«Non sono così malmessa, davvero. Starò bene...» Kay si interruppe mentre un enorme sbadiglio prendeva il sopravvento.

Adam rise. «Per fortuna sei una detective e non una criminale, perché sei davvero pessima a mentire».

CAPITOLO 11

Ian Barnes estrasse il cellulare dal supporto magnetico sulla griglia di ventilazione del cruscotto, lo infilò nel taschino della camicia e spinse la portiera dell'auto per affrontare un'altra mattinata estiva torrida.

Erano solo le sette e trenta, ma un'umidità persisteva già nell'aria, l'immobilità accentuata dai toni smorzati di una sonnolenta domenica mattina nella città capoluogo della contea.

L'ultima discoteca aveva espulso i suoi avventori poco più di un'ora prima, e per un momento assaporò il silenzio che veniva interrotto solo da un gabbiano stridulo che disegnava archi e volteggiava nel cielo.

Facendo un respiro profondo, raddrizzò le spalle e si diresse verso la porta sul retro della stazione di polizia, strisciando il suo badge di sicurezza e sentendo un *click* metallico prima di addentrarsi in un ampio corridoio.

Era stato dipinto di un color beige aziendale sei anni prima, e mostrava i segni e le abrasioni degli anni intercorsi mentre le persone venivano scortate verso la stanza di custodia o si dirigevano verso gli spogliatoi alla sua destra prima di iniziare un altro turno.

Alla sua sinistra, il corridoio svoltava verso le celle, le pareti erano coperte di vari poster che fornivano informazioni su linee di assistenza, centri di crisi, salute e sicurezza, mentre davanti a lui il passaggio formava un angolo a gomito superando una scala e proseguendo verso l'area della reception aperta al pubblico.

Salì le scale, con il corrimano che ancora emanava l'odore dei prodotti chimici usati dagli addetti alle pulizie durante il loro passaggio nella stazione la notte precedente. Raggiunto il secondo piano, si diresse a passo deciso verso la sala operativa.

Qualcuno aveva già acceso la macchina del caffè, e l'odore di caffeina fresca si diffondeva nell'aria verso di lui mentre la porta si richiudeva con un sibilo alle sue spalle. La stampante ronzava nell'angolo, sputando pagina dopo pagina un rapporto che sembrava non finire mai.

Un sorriso si formò quando scorse una figura familiare seduta davanti al suo computer, le dita martellavano sulla tastiera mentre fissava lo schermo.

«Buongiorno, capo» disse, lanciando il suo zaino sotto la scrivania e accedendo al sistema. «Ci fai vergognare tutti come al solito?»

Kay lo guardò da sopra il suo schermo, gli lanciò un sorriso sardonico, e tornò alla sua attività. «Sto solo cercando di smaltire un po' alcune di queste email. Stavo vincendo la battaglia fino a quando non abbiamo ricevuto la chiamata ieri quando è stata trovata la nostra vittima.»

«Ti capisco.» Si appoggiò con il gomito sulla scrivania e rifletté sull'elenco dei nuovi messaggi apparsi durante la notte in sua assenza. «Quanto del nostro carico di lavoro pensi che potremo delegare per concentrarci su questo caso?»

«Visto come stanno andando le cose, probabilmente niente, il che significa che dovremo assicurarci di dividere attentamente il lavoro per gestire questa squadra, Ian.» Diede un'occhiata oltre la sua spalla verso la porta chiusa, poi tornò a guardarlo. «Che opinione hai di Kyle? Sei soddisfatto dei suoi progressi finora?»

Barnes annuì. «È stato lui a chiamare la squadra di ricerca di Terry al lago ieri. Sa ascoltare bene e conosce le procedure a menadito. È solo questione di mancanza di esperienza in prima linea al momento per casi come questo. Comunque, sappiamo entrambi che passerà gli esami da detective senza problemi.»

«Sì, pensavo esattamente la stessa cosa.» Tamburellò con le dita sulla scrivania per un momento. «E per quanto riguarda la sua salute generale? Hai qualche preoccupazione?»

«No. Ho scambiato due parole con lui qualche settimana fa solo per controllare, ma mi ha assicurato che tutto andava bene e non ho visto nulla che mi preoccupasse. Tu?»

«No, e sono sicura che le sue valutazioni psicologiche sono terminate qualche mese fa. Anche il reparto del personale non mi ha segnalato problemi.»

Nessuno dei due lo espresse ad alta voce, ma Barnes sentì una stretta al petto al ricordo di un altro giovane agente ucciso durante il servizio, la cui presenza nella squadra mancava molto, specialmente ora, nel bel mezzo di un'indagine per omicidio.

«Ok, bene.» L'attenzione di Kay tornò al suo schermo. «In tal caso, gli faremo guidare una piccola squadra su questo caso e vedremo come se la cava. Se noti qualcosa che ti preoccupa però, dimmelo subito, intesi?»

«Intesi.» Guardò oltre la sua spalla mentre la porta si apriva e un flusso costante di agenti entrava nella stanza, il livello di rumore aumentò mentre si disperdevano rapidamente tra le scrivanie e l'indagine riprendeva slancio ancora una volta. «Ci risiamo.»

«Dammi cinque minuti e inizieremo il briefing» disse lei.

Barnes alzò una mano in segno di saluto mentre Gavin e Laura si univano a loro, i due già battibeccavano amichevolmente mentre si sistemavano.

«Onestamente, voi due a volte sembrate una vecchia coppia sposata» ridacchiò.

Gavin sorrise. «È quello che ha detto Leanne l'ultima volta che siamo usciti tutti insieme.»

«Qualche novità per quanto riguarda le ricerche al lago, capo?» disse Laura, posando un bicchiere di caffè da asporto accanto al suo computer e legandosi i capelli. «Erano ancora là alle nove ieri sera, un'amica mi ha detto di averli visti mentre era uscita a correre.»

Kay alzò lo sguardo. «Stava correndo nel parco?»

«No, quello era ancora chiuso al pubblico. Stava correndo lungo una delle strade laterali e li ha visti al lavoro.»

«Beh, non è ancora arrivato nulla nelle email.» L'ispettrice spinse indietro la sedia. «Bene, sembra che ci siano tutti, quindi iniziamo, d'accordo?»

Barnes girò la sedia per rivolgere lo sguardo alla lavagna mentre Kay si avvicinava ad essa, seguita da un educato flusso di agenti e assistenti amministrativi che formando un semicerchio allentato si spingevano per prendere posizione.

«Capo, queste sono le ultime dal sistema HOLMES2» disse Debbie, porgendole un'agenda e poi distribuendo copie tra i colleghi. «E ho appena ricevuto una chiamata da Terry Clybourne. Hanno completato la ricerca in acqua un'ora fa e dice che passerà di qui sulla strada di ritorno a Gravesend.»

«Ok, grazie.» Kay scorse la pagina con lo sguardo prima di metterla da parte. «Mentre aspettiamo quell'aggiornamento da Terry, com'è andata con le indagini porta a porta ieri, Aaron?»

Il detective in uniforme si fece avanti nella stanza e alzò la voce per farsi sentire. «Abbiamo completato il primo giro di porta a porta alle sette di ieri sera. Questo non tiene conto delle persone assenti, e in alcuni di questi casi i vicini ci hanno informato che i residenti sono via per il weekend o più a lungo. Abbiamo una lista separata di questi per seguirli quando torneranno, così potremo chiedere loro di controllare i giardini per qualsiasi attività sospetta, in particolare le proprietà che confinano direttamente con il parco. Al momento, non abbiamo ricevuto informazioni che potrebbero collegarsi alla nostra vittima, anche se rivedremo tutte le dichiarazioni nel corso del prossimo giorno o giù di lì per ricontrollare».

«Grazie, Aaron. Laura, quanti hai al lavoro sul database delle persone scomparse in questo momento?»

«Tre, capo, più me. Abbiamo qualche centinaio di nomi da esaminare, ma ti farò avere un aggiornamento appena possibile».

«Va bene». Kay si guardò intorno finché non trovò Gavin. «E per quanto riguarda le telecamere di sorveglianza? Quali sono gli ultimi progressi?»

«Non potremo accedere alle telecamere del comune fino a quando non torneranno al lavoro domani, capo, ma abbiamo iniziato a ricevere file da alcuni dei residenti con cui la squadra di Aaron ha parlato ieri». Il detective fece una smorfia. «Ho messo quattro agenti al lavoro, ma a questo ritmo ci vorrà un po' per esaminare tutto».

«Capisco. Fai del tuo meglio con quello che hai, Gav, perché non avremo più personale nel futuro prossimo, e...»

Barnes si voltò al suono di passi pesanti che si avvicinavano al gruppo e vide Terry Clybourne avanzare verso di loro, le braccia reggevano una scatola d'archivio traboccante di sacchetti per prove, poi diede un'occhiata alle sue spalle per vedere gli occhi di Kay che si spalancavano alla vista.

«Cristo, Terry», riuscì a dire. «Non dirmi che hai trascinato tutto questo fuori dal lago?»

Il capo della squadra di ricerca fece un'alzata di spalle imbarazzata mentre lasciava cadere la scatola sulla scrivania accanto a Laura e faceva un passo indietro. «Quattordici coltelli, tre pistole, farò sapere alla squadra anticrimine di Gravesend di queste, e quella che sembra una sciabola da cerimonia dei primi del Novecento».

«E tutto dovrà essere analizzato per eventuali tracce di sangue della nostra vittima», mormorò Kay, rovistando tra i sacchetti.

Barnes sospirò. «Saremo nella lista nera di Harriet per un bel po' dopo che le avremo mandato tutta questa roba, vero?»

CAPITOLO 12

Kay ripose la cornetta del telefono nel supporto e imprecò sottovoce, col petto stretto.

Sbirciando oltre il suo schermo del computer, vide il viso di Barnes corrugato per la concentrazione, con la bocca all'ingiù. Alle sue spalle, la sala operativa brulicava di attività, dato che il briefing si era concluso trenta minuti prima Terry che li salutava e Debbie che ora lavorava con uno degli assistenti amministrativi per registrare ogni sacchetto di prove nel sistema HOLMES2 prima che venissero inviati al laboratorio di Harriet.

Un telefono cellulare emise un suono alla sua destra, seguito subito dopo da un altro e poi una cascata di bip e segnali acustici riempì la sala, facendo sì che i suoi colleghi interrompessero il lavoro in risposta, mentre uno dopo l'altro abbassavano la testa verso gli schermi dei telefoni.

Abbassò lo sguardo quando anche il suo cellulare emise una leggera vibrazione e vide visualizzato un avviso dell'app di un giornale nazionale; quindi, lo aprì con uno swipe per leggere.

Polizia incapace di spiegare la morte di una donna al festival di Mote Park.

«Oh merda», gemette, scorrendo l'articolo.

Nell'articolo, il giornalista aveva lanciato un attacco feroce contro gli organizzatori del festival e la polizia, citando diversi presunti esperti che avevano espresso opinioni sulla situazione. Sia il manager della band principale che il cantante avevano espresso le loro opinioni, mostrando solo un fugace dispiacere per la morte della giovane donna prima di lamentarsi della cancellazione di quello che secondo loro sarebbe stato un "ritorno monumentale" per la band.

E poi, proprio alla fine dell'articolo, il giornalista aveva incluso il nome di Kay come responsabile delle indagini insieme a un commento sarcastico sul fatto che, al momento, la polizia non aveva voluto rilasciare dichiarazioni.

«Fantastico», mormorò, mettendo da parte il telefono. Si alzò in piedi. «Tutti, tornate al lavoro. Grazie a questa gente e ai loro compari, ora siamo sotto una pressione ancora maggiore per ottenere un risultato per la nostra vittima, e in fretta. Non lasciate che questo vi distragga da ciò che state facendo, quindi concentratevi per favore».

Una risposta sommessa accolse le sue parole, ma dopo alcuni mormorii e brontolii che arrivarono fino a dove si trovava lei, gli agenti riuniti tornarono al lavoro.

«Non lasciare che i bastardi ti buttino giù, giusto?» disse Barnes mentre lei riprendeva posto. «Era inevitabile che succedesse, capo. Soprattutto dopo i servizi televisivi andati in onda ieri sera. Pia ha detto che uno di quelli locali è stato trasmesso anche nel telegiornale della mattina oggi».

«Meraviglioso». Kay fissò lo schermo del computer con rabbia, spostando lo sguardo verso il telefono della scrivania quando vibrò. Non riconoscendo il numero, fece un respiro profondo e rispose. «Ispettrice Hunter».

«Ispettrice Hunter, sono Alistair Featheringham. Spero che lei possa darmi alcune risposte».

Kay aggrottò la fronte. «Mi scusi, il suo nome non è…»

«Sono il proprietario di Crusader Events, gli organizzatori del festival di questo fine settimana al parco. Un affare terribile». L'uomo si fermò per riprendere fiato. «Visto il servizio di stamattina, ho bisogno di parlare con lei della limitazione dei danni».

«Limitazione dei danni?» Kay alzò un sopracciglio in direzione di Barnes. «Stiamo conducendo un'indagine per omicidio, signor Featheringham. Esattamente a che tipo di limitazione dei danni stava pensando?»

«Beh, innanzitutto c'è la questione di come sono state gestite le comunicazioni ieri. Come può immaginare, abbiamo molti possessori di biglietti arrabbiati che chiedono rimborsi, che non siamo in grado di emettere dato che il festival era già ben avviato prima di essere interrotto…»

«Interrotto? Signor Featheringham, una giovane donna è stata trovata assassinata ieri mattina da due volontari sotto contratto con la sua azienda. Al momento, ogni persona che ha partecipato al festival è un sospettato. Le dà un'idea della portata di ciò con cui abbiamo a che fare?»

«Io, ehm... le notizie...»

«Sono perfettamente consapevole di ciò che vari organi di informazione stanno riportando in questo momento, grazie, e niente di tutto ciò sta aiutando me e la mia squadra a trovare un assassino. C'era qualcos'altro di cui aveva bisogno?»

«Potremmo forse parlare domani quando avrà qualcosa di più concreto...»

«Forse», disse Kay, e rimise il telefono nel supporto.

Barnes ridacchiò. «E le assicurazioni non hanno ancora iniziato a chiamare».

«Pensavo che la sede centrale stesse gestendo queste chiamate oggi per darci un vantaggio iniziale».

«Qualcuno deve avergli dato il tuo numero diretto allora».

«La donna che organizzava i volontari, Dana Schuldberg. Le ho dato il mio biglietto». Kay gemette. «Cristo, Ian, siamo già da ventiquattr'ore dentro questa indagine, e non abbiamo nulla su cui lavorare».

Barnes ruotò sulla sedia e guardò la stanza. «Abbiamo molto su cui lavorare, capo, è solo che c'è troppo *materiale* su cui lavorare. Tutte quelle dichiarazioni, liste di partecipanti, mi è appena stata inviata via email la lista dei fornitori e ci vorranno alcuni giorni per esaminarla per vedere chi era presente e controllare i precedenti penali, e non posso nemmeno iniziare prima di domani quando metà di queste aziende saranno di nuovo operative. Oggi non c'è quasi nessuno disponibile».

«Dovremo fare del nostro meglio. Abbiamo ancora una giovane donna che giace nell'obitorio di Lucas». Kay strinse la mascella. Caricando le immagini della scena del crimine su HOLMES2, le scorse, assorbendo ogni dettaglio, memorizzandole. «Non la deluderò. Troveremo chi le ha fatto questo».

Il telefono al suo gomito vibrò ancora una volta, e visualizzò un numero di Gravesend sullo schermo con un numero interno familiare.

«Capo?» rispose. «Siamo ancora nelle fasi iniziali qui, quindi non ho ancora nulla di nuovo da riferire».

«Io sì», rispose il familiare tono brusco di Sharp. «La linea diretta qui ha appena ricevuto una chiamata da una donna di Kingswood, Georgina Leneghan. Dice che sua figlia, Tansy, doveva andare a stare da lei ieri sera, ma dopo aver telefonato per farle sapere che stava progettando di incontrare qualcuno venerdì pomeriggio lungo il tragitto, non si è più fatta sentire. Sua madre stava per denunciarne per scomparsa, ma poi ha visto le notizie di stamattina».

Un senso di paura riempì lo stomaco di Kay, e chiuse gli occhi. «Ha fornito una fotografia?»

«L'ha inviata via email un attimo fa», disse Sharp. «È lei».

CAPITOLO 13

Barnes guidò l'auto di servizio attraverso un paio di pilastri di arenaria e parcheggiò di fronte a una caratteristica canonica vittoriana ristrutturata.

C'era già una volante della polizia accanto a un'auto sportiva ribassata sul vialetto di ghiaia, con la carrozzeria scintillante sotto la luce del sole di metà mattina.

«Cosa sei riuscita a scoprire, capo?» disse lui, con la mano sulla maniglia della portiera.

Kay finì di scorrere un app di social media e alzò lo sguardo dallo schermo del telefono, osservando la solida porta d'ingresso in quercia che la separava da una madre in lutto.

Un glicine color viola pallido addolciva la durezza dell'esterno in mattoni dell'edificio, con i suoi rami contorti che incorniciavano le finestre e si allungavano verso le grondaie. Arbusti colorati riempivano le aiuole sotto le finestre, curati e potati con attenzione, e Kay notò un sentiero lastricato che costeggiava la parte sinistra della casa e che immaginò conducesse al giardino sul retro.

«Tansy Leneghan aveva ventiquattro anni» disse guardando attraverso il parabrezza. «Si è laureata all'Università di Reading e ha fatto diversi lavori fino a quando si è trasferita a Bristol per lavorare con un'agenzia pubblicitaria all'inizio di quest'anno. È in affitto in una casa appena fuori città, sembra avere un gruppo ristretto di amici lì, e mantiene regolarmente i contatti con i vecchi compagni dell'università, si sono tutti dispersi dopo la laurea. Il padre non appare sui social media né di lei né di Georgina. Sembrava essere molto legata alla madre, era figlia unica».

Barnes scosse la testa. «Gesù. Odio questa parte».

«Anch'io. Andiamo?»

Non aspettò la sua risposta.

Attraversando il vialetto e salendo i tre gradini fino alla porta d'ingresso, un brivido le percorse le spalle nonostante il caldo della mattina.

Si sistemò la giacca del completo, fece un respiro profondo e bussò delicatamente.

La porta si aprì, rivelando un volto familiare.

«Hazel, grazie per essere venuta con così poco preavviso» disse Kay. «Soprattutto visto che non eri di turno oggi, sei stata la prima persona che mi è venuta in mente date le circostanze».

Hazel Aldridge fece un leggero cenno con la testa. «Va bene. Era la cosa giusta da fare. Entrate e vi darò un rapido aggiornamento».

L'egente esperto di coordinamento con la famiglia fece un passo indietro, lasciandoli entrare in un atrio buio che non catturava nulla della luce esterna.

Un silenzio riempiva la casa, interrotto solo

dall'occasionale *gocciolio* di un rubinetto che proveniva da una porta sulla destra delle scale, che Kay suppose portasse a un bagno al piano terra. Poi sentì il suono di un debole singhiozzo.

«Dov'è Georgina?»

«Nel soggiorno, proprio lì. C'è una collega con me, Diane. Spero non ti dispiaccia, ma è una delle mie tirocinanti e mostra molto potenziale» disse Hazel. «Se dovessi essere chiamata via per un'emergenza, Diane prenderà il mio posto, quindi volevo che stabilisse un contatto fin dall'inizio».

«Capisco. Georgina ha rilasciato una dichiarazione?»

«Sì, per lo più confermando ciò che ha detto alla linea diretta quando ha chiamato. Tansy non avrebbe mai dovuto trovarsi in quel parco, Kay. Ha lasciato il lavoro a Bristol all'una di venerdì perché aveva concordato con il suo capo di uscire prima per cercare di evitare il traffico intenso. Ha telefonato a Georgina durante il viaggio per dire che doveva fare una deviazione a Maidstone e che quindi sarebbe arrivata qui verso le dieci di ieri mattina».

«E non è mai arrivata».

«Qualche idea su dove stesse andando a Maidstone?» disse Barnes. «O chi doveva incontrare?»

«Non sono entrata ancora nei dettagli» rispose Hazel. «Ho pensato di lasciare questo a voi, Georgina ha fatto molte domande da quando siamo arrivati, ed è ovviamente sconvolta».

«È comprensibile». Kay osservò la porta chiusa alla loro sinistra. «Da questa parte?»

«Sì. Diane è in uniforme perché era in servizio a Sittingbourne quando siamo state convocate».

«Grazie».

Facendosi forza per un momento, Kay aprì poi la porta ed entrò in un lussuoso soggiorno che, nonostante sembrasse confortevole, riusciva comunque a fornire riparo dal calore estivo esterno.

Un caminetto pulito occupava metà della parete opposta, e Kay non osò pensare quanto fredda potesse diventare la casa durante i mesi invernali. L'unica finestra dava sul vialetto, e le pareti in intonaco erano state dipinte di verde scuro, accentuando l'architettura vittoriana.

Due divani erano disposti uno di fronte all'altro accanto al caminetto, e due donne alzarono lo sguardo da dove erano sedute su uno di essi quando entrò.

L'agente di coordinamento con la famiglia in tirocinio aveva sulla quarantina, con capelli castani corti che le sfioravano il colletto, i suoi occhi gentili mentre attendeva che venissero fatte le presentazioni.

Lo sguardo di Kay incontrò quello di Georgina Leneghan e in quel momento capì che avrebbe fatto tutto il possibile per consegnare alla giustizia il mostro che aveva ucciso l'unica figlia della donna.

«Sono l'ispettrice Kay Hunter, e questo è il mio collega, il sergente Ian Barnes. Siamo molto dispiaciuti per la sua perdita» disse, sedendosi sul divano opposto.

Georgina annuì, tamponandosi il naso con un fazzoletto di carta spiegazzato. «Ho sentito parlare di lei. Ha trovato quella bambina scomparsa qualche anno fa, vero?»

«Sì, è vero».

«Mi dica, ispettrice. Ha figli?»

Kay sbatté le palpebre, la domanda era ovvia da parte

di una madre in lutto, ma la risposta era qualcosa che pochissime persone conoscevano. Percepì Barnes irrigidirsi accanto a lei, e fece un leggero cenno negativo con la testa. «No, non ne ho».

La donna davanti a lei tirò su col naso. «Tansy è... era... oh...»

Concedendo a Georgina un momento per elaborare il lutto, Kay abbassò lo sguardo sulle sue mani, con le unghie che si conficcavano nella carne morbida dei palmi. Quando alzò lo sguardo, Diane stava mormorando qualcosa alla donna, che annuì in risposta e si asciugò gli occhi.

«Dovete farmi delle domande, vero?» disse, sollevando un po' il mento.

«Sì, è così». Kay si sforzò di rilassare le spalle mentre Barnes girava una pagina pulita del suo taccuino. «E mi scuso se possono sembrare ripetitive, ma devo capire i piani di Tansy per quel venerdì da ogni angolazione. Ha detto a Hazel e Diane che è uscita presto dal lavoro venerdì pomeriggio per venire qui. Da quanto tempo avevate programmato questo fine settimana insieme?»

«È stata una cosa dell'ultimo minuto» disse Georgina. «Mi ha telefonato lunedì scorso con un po' di fretta, chiedendomi se poteva venire a stare da me. Naturalmente, non ho esitato e ho detto di sì. Ci sentiamo al telefono almeno una volta alla settimana, ma dato il suo lavoro e il tempo trascorso con gli amici durante l'estate e tutto, non era riuscita a venire qui dalla fine di maggio.»

«Che macchina guida?»

Georgina glielo disse, recitando a memoria il numero

di targa, con un leggero sorriso sulle labbra. «Ho un talento per ricordare cose del genere. Lei mi prendeva sempre in giro per questo.»

«E il padre di Tansy?»

«Se n'è andato quando lei aveva tre anni. Nessuna di noi ha contatti con lui. Non so nemmeno dove viva oggigiorno.»

«Avremo bisogno di un nome, solo per escluderlo dalle nostre indagini, e deve essere informato dell'accaduto. Le dispiacerebbe?»

Georgina sospirò. «Si chiama Joseph Throndsen. Non ho un indirizzo, e non ho idea di quale sia il suo numero di telefono. Non voglio avere nulla a che fare con lui. Nemmeno Tansy lo voleva, ed è per questo che usa il mio cognome da nubile, non il suo.»

«Va bene, capisco. Le assicuro che non trasmetteremo i suoi dati a lui. Se vorrà mettersi in contatto, la informerò, e lei potrà prendere quella decisione» disse Kay. «Riesce a ricordare a che ora Tansy l'ha chiamata per dirle che sarebbe andata a Maidstone prima di venire qui?»

«Erano appena passate le tre e un quarto. Mi ha detto che era rimasta bloccata nel traffico allo svincolo di Leatherhead; quindi, inizialmente pensavo mi stesse telefonando per dirmi che avrebbe fatto tardi. Poi ha detto che era spuntato qualcosa e doveva andare a trovare qualcuno prima di venire qui. Quando le ho chiesto a che ora sarebbe arrivata, si è scusata, dicendo che forse avrebbe dovuto passare la notte fuori e che contava di arrivare qui alle dieci di ieri.»

«Come le è sembrata durante la chiamata?»

Georgina si appoggiò allo schienale, lo sguardo perso nei vortici di colore del tappeto spesso prima di parlare. «Stavo per dire riservata, come l'ultima volta che mi ha parlato di un nuovo fidanzato, ma era più di questo... *evasiva*, questa è la parola che sto cercando. E ha cambiato argomento.»

«Sembrava preoccupata, o le ha espresso qualche timore?»

«Preoccupata no. Forse come se avesse qualcosa per la testa, perché le ho chiesto se andava tutto bene e lei ha insistito di sì. Poi ha detto che doveva andare perché il traffico stava riprendendo a scorrere e sa che mi preoccupo quando parla al telefono mentre guida, anche se usa il vivavoce. Le ho detto che le volevo bene, e che ci saremmo viste presto. Io...»

Nuove lacrime scesero sul viso di Georgina, e il cuore di Kay si strinse alla vista di una madre che aveva perso una figlia in circostanze così terribili.

Dopo averle assicurato che avrebbe fatto tutto il possibile per trovare il responsabile, condusse Barnes fuori dalla stanza e verso la porta d'ingresso.

Calore e luce la investirono mentre scendeva i gradini, e si fermò un momento fuori dalla vista della finestra del soggiorno per chiudere gli occhi e immergersi sotto i raggi del sole. Il calore penetrò attraverso i suoi vestiti, attraverso la pelle e fino alle ossa, attenuando il freddo della casa alle sue spalle e tutto il suo dolore.

«Va tutto bene, capo?» disse Barnes, i suoi passi che scricchiolavano sulla ghiaia a pochi metri di distanza.

Aprendo gli occhi, tirò su col naso, poi annuì. «Sì. Grazie.»

«Vuoi andare a prendere un caffè prima di tornare alla sala operativa?»

«No, va bene così.» Gli lanciò uno sguardo grato, poi si diresse a passo deciso verso l'auto. «Voglio trovare il bastardo che ha fatto questo.»

CAPITOLO 14

Laura abbassò lo sguardo per leggere un altro messaggio di testo dalla sala operativa sul suo telefono, poi guardò dall'altra parte della strada la casa bifamiliare degli anni '50 nascosta dietro una siepe di ligustro rinsecchita che aveva visto giorni migliori.

Lei e Kyle avevano parcheggiato in uno dei quartieri residenziali più vecchi di questa parte di Maidstone, case un tempo di proprietà del comune locale e di design simile a molti edifici del dopoguerra in tutto il Kent.

I giardini erano più grandi rispetto a quelli delle proprietà più recenti lungo la strada e ciascuno confinava con Mote Park, rendendoli una priorità elevata per la squadra investigativa.

Più grande della maggior parte delle abitazioni contemporanee, la casa di fronte a lei aveva grandi finestre a bovindo su entrambi i lati di una porta d'ingresso protetta da un portico e un ampio tetto rosso spiovente. Sia questa che la proprietà vicina erano rivestite di un intonaco beige che era stato ridipinto di recente, a differenza di alcune altre all'estremità della strada.

L'ampio vialetto a lato era occupato da una collezione eterogenea di automobili e un'insegna sopra un garage separato in blocchi di cemento annunciava "Officina Torsney".

Un paio di porte in lamiera ondulata erano tenute aperte con due mattoni, e poteva sentire il suono di una smerigliatrice angolare provenire dall'interno buio. Uno scroscio occasionale di scintille accompagnava il rumore e automaticamente controllò l'orologio, chiedendosi se i vicini stessero ricevendo un brusco risveglio.

Tirando giù gli occhiali da sole, imprecò sottovoce quando si impigliarono nei suoi capelli, poi li lasciò cadere sul naso e guardò oltre la spalla mentre la portiera dell'auto sbatteva.

«Credo che lascerò condurre a te questa volta», disse.

Kyle Walker si sistemò la giacca sulle spalle e la raggiunse, infilando le chiavi in tasca prima di fissarla con un'espressione perplessa. «Hai ancora i capelli rizzati».

«Cavolo». Li lisciò, poi si tolse gli occhiali da sole e li mise nella borsa. «Grazie».

Lui sorrise e indicò con il mento verso la casa. «Da quanto tempo questo tizio gestisce un'attività da casa?»

«Da quando è andato in pensione come meccanico da una delle grandi concessionarie sulla strada di Loose otto anni fa», disse Laura. «Gareth fa revisioni, manutenzioni, quel genere di cose. Ieri era fuori quando la squadra di Aaron stava facendo il porta a porta, ma hanno parlato con sua moglie. Ha detto che non avevano notato nulla di sospetto venerdì sera o sabato mattina, ma ci ha riferito che Gareth ha telecamere di sorveglianza intorno alla proprietà e che potremmo avere copie delle registrazioni. Grazie a quelle ottiene condizioni migliori sulla sua assicurazione aziendale, specialmente da quando un posto simile a un chilometro e mezzo da qui è stato svaligiato due anni fa».

«Questa proprietà confina con il parco, giusto?»

«Sì, uno degli agenti in uniforme ha dato un'occhiata mentre erano qui ieri, c'è una recinzione a pannelli alta due metri tra il giardino e un'enorme siepe di rovi, ma nessun segno che qualcuno l'abbia scavalcata».

La smerigliatrice angolare si arrestò e improvvisamente si accorse del gioioso tubare di un colombo selvatico da un ciliegio accanto al cancello d'ingresso. Qualcuno fischiettava insieme a una vecchia canzone rock alla radio che manteneva un ritmo costante prima che un martello si unisse, il costante *whack* del metallo sul metallo fuoriusciva dalle porte.

«Che ore sono?» chiese Kyle.

«Appena passate le dieci e mezza». Sorrise. «Mi chiedo a che ora abbia iniziato?»

«Non lo so, ma che ne dici di dare ai vicini un po' di tregua?»

«Buona idea».

Seguì il collega su per il vialetto e oltre le auto allineate su entrambi i lati. Alcune erano malconce, una sembrava aver subito un tamponamento che era servito solo a rimuovere la ruggine esistente dalla carrozzeria, ma due brillavano come appena uscite da un piazzale di auto usate.

Un uomo sulla sessantina uscì dal garage asciugandosi

le mani unte su un asciugamano una volta blu, poi aggiustò un cappellino da baseball nero per proteggersi gli occhi. «La signora mi ha detto di aspettarmi una visita della polizia questa mattina. Immagino siate voi?»

«Detective Laura Hanway, e questo è il mio collega, Kyle Walker. E lei è...»

«Gareth Torsney. Gradite un tè?»

«No, ma grazie per l'offerta. La stiamo interrompendo?»

«Sì». Un guizzo malizioso all'angolo dell'occhio sinistro di Torsney ammorbidì le sue parole. «Ma nei fine settimana faccio pagare il doppio, e il cliente se lo può permettere, quindi...»

«Faremo in fretta».

«Venite dentro al riparo dal sole. Qui fa più fresco. Fate solo attenzione a dove mettete i piedi, ho fuori il tubo dell'aria compressa e non voglio dover spiegare alla mia assicurazione come ho fatto a far inciampare un detective se vi fate male».

«Tutte queste auto appartengono a clienti, signor Torsney?» disse Laura, battendo le palpebre per contrastare l'improvvisa penombra mentre seguiva i due uomini nel garage.

«Tutte tranne la decappottabile blu vicino alla casa. Le due più nuove sono qui solo per le revisioni. Tre stanno aspettando dei pezzi che dovrebbero arrivare domani se non ci sarà un altro ritardo nella Manica, e una dovrebbe essere ritirata e pagata più tardi oggi. Quella vecchia utilitaria è quella su cui sto lavorando al momento». Torsney raggiunse un lungo banco da lavoro che si estendeva per tutta la larghezza del garage e poi si voltò, raggiungendo il taschino sul petto della sua tuta macchiata d'olio. «Prima che mi dimentichi, ho copiato su una chiavetta le riprese di sorveglianza dalle mie telecamere per voi».

«Grazie», disse Kyle prendendo la USB. «Quanto materiale c'è qui?»

«Ho pensato che sarebbero serviti i due giorni forse precedenti al ritrovamento della ragazza, quindi avete da mercoledì in poi, ovvero quando il festival ha iniziato a far entrare i campeggiatori».

«È ottimo». Kyle mise in tasca la chiavetta, fornì una ricevuta per essa e poi aggrottò la fronte. «Come ha fatto a far entrare tutte le riprese qui dentro?»

«Non è un feed in diretta. Funziona solo a sensore di movimento, quindi risparmia spazio. Non so se la signora ve l'ha detto, ma abbiamo quattro telecamere, una su ogni angolo della casa; quindi, due che inquadrano la strada e il vialetto, e altre due che riprendono il giardino, e la recinzione che ci separa dal parco».

«Ci risulta che lei fosse fuori quando i nostri colleghi hanno parlato con sua moglie ieri. Dov'era?»

«Nel Dorset. Io e alcuni amici siamo andati a una grande esposizione di carri armati al museo di Bovington».

«Carri armati?»

«Sì. Veicoli corazzati, sa? Siamo partiti mercoledì sera. Sono tornato solo ieri pomeriggio perché la mia signora ha detto che c'era stato un omicidio nel parco e non mi piaceva l'idea che lei fosse in casa da sola ieri notte». Torsney rabbrividì visibilmente. «È terribile pensarci. Sapete già chi è la vittima?»

«Non possiamo commentare un'indagine in corso. A che ora è rientrato?»

«Verso le otto e mezza. Il traffico in autostrada era piuttosto intenso come al solito.»

«Avremo bisogno di una lista delle persone che erano con lei.»

Torsney sembrò colto alla sprovvista. «Perché? Le ho appena detto dove mi trovavo.»

«È la procedura standard, tutto qui», disse Kyle con tono pacato, girando una nuova pagina nel suo taccuino.

Laura trattenne un piccolo sorriso che stava per formarsi, compiaciuta che il suo collega lasciasse perdurare il silenzio invece di fornire ulteriori rassicurazioni all'uomo.

Il proprietario dell'officina sospirò, poi elencò rapidamente i nomi di altri tre uomini, tutti con indirizzi locali. «Dubito che torneranno prima di questo pomeriggio, però. Il museo aveva promesso di accendere il carro armato Tiger questa mattina e in realtà è per questo che ci siamo andati. Dovreste sentire quei motori quando lo accendono. Ti fa tremare le costole, davvero.»

Kyle chiuse di scatto il taccuino e lanciò un'occhiata a Laura. «Hai altro da chiedere?»

«No, credo sia tutto. Grazie per il suo tempo, signor Torsney», disse lei. «E grazie anche per la chiavetta USB. La contatteremo di nuovo se avremo domande sui filmati di sorveglianza. Potrebbe assicurarsi di conservare le registrazioni originali fino a quando non le diremo diversamente?»

«Certo, nessun problema. Fate attenzione a non inciampare su quel tubo dell'aria mentre uscite...»

CAPITOLO 15

Quando Kay attraversò la stanza per raggiungere la sua scrivania temporanea, il sole del tardo pomeriggio brillava attraverso le finestre della sala operativa, la sua luce dorata bagnava le pareti di intonaco spoglio e attenuava la durezza dell'arredamento altrimenti utilitario.

Un flebile mormorio di voci giungeva fino al punto in cui si lasciò cadere sulla sedia che fece girare per fronteggiare la lavagna, le conversazioni si erano attenuate dopo che la notizia dell'identità della vittima si era diffusa.

La stanchezza permeava la squadra, le ore trascorse davanti agli schermi dei computer e a leggere i rapporti delle indagini porta a porta del giorno precedente cominciavano a farsi sentire mentre cercavano risposte alle domande che tutti si ponevano.

Chi aveva ucciso Tansy Leneghan?

E, perché?

Kay e Sharp avevano scelto di non divulgare l'aggiornamento ai media fino al mattino, concedendo a una madre in lutto alcune preziose ore per piangere in privato. Tuttavia, una volta che i dettagli di Tansy fossero stati rilasciati, sapeva che lei e la sua squadra sarebbero diventati il bersaglio della loro rabbia e di quella del pubblico dei lettori per l'omicidio della giovane donna.

Almeno fino a quando non avessero trovato il responsabile.

Barnes tornò dalla stampante dall'altro lato della stanza e le consegnò un fascio caldo di documenti. «Questo è l'ordine del giorno per il briefing, capo. Vuole che riunisca tutti?»

«Per favore. Dovremo lavorare sodo per rimanere un passo avanti ai media in questo caso.» Si irrigidì mentre lui emetteva un fischio acuto che attraversò la stanza. «Gesù, Ian, li sveglierai tutti.»

Lui sorrise. «Era proprio questa l'idea.»

Non ci volle molto perché la squadra di Kay si radunasse intorno alla lavagna con lei, e quando l'ultimo agente si fu unito a loro, batté le nocche sulla fotografia appuntata in cima alla lavagna.

«Come la maggior parte di voi ha sentito, ora abbiamo un nome per la nostra vittima. Tansy Leneghan, ventiquattro anni, residente a Bristol, anche se sua madre vive nei dintorni. L'ultima volta che si è avuta notizia di lei è stato alle quindici e quindici di venerdì pomeriggio quando ha telefonato a sua madre per dire che doveva fare una deviazione a Maidstone per incontrare qualcuno. Non le ha detto chi fosse, e non è mai più stata vista viva.»

Kay lasciò che le sue parole venissero assimilate, il lieve ronzio dei computer era l'unico suono mentre i suoi agenti metabolizzavano l'informazione. «Sua madre ci ha fornito i dati del datore di lavoro di Tansy a Bristol, e dovremo ottenere un elenco dei nomi dei suoi amici dai suoi profili social in modo da poter parlare con loro. Visti i limiti di tempo e di budget, tutte quelle interviste dovranno essere effettuate via telefono o collegamento video piuttosto che far viaggiare qualcuno fino a Bristol, anche la polizia dell'Avon e Somerset non ha le risorse per aiutarci. Gavin, puoi dividere gli interrogatori tra te, Laura e Kyle con tutti gli altri agenti che riesci a reclutare e iniziare questo pomeriggio? Mi rendo conto che alcune di queste persone potrebbero non essere disponibili, ma dobbiamo fare dei progressi.»

«Lo farò, capo.»

«Ian, vorrei che tu facessi rintracciare questo Joseph Throndsen, il padre di Tansy. Non dimentichiamo che abbiamo l'autopsia alle undici domani mattina.»

Il sergente detective annuì. «Dovremmo avere anche i risultati preliminari di Harriet entro martedì pomeriggio, quindi, se siamo fortunati, ci aiuteranno a ricostruire le ultime ore di Tansy.»

«Esattamente, è quello che spero.» Kay si girò verso una mappa di Mote Park che era stata appuntata al muro accanto alla lavagna. «Nonostante i problemi di personale che abbiamo, al momento c'è una squadra di agenti in uniforme che sta ancora perlustrando il parco e il suo perimetro. Avranno ancora qualche ora di luce oggi, ma più tempo passa, meno è probabile che trovino qualcosa. Ci sono più di duecento ettari di terreno qui, e numerosi modi per uscire dal parco senza usare una delle uscite segnalate. Se non otteniamo alcuni risultati dalle ricerche che stanno facendo o dai filmati delle telecamere di sorveglianza che abbiamo ottenuto finora, faremo fatica a trovare delle risposte.»

Un sospiro collettivo riempì la stanza, e lei alzò la mano in risposta. «Questo non significa che ci arrenderemo. Una volta che avremo l'elenco di amici e colleghi dal profilo social di Tansy, la vostra priorità sarà scoprire se Tansy ha detto a qualcuno di loro chi aveva intenzione di incontrare venerdì pomeriggio; il fatto che non l'abbia detto a Georgina finché non era quasi qui, non significa che i suoi amici non fossero a conoscenza dei suoi piani. E a questo proposito, Laura, puoi telefonare ad alberghi e pensioni per vedere se Tansy ha fatto una prenotazione? È ovvio che stava pianificando di pernottare da qualche parte venerdì notte se non andava da sua madre; quindi, dobbiamo escludere queste possibilità piuttosto che presumere che stesse alloggiando da qualcuno della zona.»

«Sì, capo.»

«Ci sono altre questioni che devono essere sollevate?» Kay fece scorrere lo sguardo sugli agenti riuniti, poi notò una mano alzata. «Debbie?»

«Capo, solo un rapido aggiornamento riguardo gli agenti che si uniranno alla squadra da domani mattina, erano fuori servizio nel fine settimana. Gli agenti Nadine Fleming e Sean Gastrell, e il sergente Tim Wallace.»

«Ottimo, grazie.» Kay controllò l'orologio. «Ok, non c'è molto che si possa fare oggi, dato l'orario, quindi vi voglio tutti qui alle sette e trenta domani mattina. Faremo un briefing nel primo pomeriggio una volta completata l'autopsia, ma se nel frattempo scoprite qualcosa, assicuratevi di informare immediatamente me o il sergente Barnes. Mettiamoci al lavoro.»

«È un bene avere aiuto extra» disse Barnes mentre la squadra tornava alle proprie scrivanie. «Anche bravi agenti.»

«Lo sono» disse lei, osservando i compiti aggiuntivi ora scritti sulla lavagna. «E ne avremo bisogno.»

CAPITOLO 16

La mattina successiva, Gavin si sistemò la cravatta, poi bevve un sorso veloce da una lattina di energy drink prima di posarla accanto a una fila di raccoglitori ad anelli allineati sul retro della scrivania.

La sala riunioni delle dimensioni di una scatola era una delle tre schiacciate all'estremità occidentale della stazione di polizia, e dal tanfo di muffa nell'aria, sospettava che fino a due giorni prima fosse stata usata come ripostiglio.

Passò una mano sui suoi capelli a spazzola e si sistemò nella sedia girevole che aveva metà dell'imbottitura in schiuma che pendeva da un buco nel lato del cuscino e una delle rotelle pericolosamente pronta a staccarsi.

La sedia cigolò mentre si accomodava in attesa che iniziasse la videochiamata, il suono accompagnato dal persistente *tic tic* dell'orologio a muro sopra la sua testa e dal tamburellare della sua penna su una pagina nuova del suo taccuino.

Una luce LED rossa brillava sopra la telecamera montata sullo schermo, e un messaggio automatico sotto lo informava che la persona con cui stava aspettando di incontrarsi era impegnata in un'altra chiamata.

«Forza», mormorò. «Ne ho altri sei da fare stamattina».

Ci fu un leggero *ding* e lo schermo tremolò prima che la connessione fosse stabilita, e un uomo sulla quarantina apparve dall'altra parte, con le maniche della camicia arrotolate.

Il suo viso era pallido, ma Gavin non era sicuro se fosse l'effetto della telecamera che l'uomo stava usando, del software di videoconferenza, o della notizia che era stata comunicata per telefono al datore di lavoro di Tansy quella mattina da uno degli agenti in uniforme della squadra.

«Detective Piper, mi scusi per l'attesa», cominciò. «Specialmente date le circostanze. Non riesco nemmeno lontanamente a descrivere quanto siamo tutti devastati qui. Ho dovuto mandare a casa due membri dello staff, sono troppo sconvolti».

«Grazie per aver trovato il tempo per me, signor Paget. Se non le dispiace, salterò i convenevoli, come può capire, abbiamo molte persone con cui parlare questa mattina».

«Assolutamente. Nessun problema». Paget si accomodò su una poltrona dall'aspetto lussuoso in pelle che sembrava molto più comoda di quella di Gavin. Sembrava a suo agio davanti alla telecamera. «Cosa posso dirle? Tansy era un'impiegata modello. Siamo stati fortunati ad averla, aveva altre tre offerte di lavoro aperte in quel momento, ma ha deciso che la nostra era la migliore opzione a lungo termine per le sue prospettive di carriera».

«Ho capito dalla madre di Tansy che lei gestisce un'agenzia pubblicitaria. Che tipo di clienti avete?»

«Principalmente aziende locali di fascia alta, poi ci sono alcune grandi catene alberghiere con interessi in città e uno o due enti benefici. Siamo una piccola azienda, ci sono solo dodici dipendenti. Siamo un'azienda privata, io sono uno degli azionisti, e siamo attivi da circa quindici anni. Tansy si è unita a noi all'inizio di quest'anno e si è integrata subito». Paget fece una pausa, il volto abbattuto. «Non posso credere che stiamo avendo questa conversazione».

«Cosa sapeva dei suoi piani per lo scorso fine settimana? Ci è stato riferito che ha lasciato il lavoro in anticipo venerdì».

«È corretto. È venuta a trovarmi martedì pomeriggio per chiedermi se poteva uscire all'ora di pranzo venerdì, era poco preavviso, ma il suo lavoro era aggiornato e non aveva riunioni programmate per quel pomeriggio, quindi ho detto di sì. In effetti, quel giorno è arrivata presto per recuperare parte del tempo, e poi è uscita all'una».

«Le ha detto dove stava andando e perché?»

«L'ha detto a mia moglie, che gestisce la parte HR qui da noi, che stava andando a trovare sua madre. Sapevamo che era nel Kent, è indicata nel fascicolo personale di Tansy come suo parente più prossimo, quindi non abbiamo chiesto altro».

Gavin aggiornò i suoi appunti, poi guardò di nuovo lo schermo. «Ha menzionato qualcosa riguardo a un cambiamento dell'ultimo minuto nei suoi piani per vedere sua madre?»

«Non che io ricordi, no».

La porta si aprì alla destra di Gavin, e lui lanciò un'occhiata per vedere Laura che sbirciava dentro, con eccitazione negli occhi. Le alzò una mano, poi si voltò di nuovo verso Paget. «E come sembrava venerdì, prima di lasciare l'ufficio?»

«Un po' preoccupata per come sarebbe stato il traffico intorno alla M25», disse Paget. «Ma non direi che sembrasse ansiosa o altro. Voglio dire, lei sa com'è quella strada di venerdì, comunque, ed è per questo che stava uscendo presto, per evitare il peggio. Non ho avuto l'impressione che fosse preoccupata per qualcos'altro».

Gavin poteva sentire gli occhi di Laura che gli trapanavano la nuca mentre chiudeva la porta e rimaneva in attesa appena fuori dalla visuale della telecamera, e rapidamente esaminò le risposte che Paget aveva fornito.

«C'è qualcos'altro che può dirmi che potrebbe aiutare la nostra indagine?» disse. «Qualsiasi cosa?»

Il capo di Tansy fece un triste cenno con le spalle. «Non che mi venga in mente. Certamente non riesco a immaginare perché qualcuno avrebbe voluto ucciderla. Era una persona così dolce da avere in ufficio. Coscienziosa nel suo lavoro, ma anche compassionevole verso i colleghi. Come ho detto, ci mancherà».

«Va bene, grazie, signor Paget. La contatteremo se avremo altro da chiedere».

Gavin terminò la chiamata e si girò sulla sedia per affrontare Laura, la rotella danneggiata cigolava minacciosamente. «Che cos'è…»

«Ho trovato dove Tansy avrebbe dovuto alloggiare venerdì notte», disse lei, le parole le uscirono in fretta. «E hanno ancora i suoi effetti personali».

CAPITOLO 17

Kay si tolse la giacca, la buttò sul sedile posteriore della macchina di Barnes e sbatté la portiera prima di fissare con sguardo severo le porte a vetri a pochi metri dal parcheggio dell'ospedale.

Il suo collega le si avvicinò, scuotendo la testa. «Sinceramente, capo, per quello che fanno pagare per parcheggiare qui, credo che dovremmo avere il nostro spazio esclusivo. Con lavaggio auto in omaggio.»

Lei sorrise. «Smettila di lamentarti, non stai davvero pagando, visto che lo aggiungerai alle tue note spese.»

«Che poi ci mettono due mesi a processare.» Posò il talloncino del biglietto sul cruscotto e chiuse la macchina. «Allora... cosa pensi che troverà?»

«Onestamente non lo so, Ian.» Lei guidò il cammino attraverso una strada di servizio fino all'ala dell'ospedale, seguendo le indicazioni per il reparto radiografico. «Ho imparato a non fare ipotesi sul perché e sul come le persone si uccidono a vicenda. A volte può diventare troppo deprimente.»

Si fecero da parte per lasciar passare un inserviente con un paziente in sedia a rotelle, poi Kay diede un'occhiata agli ascensori, entrambi con le luci degli indicatori che mostravano che erano bloccati all'ultimo piano, e si diresse invece verso le scale.

«Qualunque cosa trovi, spero che sia davvero d'aiuto» disse, raggiungendo il pianerottolo e aprendo una pesante porta antincendio. «Perché al momento abbiamo ben poco altro.»

Quando entrarono nella reception a forma di scatola, l'assistente dell'obitorio, Simon Winter, era chino sul suo computer, con le maniche della sua tuta protettiva arrotolate fino ai gomiti.

Li sbirciò da sopra lo schermo e indicò una stanza alla sua destra. «Buongiorno, detective. Lucas è già nella sala esami. Sto solo ricontrollando alcuni dettagli nel nostro sistema prima di raggiungerlo.»

«Quanti ne avete oggi?» chiese Kay, firmando il registro prima di passare la penna a Barnes.

«Ne abbiamo già fatti due e ce ne sono altri tre dopo il vostro» disse Simon, spingendo indietro la sedia e raccogliendo dei fogli dalla stampante mentre uscivano. Le rivolse un sorriso stanco. «Per non parlare delle scartoffie.»

«Saremo il più rapidi possibile.»

Cinque minuti dopo, completamente rivestiti con tute protettive, seguì Barnes attraverso un set di spesse porte doppie senza finestre ed entrò nell'ambiente fresco e chiuso della sala esami di Lucas.

Un paio di grandi e profondi lavandini in acciaio inossidabile occupavano il lato opposto della stanza, con due barelle metalliche disposte a distanza regolare in modo che le autopsie potessero essere eseguite in parallelo se necessario, se il personale fosse disponibile per farlo.

Il patologo forense degli Affari Interni stava in piedi accanto alla barella in fondo, piegato in vita mentre usava una lama dall'aspetto minaccioso per tagliare attorno agli organi interni della vittima.

Kay si fermò un momento, mentre il fetore filtrava attraverso la sua mascherina che era sembrata abbastanza robusta quando l'aveva indossata, e ora sembrava fragile e incapace di impedire che l'odore residuo proveniente dagli intestini di qualcuno sopraffacesse i suoi sensi.

Sbatté le palpebre, poi raggiunse Barnes mentre lui girava intorno alla barella, fermandosi infine ai piedi di Tansy in silenzio per non interrompere il flusso di pensieri di Lucas.

Il patologo faceva commenti continui in un microfono appeso dal soffitto mentre lavorava, alzò lo sguardo una volta per riconoscere la loro presenza con un cenno sbrigativo, poi si riconcentrò sulla vittima.

Simon andava avanti e indietro tra la barella e l'attrezzatura disposta su un piano di lavoro in acciaio lucidissimo di fronte ai lavandini, portando ciotole contenenti gli organi mentre venivano rimossi, pesandoli e aggiungendo i suoi risultati al commento di Lucas mentre lavoravano.

Kay allungò il collo per vedere oltre di lui e notò file di fiale di vetro contenenti vari campioni e tamponi che erano stati prelevati prima del suo arrivo, e si chiese quali di essi avrebbero fornito le risposte di cui aveva bisogno, e se qualcuno di essi conteneva le prove necessarie per catturare un assassino feroce.

Le sue dita affondarono nei palmi attraverso i guanti protettivi, e si sforzò di rilassarsi quando si rese conto di quanto stava stringendo forte la mascella.

Finalmente, Lucas si allontanò dalla barella, posò il suo bisturi su un vassoio di strumenti insanguinati accanto a sé e indicò verso i lavandini.

Lei e Barnes lo seguirono, aspettando mentre si toglieva i guanti e li ficcava in un bidone per rifiuti biologici pericolosi prima di lavarsi accuratamente le mani sotto i rubinetti.

Terminato ciò, abbassò la mascherina e tornò verso la barella, appoggiandosi al lavandino. «Ovviamente vi farò avere il mio rapporto non appena possibile, ma posso confermare che Tansy è stata uccisa per strangolamento. In base alle mie osservazioni sulla scena e ai chiarimenti che ho fatto oggi, direi che la sua morte è avvenuta tra l'una e le cinque del mattino di sabato.»

Kay espirò, chiudendo gli occhi per un momento.

«È morta dove è stata trovata?» chiese Barnes.

Mentre Kay apriva gli occhi, vide Lucas fare una smorfia. «Cosa?»

«Se non fosse per il fatto che ne ho visti passare troppi di qui nel corso degli anni, potrei dire di sì,» disse il patologo, strofinandosi il mento. «Ma la lividità non è del tutto corretta, se fosse stata uccisa dove è stata trovata, mi aspetterei di vedere più scolorimento della pelle sul lato inferiore.»

«Sento che c'è un "tuttavia",» disse Kay.

«Mmm, e avresti ragione. C'è una lividità residua su

altre parti del suo corpo, che per me suggerisce che sia rimasta su un fianco per un po', e poi sia stata girata sulla schiena.»

Barnes aggrottò la fronte. «Perché ciò accadesse, avrebbe dovuto rimanere su un fianco per almeno mezz'ora o giù di lì, giusto?»

«Di solito diciamo tra trenta minuti e quattro ore, quindi sì, è del tutto possibile.»

«Quindi, è stata spostata da un luogo al posto dove è stata trovata?»

Lucas scosse la testa. «Non credo. Ritengo che sia stata uccisa dove è stata trovata. Verificate con Harriet, comunque, il suo rapporto finale potrebbe aiutare a corroborare questa ipotesi.»

«Perché qualcuno dovrebbe ucciderla, poi tornare e spostarla sulla schiena?» disse Kay, riportando l'attenzione verso la barella dove Simon stava iniziando a raccogliere con cura gli strumenti chirurgici scartati.

In risposta, Lucas si rimise la mascherina e fece loro cenno. «Venite a dare un'occhiata.»

Nonostante la vista del corpo della vittima straziato alla ricerca di risposte, la curiosità di Kay ebbe la meglio e raggiunse il patologo accanto a Tansy mentre questi prendeva un nuovo paio di guanti da Simon e usava il mignolo per indicare una serie di lividi sul collo della donna.

«Vedi qui? Queste sono impronte digitali, lasciate da chiunque l'abbia strangolata. Contrariamente a quanto pensano alcuni, non è facile strangolare qualcuno e lei ha opposto resistenza, da qui i lividi sulle nocche. Ha un brutto livido sullo zigomo qui, guarda, il che mi suggerisce che a un certo punto durante l'aggressione sia stata colpita con un pugno.»

«Per impedirle di reagire», mormorò Kay.

«Esattamente.» Lucas si spostò poi agli arti di Tansy, le piccole ferite da taglio apparivano crude sotto le brillanti luci spot nel soffitto. «Tuttavia, queste, e sospetto anche la rimozione dei polpastrelli, sono diverse.»

«In che modo?»

In risposta, sollevò una delle mani di Tansy per il polso e la girò lentamente rivelando un altro livido. «Perché chiunque l'abbia fatto l'ha afferrata così mentre li rimuoveva.»

Kay fissò il livido grande quanto un pollice che macchiava la pelle alabastrina e poi alzò lo sguardo verso Lucas. «Non capisco.»

«Tansy è stata strangolata da qualcuno», disse. «Ma poi queste ferite da taglio sono state inflitte prima che i suoi polpastrelli venissero tagliati via.»

«Perché il suo assassino avrebbe fatto questo?» disse Barnes.

«Mi conosci troppo bene per chiedermi di azzardare un'ipotesi, Ian.»

«Ma in via confidenziale?»

«Forse chiunque le abbia fatto questo pensava di averla uccisa ma poi ha avuto dei dubbi ed è tornato a controllare. Forse era ancora viva, e hanno perso la pazienza, da qui la rabbia dietro queste ferite da taglio.» Sospirò. «O forse dovete cercare due sospettati, non uno.»

CAPITOLO 18

Laura aveva quasi aperto la portiera della macchina quando Gavin parcheggiò il veicolo aziendale, organizzato in fretta, in uno spazio accanto all'ingresso dell'hotel.

Con il cuore che le batteva forte, l'eccitazione si trasformò in impazienza mentre il suo collega allungava una mano sul sedile posteriore per prendere la giacca del completo, fermandosi poi per controllare eventuali messaggi sul telefono.

Si voltò, osservando i due pilastri di mattoni e le tegole inclinate che formavano un portico sopra un set di porte di vetro della reception che brillavano nella luce del primo pomeriggio, con le maniglie in alluminio luccicanti.

Ai lati delle porte c'erano due profondi abbeveratoi dall'aspetto rustico che erano stati riempiti con erbe di diversi colori; quelle fiorite attiravano una miriade di piccole api che si tuffavano e volteggiavano tra il fogliame.

L'hotel si estendeva a sinistra e a destra del blocco della reception, con i suoi mattoni rossi che emanavano calore. Le finestre erano rivestite con una pellicola oscurante per la privacy che, ne era certa, aiutava anche a tenere lontano parte del calore dalle stanze.

Da qualche parte sopra di lei, sul tetto, poteva sentire il ronzio costante degli impianti di aria condizionata che combattevano contro le temperature di mezzogiorno e si chiese se gli architetti fossero stati rimproverati per la svista di aver previsto finestre che potevano aprirsi e far entrare aria fresca.

Poi sentì il rombo e il clacson di un grande camion articolato tuonare lungo l'autostrada dietro l'edificio e cambiò idea.

«Scusa, ora sono pronto».

Si voltò alla voce di Gavin e alzò un sopracciglio. «Novità?»

«Barnes dice che stanno tornando dall'autopsia e che Kay vuole parlare con noi prima del briefing quando torniamo».

«Problemi?» chiese, guidandolo verso l'ingresso.

«No, non credo. Penso che voglia solo discutere alcune cose con noi prima di parlare con tutta la squadra, specialmente considerata questa tua intuizione». Sorrise, tenendole aperta la porta. «Dopo di te».

Nonostante la vicinanza sia a una trafficata tangenziale sia all'autostrada, un'aura di calma avvolse Laura quando le porte di vetro si chiusero silenziosamente alle loro spalle, e poteva sentire una musica soffusa fluire attraverso altoparlanti nascosti mentre i suoi tacchi ticchettavano sul pavimento di piastrelle lucidate verso il banco della reception.

Due uomini e una donna erano di servizio, le loro

semplici uniformi blu scuro sembravano un po' spente sotto i faretti intensi sopra i loro computer, e Laura sentì la pelle d'oca formarsi sulle braccia sotto l'aria pungente pompata nello spazio aperto attraverso una serie di grandi bocchette nelle piastrelle del soffitto.

Tirò fuori il suo distintivo mentre si avvicinava al più basso dei due uomini, presentando sé e Gavin.

«Ah, sì, sono Warren», disse. «Le ho parlato al telefono».

«Qualcuno ha occupato la stanza da quando la signorina Leneghan è stata qui?» chiese lei.

«No, ma solo perché siamo riusciti a sistemare gli ospiti altrove». Lanciò un'occhiata di lato ai suoi colleghi. «A parte mettere i suoi effetti personali in un posto sicuro, non esiste una procedura su cosa fare se un ospite scompare, quindi abbiamo semplicemente lasciato le sue cose nella sua stanza e detto al personale delle pulizie di aspettare a pulirla finché non ci avesse contattato. Sta bene?»

Laura esitò un momento di troppo, e i colleghi dell'uomo emisero un gemito collettivo.

«È... è morta?» balbettò l'altro uomo. «Ho sentito che il corpo di una donna è stato trovato nel parco durante il festival. Era lei?»

«Temo che non possiamo fare commenti su un'indagine in corso», disse Gavin rigidamente. «A che ora si è registrata la signorina Leneghan?»

Le dita di Warren batterono efficacemente sulla tastiera. «Ho qui la sua prenotazione. L'ha fatta direttamente con noi invece che tramite una delle app di viaggio giovedì pomeriggio, e ha richiesto un check-out tardivo per ieri. È stata fortunata a trovare una stanza in realtà, con il festival ed essendo uno dei nostri periodi più trafficati dell'anno, non ne avevamo molte disponibili durante il weekend».

«L'ora?» sollecitò Laura.

«Oh, mi scusi. Cinque e zero tre del venerdì pomeriggio». Prese un paio di occhiali da lettura da accanto alla tastiera e scrutò di nuovo lo schermo. «Però non ha prenotato il ristorante quella sera. Insistiamo sempre sulla prenotazione di un tavolo in questo periodo dell'anno perché diventa molto affollato».

«Qualcuno di voi era di turno venerdì?» Tirò fuori una fotografia di Tansy fornita da Georgina. «Vi ricordate di averla vista?»

«Io c'ero», disse la donna. «Ma mi dispiace, c'era molto da fare, non ricordo il suo nome e la ricordo solo vagamente. Avevo un gruppo di trenta pensionati in un tour in pullman per la Francia da registrare, ed erano... particolarmente esigenti».

«Le porte della reception vengono tenute chiuse in qualche momento?»

«Dalle undici in poi in estate», disse Warren. «Agli ospiti viene fornita una tessera per accedere all'hotel fuori orario, quelle porte rimangono chiuse fino alle quattro del mattino quando iniziamo a ricevere le consegne per la cucina». Indicò oltre la sua spalla. «C'è un interfono appena fuori dalle porte per i check-in fuori orario».

«Siete in grado di sapere quali ospiti entrano ed escono dall'edificio con quelle tessere?»

«Sì, possiamo».

«Può controllare sul vostro sistema se la signorina

Leneghan è entrata o uscita dall'hotel tra le undici e le quattro?»

«Certo. Un momento». Cliccò su un'altra schermata. «Dice che è uscita all'una di notte».

Il cuore di Laura balzò. «Avete telecamere di sorveglianza nel vostro parcheggio? Avremmo bisogno di vedere le registrazioni di venerdì per vedere in quale direzione si è diretta quando ha lasciato l'hotel».

«Oh, non era in macchina», disse l'altro uomo. «Almeno, non credo».

«Cosa glielo fa pensare?»

«Perché la sua auto è ancora parcheggiata là fuori».

CAPITOLO 19

Kay allungò il collo e vide al di là della doppia carreggiata della tangenziale una serie di veicoli con i colori della Polizia del Kent e furgoni di colore neutro parcheggiati davanti all'hotel.

Distogliendo lo sguardo mentre Barnes rilasciava il freno, fulminò con gli occhi gli adesivi sul paraurti del SUV davanti a loro mentre faceva avanzare l'auto di qualche metro.

Il suo pugno batteva contro il bracciolo della portiera, la consapevolezza che uno dei membri della sua squadra aveva fatto un prezioso passo avanti era attenuata dal fatto che ora avevano più domande che risposte sulle ultime ore di Tansy Leneghan.

E dal fatto che al momento era seduta accanto a Barnes, bloccata nel traffico che avanzava a passo di lumaca, a un passo da dove lavorava il resto della sua squadra.

«Forza», mormorò.

«Se la Stradale ci avesse prestato uno dei suoi

fuoristrada avrei potuto semplicemente attraversare lo spartitraffico centrale e scendere per la collina», disse Barnes.

Nonostante tutto, Kay rise. «Sì, mi piacerebbe vederti spiegare questa manovra a Sharp».

«E se accendessimo i lampeggianti allora?»

«Non ti azzardare. Ho già dovuto fare una chiacchierata con Kyle dopo che qualcuno della squadra di Jasper l'ha spifferato».

Barnes sorrise prima di spostarsi nella corsia più lontana per la rotonda, poi sfrecciò attraverso un semaforo mentre diventava rosso. «Non hai visto niente».

«Ian...» Roteò gli occhi. «Non mi importerebbe, ma dovresti dare il buon esempio al resto della squadra».

«Quello era un fantastico esempio di...»

«Non intendevo questo».

Il suo umore si fece serio quando lui parcheggiò dietro uno dei furgoni di colore neutro, quelli che la squadra di Harriet usava sempre e che non portavano insegne o indizi rivelatori sul contenuto.

C'era un secondo furgone identico parcheggiato a pochi metri di distanza con la porta laterale aperta rivolta lontano da sguardi indiscreti lungo la strada principale, mentre un tecnico della Scientifica indossava una tuta protettiva pulita e si metteva una mascherina. La figura chiuse la porta una volta completamente avvolta nei suoi indumenti protettivi e si trascinò verso l'ingresso dell'hotel, portando una valigia metallica squadrata che Kay immaginò contenesse una miriade di delicati strumenti cruciali per il lavoro della squadra forense.

Scese dall'auto e si sporse oltre il tetto per vedere tre

auto di pattuglia e l'auto di servizio assegnata a Gavin, una berlina argento con il paraurti anteriore graffiato.

Il detective era in piedi accanto ad essa, con il telefono all'orecchio, e alzò la mano in segno di saluto mentre lei e Barnes camminavano verso di lui.

«Ho avvisato Debbie che il briefing sarà probabilmente ritardato di un'ora o giù di lì, capo», disse, terminando la chiamata. «Spero vada ben, ho pensato che potremmo avere di più da condividere con il resto della squadra oltre alle sue considerazioni sul post mortem».

Lei gli rivolse un sorriso grato. «Buona idea. Ok, cosa sta succedendo qui?»

«Laura ha scoperto che Tansy ha prenotato in questo posto, e quando siamo arrivati qui e abbiamo parlato con il receptionist, ci ha informato che i suoi effetti personali erano ancora nella sua stanza. I registri dell'hotel mostrano che ha usato il suo badge per uscire dall'edificio all'una di notte venerdì, e sono propensi a pensare che non abbia preso la sua auto, dato che è ancora qui, guarda».

Li condusse intorno alle auto di pattuglia parcheggiate, indicando una berlina di modello recente che era stata parcheggiata in retromarcia in uno spazio accanto a una fitta siepe di ligustro. «Non è stata spostata da quando è arrivata qui, secondo il personale della reception, ma stiamo ottenendo copie delle loro riprese di videosorveglianza per confermare».

«Quindi forse qualcuno l'ha presa, allora...» Kay osservò mentre un gruppo di tre tecnici forensi si muoveva attorno al veicolo, i loro movimenti meticolosi mentre prelevavano campioni e fotografavano, il più alto del gruppo accovacciato accanto alla portiera del conducente aperta mentre usava una pinzetta per raccogliere fibre dal rivestimento. «O è andata a piedi. Qualche segno di colluttazione nella sua stanza?»

«Non a prima vista, no. Anche se non siamo entrati, una volta che la reception ci ha dato un badge master abbiamo solo aperto la porta per verificare quello che dicevano sui suoi effetti personali, e poi abbiamo chiamato Harriet. Se vuole dare un'occhiata, ci è stata assegnata una sala riunioni dove prepararci. Laura sta attualmente raccogliendo dichiarazioni dai membri dello staff che erano qui venerdì pomeriggio e sabato mattina, oltre a scoprire quali addetti alle pulizie avevano accesso alla stanza».

«Ok, grazie. Se non ti vedo quando me ne andrò da qui, ci vediamo alla stazione per il briefing».

Barnes si mise al suo fianco mentre entravano nell'area della reception, dirigendosi verso una porta alla sinistra del banco principale quando un tecnico forense dall'aspetto familiare emerse, con la mascherina protettiva abbassata e un gruppo di sacchetti per prove vuoti in mano.

«Patrick, Harriet è di sopra?» chiese.

«Di sotto, in realtà». L'agente della Scientifica si tirò indietro il cappuccio della tuta per un momento. Abbassò la voce mentre una coppia sulla sessantina passava, con gli occhi spalancati per l'attività che si svolgeva intorno a loro. «Alla vittima era stata assegnata una camera singola sul retro del complesso, a quanto pare era tutto ciò che c'era di disponibile con poco preavviso».

«Gavin ha detto che potevamo cambiarci da qualche parte e dare un'occhiata».

«Certo, troverete tutto il necessario di là». Patrick

indicò con il pollice oltre la sua spalla. «Una volta pronti, seguite semplicemente questo corridoio finché non ci trovate. Abbiamo bloccato l'accesso agli altri ospiti finché non avremo finito. Fortunatamente il direttore dell'hotel è stato in grado di spostarli in alloggi temporanei all'altra estremità dell'edificio così possiamo lavorare in pace. Sono contenti, dato che la maggior parte di loro ha avuto un upgrade».

«Ci vediamo giù».

Dopo essersi faticosamente infilata una tuta protettiva e aver indossato i copriscarpe abbinati, Kay camminò avanti e indietro fuori dalla porta finché Barnes non fu pronto, poi si trascinò lungo un ampio corridoio verso la stanza di Tansy Leneghan.

L'arredamento dell'hotel era simile nello stile a molti dei motel lungo la strada in cui aveva soggiornato nel corso degli anni, tranne per il fatto che gli accessori e gli arredi erano di qualità superiore e la tinteggiatura delle pareti era evidentemente mantenuta con regolarità, data l'assenza di segni di graffi lasciati da valigie fuori controllo e carrelli delle pulizie.

Il corridoio formava una curva a gomito sulla destra, superando un cartello fissato su un cavalletto pubblicitario che annunciava una piscina coperta e una sala pesi situata dall'altra parte dell'edificio ad uso degli ospiti, e poi Kay girò l'angolo e vide l'attrezzatura della squadra forense disposta sul pavimento a pochi metri di distanza.

Voci sussurrate provenivano da una porta aperta sulla sinistra e, dopo essere passati in punta di piedi accanto alle varie custodie sparse sulla moquette, lei e Barnes sbirciarono all'interno.

Harriet, riconoscibile solo grazie alla sua bassa statura rispetto agli altri due membri della sua squadra, era di spalle alla porta mentre spolverava il davanzale della finestra, con concentrazione assoluta.

Kay attese che la responsabile della Scientifica facesse una pausa nel suo lavoro, poi emise un colpo di tosse educato, il suono smorzato dietro la sua mascherina. «Gavin ha detto che ti avremmo trovata qui».

Harriet si allontanò dal suo lavoro, passando un pennello sottile a uno dei suoi colleghi. «Ci vorrà il resto del pomeriggio per processare tutto, considerando tutti gli ospiti che sono passati di qui. Voglio dire, non fraintendetemi, le addette alle pulizie fanno un buon lavoro qui, ma c'è sempre evidenza residua di occupazione in posti come questo».

Kay arricciò il naso, poi guardò verso la finestra. «Qualcuno è entrato da lì? Si apre davvero?»

«Oh, si apre eccome. Solo non abbastanza perché qualcuno possa entrare o uscire, a meno che non abbia meno di nove anni, comunque». Gli occhi di Harriet si incresparono sopra la mascherina. «Chiunque altro sarebbe troppo grande per passare attraverso lo spazio. C'è una cerniera che impedisce alla finestra di aprirsi completamente. Per sicurezza, penso, impedisce a chiunque di entrare con effrazione».

«E le borse di Tansy? Qualcosa di interessante in quelle?» disse Barnes, indicando un piccolo trolley di nylon nero appoggiato su un porta valigie in legno, con una borsa di tela sul pavimento accanto.

«Finora, le abbiamo solo fotografate in situ, non

abbiamo ancora esaminato il contenuto. State ancora cercando il suo cellulare?»

«Sì, non è stato trovato durante la ricerca nel parco, e nessuno ne ha consegnato uno. La squadra nella sala operativa ha controllato anche con l'ufficio oggetti smarriti del festival stamattina, ma non hanno potuto aiutarci».

«Aspetta». Kay fece qualche passo allontanandosi dalla porta, aprendo la zip della tuta protettiva quando fu a distanza di sicurezza dall'attrezzatura della squadra, poi tirò fuori il telefono dalla tasca dei pantaloni e premette la chiamata rapida. «Debbie? Puoi recuperare il numero di cellulare di Tansy che ci ha dato sua madre e chiamarlo? Gli agenti in divisa hanno provato lo stesso trucco stamattina con l'ufficio oggetti smarriti. Grazie».

Alzò lo sguardo per vedere Barnes che la guardava.

La sua testa si rigirò verso la stanza quando sentì un leggero trillo proveniente da una delle borse.

«L'abbiamo trovato, grazie Debbie».

Kay terminò la chiamata, richiuse la cerniera della tuta e lo raggiunse, trattenendo il respiro mentre Harriet cominciava a sollevare un oggetto dopo l'altro dalla borsa di tela.

Una parte di lei voleva attraversare a grandi passi la stanza, strappare la borsa dalle mani di Harriet e svuotarne il contenuto sul pavimento, ma si trattenne, sapendo che ogni singolo oggetto di Tansy doveva essere trattato con cura per mantenere la catena delle prove.

Finalmente, Harriet sollevò uno smartphone racchiuso in una custodia rigida di plastica rosa brillante. «Ha circa il cinque per cento di batteria rimasta».

«È protetto da password?» Kay quasi fece un passo avanti nella stanza, fermandosi all'ultimo secondo.

«Sì».

«Accidenti. Va bene, faremo occupare qualcuno della squadra di informatica forense di Andy Grey». Osservò mentre Harriet esaminava il resto del contenuto della borsa. «C'è qualcos'altro lì dentro che potrebbe aiutarci?»

«Non credo, non a prima vista comunque». La responsabile della Scientifica sollevò un piccolo beauty case e un pacchetto di fazzoletti. «Continueremo qui e ti chiamerò se qualcos'altro richiede la tua immediata attenzione, se vuoi».

«Grazie, ti lasciamo lavorare».

Kay si allontanò dalla stanza e scavalcò una custodia contenente una selezione di fiale di vetro sigillate, poi si diresse verso il corridoio. «Bene, torniamo alla sala operativa, vediamo se…»

Si fermò, rendendosi conto che il suo collega non la stava seguendo, e si voltò per vederlo ancora in piedi vicino alla porta aperta della stanza di Tansy. «Ian?»

Lui sobbalzò al suono della sua voce, poi si affrettò a raggiungerla, togliendosi il cappuccio protettivo della tuta dalla testa e abbassando la mascherina. Una ruga di preoccupazione gli solcava la fronte.

«Stai bene?»

Barnes guardò oltre la sua spalla, poi tornò a guardarla. «Se stava incontrando qualcuno, capo, perché non ha portato il telefono con sé?»

CAPITOLO 20

Un evidente cambiamento nell'atmosfera accolse Kay quando entrò nella sala operativa venti minuti più tardi.

La scoperta della posizione di Tansy prima del suo omicidio aveva creato un'eccitazione che trapelava dalle voci che si sovrapponevano al rumore dei telefoni che squillavano tra il resto della squadra, e persino la vista di oltre cinquanta nuove email arrivate durante la sua assenza dalla stazione non riuscì a smorzare il suo entusiasmo.

Almeno fino a quando non raggiunse Barnes accanto alla lavagna e lo osservò mentre aggiornava gli appunti sui risultati dell'autopsia che Lucas aveva effettuato quella mattina.

«Due assassini», mormorò. «O meglio, un assassino e qualcun altro che... cosa? Che diavolo stavano facendo, Ian?»

«Non lo so, capo», disse lui, rimettendo il cappuccio al pennarello e lasciandolo cadere nel vassoio di alluminio fissato sotto la lavagna. «Ci stavo pensando, e...»

«Tieni quel pensiero un attimo. Facciamo venire qui

tutti gli altri e discutiamo di questo e degli altri punti all'ordine del giorno in una volta sola, piuttosto che ripeterci.»

Lui guardò oltre le sue spalle, e poi emise un fischio penetrante che attraversò la stanza, e probabilmente scese giù per le scale fino al blocco delle celle.

Vide due dei nuovi assistenti amministrativi sobbalzare sulle loro sedie, e poi l'intera squadra si precipitò verso di loro, trascinando sedie o scegliendo di stare in piedi ai margini del gruppo. «Devi insegnarmi come si fa.»

«È facile, basta unire le labbra e soffiare», disse lui, strizzando l'occhio.

Alzando gli occhi al cielo, rivolse l'attenzione alla squadra. «Va bene, passeremo in rassegna i punti all'ordine del giorno tra un minuto, ma in breve, Lucas ha confermato con l'autopsia che una persona ha strangolato Tansy Leneghan e poi quella stessa persona, o qualcun altro, è tornata dove era il corpo e ha inflitto le ferite da taglio, e ha rimosso le punte delle dita per impedirci, o almeno ritardare, la sua identificazione». Fece un cenno a Barnes. «Sentiamo i tuoi pensieri.»

«Certo», disse. «Se adottiamo la teoria che ci siano due persone coinvolte nell'omicidio di Tansy e nella successiva mutilazione del suo corpo, mi chiedo se chiunque abbia rimosso le punte delle dita conoscesse il suo assassino, e in tal caso perché avrebbe aspettato per farlo? Lucas ha suggerito che c'è stato un ritardo temporale tra i due atti, quindi cosa è successo? L'assassino è andato a prendere qualcuno, o questa seconda persona era già al parco quando Tansy è stata uccisa? O l'assassino è tornato al corpo per rimuovere le punte delle dita? E ovviamente, il suo assassino, o la persona che ha mutilato il suo corpo, la conosceva?»

Un brusio di mormorii si sollevò tra gli agenti riuniti quando finì di parlare, e Kay concesse loro un momento per annotare i suoi suggerimenti prima di continuare.

«Avremo il rapporto di Harriet dalla scena del crimine di Mote Park domani, e dato che attualmente si trova nell'hotel dove alloggiava Tansy, immagino che arriverà più tardi in giornata. Comunque, una cosa che dovremo scoprire da quel rapporto è se ci sono prove che ci aiutino a stabilire se quella particolare teoria possa essere confermata, o se c'era un solo assassino.»

«Cavolo, capo», disse Gavin. «Non sarà facile dato che i due volontari hanno calpestato gran parte dell'erba e della terra intorno alla scena del crimine, per non parlare di chiunque altro fosse nelle vicinanze prima che venisse trovata. Cioè, sempre che Lucas confermi che è stata uccisa lì.»

«Lui ritiene di sì, in base alla lividità e ad altre osservazioni che includerà nel suo rapporto. La mancanza di sangue nelle ferite da taglio è dovuta al fatto che è stata strangolata qualche tempo prima che quelle venissero inflitte», disse Kay. «Arrestando il battito cardiaco si è impedito il flusso sanguigno. Ma capisco il tuo punto su quanto sarà difficile trovare qualcosa per corroborare quella teoria.»

Scrutò il gruppo, vide Laura, e le fece cenno di avvicinarsi. «Puoi aggiornarci sugli ultimi risultati dell'hotel?»

La detective aprì il suo taccuino e si rivolse alla stanza. «Brevemente, Tansy ha telefonato all'hotel giovedì per prenotare per la notte di venerdì. Questo è successo due giorni dopo aver chiesto al suo capo se poteva uscire prima il venerdì. Ha fatto il check-in, poi ha lasciato l'hotel, a piedi o con qualcun altro, all'una di notte.» Il viso di Laura si rabbuiò mentre guardava oltre la sua spalla le fotografie sulla lavagna. «E poco dopo, qualcuno le ha fatto questo.»

Kay lasciò che le parole della sua collega venissero assimilate per un momento prima di parlare. «È successo qualcosa tra martedì, quando Tansy ha parlato con il suo capo, e giovedì, quando ha prenotato l'hotel. Fino a quel momento stava pianificando di rimanere a casa di sua madre fino a domenica. Quindi, perché non ha detto subito a Georgina del cambio di programma? Perché aspettare? Perché dire così tardi che doveva incontrare qualcuno a Maidstone? E cosa è successo, o con chi ha parlato nel frattempo, che le ha fatto cambiare idea? Gavin, a che punto siamo con i filmati delle telecamere di sorveglianza dell'hotel?»

«Ci hanno fornito una copia di tutte le registrazioni prima che andassimo via prima, capo», disse. «E farò in modo che qualcuno inizi a lavorarci mentre io finisco di esaminare i filmati delle attività attorno all'area di Turkey Mill e dalla parte meridionale del parco.»

«Grazie. Qualcos'altro prima che inizi ad assegnare i compiti per le prossime quarantotto ore?»

«Capo?» Debbie alzò la mano e poi indicò tre giovani agenti di polizia che stavano accanto a lei. «Ci hanno dato maggiore supporto per l'indagine questo pomeriggio, quindi posso ripresentare gli agenti Nadine Fenning e Sean Gastrell e il sergente Tim Wallace? Volevo chiedere a Nadine e Sean di aiutarci con i filmati delle telecamere.

Tim è disponibile per supporto aggiuntivo se ne hai bisogno durante gli interrogatori ai testimoni.»

«È fantastico, grazie. E bentornati, voi tre. Felice di avervi qui.» Kay scorse con lo sguardo l'ordine del giorno. «Va bene, Tim, puoi metterti in contatto con Laura riguardo alle dichiarazioni che ha raccolto finora dal personale dell'hotel e aiutarla a rintracciare chiunque non stesse lavorando oggi che potrebbe aver visto Tansy venerdì? Avremo bisogno di quelle prima di mercoledì mattina, se possibile.»

«Sarà fatto, capo.»

«Bene, infine, le nostre lacune includono anche rintracciare il padre di Tansy, questo Joseph Throndsen di cui ci ha parlato Georgina Leneghan. Ha dato a Dave Morrison questa vecchia fotografia, ma è di oltre vent'anni fa e dice di non aver avuto contatti con lui da quando le ha voltato le spalle quando Tansy aveva tre anni. Ora è...»

«Quello è Joey», esclamò Nadine, poi arrossì mentre tutti si girarono a fissarla. «Non è vero? Voglio dire, i capelli sono più corti in quella foto, e probabilmente se li tinge di questi tempi.»

«Lo conosci?» disse Kay, incredula. «Come?»

«Beh, non lo *conosco* esattamente, capo...»

«Continua.»

«È solo che... voglio dire, penso che sia Joey Twist.»

«Chi?»

«Joey Twist. Lo riconosco solo perché è stato su tutti i social media la settimana scorsa. Penso che sia il bassista di quella band che avrebbe dovuto tenere il concerto principale sabato sera, non è vero?»

CAPITOLO 21

«D'accordo, Nadine, voglio che tu lavori con Kyle per costruire una storia completa su Throndsen, Twist, o chiunque sia», disse Kay, camminando avanti e indietro sul tappeto.

I suoi pensieri si accavallavano l'uno sull'altro dopo l'identificazione del padre di Tansy da parte della giovane agente di polizia, e si fermò un momento davanti alla lavagna, costringendosi a concentrarsi e a procedere un passo alla volta, proprio come le aveva insegnato anni fa il suo mentore, l'ispettore capo investigativo Devon Sharp.

«Ian, ho bisogno che tu scopra in che modo possiamo metterci in contatto con lui. Quel loro manager, Kasprak, ti ha dato un biglietto da visita quando ci ha visti al parco sabato?»

«No, capo.»

«Nemmeno a me, ma sono sicura che avrà un sito web per la sua azienda. Prova prima lì, e se non lo trovi dovremo fare una ricerca su fonti aperte, coordinati con Nadine e Kyle se hai bisogno, solo per assicurarti di non duplicare quello che sono riusciti a scoprire.» Kay controllò l'orologio. «E sarà meglio che io aggiorni Sharp mentre voi iniziate a lavorare su questo. Voi altri, controllate i vostri turni per il resto della settimana con Debbie. Troverete le ultime assegnazioni dei compiti in HOLMES2, ma se avete domande venite a parlare con me o con il sergente detective Barnes.»

Attese che i suoi agenti e il personale amministrativo tornassero alle loro scrivanie, poi prese la borsa e il telefono da accanto alla tastiera del computer e si diresse verso la porta.

Una volta fuori, si fermò per inspirare l'aria più fresca a lato della stazione di polizia, poi svoltò rapidamente l'angolo verso Palace Avenue e si diresse verso il fiume Medway.

La spinta e lo spostamento degli autobus carichi di scolari di tutte le età intasava la strada, mentre auto e furgoni per le consegne zigzagavano tra loro lungo le due corsie che curvavano attorno al centro città. I marciapiedi erano altrettanto affollati, e si ritrovò a schivare passeggini e carrozzine mentre genitori ansiosi chiamavano i fratelli più grandi affinché smettessero di correre così vicino al traffico.

Optando per attraversare di corsa il traffico fermo all'incrocio piuttosto che aspettare il semaforo pedonale, attraversò il vecchio cimitero della Chiesa di All Saints, con il suo design gotico che curvava attorno a un sentiero tortuoso che si snodava accanto ad antichi tassi.

Poco dopo, si lasciò cadere su una panchina di legno posizionata nell'incavo di un muro di arenaria accanto al vecchio college e tirò un sospiro di sollievo mentre il rumore del traffico si attenuava un po'.

Qui riuscì a percepire il flusso dei suoi pensieri.

Un forte starnazzare iniziò da monte rispetto alla sua posizione, e la sua bocca si increspò in un sorriso.

«Questo ti tradirà», mormorò, estraendo il telefono e premendo il numero di una persona familiare.

«Kay? Come va?» abbaiò Sharp a mo' di saluto.

«Lentamente, ma ti devo un rapporto sui progressi», disse, osservando quattro anatre che passavano trasportate dalla corrente. «Oggi abbiamo fatto un paio di buone scoperte.»

Ci fu una pausa all'altro capo del telefono dopo un altro forte starnazzo, e poi Sharp ridacchiò. «Ti nascondi nel solito posto?»

«Solo per un po'. Altrimenti non avrei mai potuto parlarti in pace.»

«Hai mangiato qualcosa oggi?»

Nonostante la tensione a cui era sottoposta, Kay rise. «No, ma...»

«Lo dirò a Rebecca.»

«No, non farlo, per l'amor del cielo, capo.»

«Va bene, a patto che tu mi prometta di prendere qualcosa sulla strada del ritorno alla stazione. Non sei di nessuna utilità per la squadra se...»

Kay alzò gli occhi al cielo. «Capo, vuoi sentire delle scoperte?»

Fu il suo turno di ridere. «Smettila di cambiare argomento, e sì, vai avanti.»

Lei lo aggiornò sul lavoro di Laura nel trovare dove

Tansy aveva soggiornato, e poi sull'intuizione di Nadine riguardo a chi fosse il padre di Tansy.

Sharp emise un fischio basso quando lei finì, che fortunatamente era diversi decibel più basso di quello di Barnes. «Ben fatto. Quindi stai cercando di metterlo alle strette con un interrogatorio, immagino?»

«Sì, spero che riusciamo a farlo venire per un interrogatorio formale domani mattina. Presumo che siano ancora in zona perché il concerto di sabato doveva essere l'inizio del loro tour.»

«Hmm. Sarà interessante sentire cosa ha da dire. Non hai ancora detto ai media che avete identificato Tansy, vero?»

«Non ancora, ed è un bene se è vero che questo bassista è suo padre. Sarebbe un modo terribile per farglielo scoprire altrimenti.»

«Vero.» Sharp fece una pausa. «Quel nome mi suona familiare.»

«Beh, è stata una band abbastanza conosciuta in certi ambienti per un periodo, capo.» Sorrise.

«Non intendo musicalmente. Throndsen, intendo. Chi hai messo a fare i controlli sui suoi precedenti?»

«Kyle, e Nadine, dato che è lei che ci ha dato la svolta. Barnes sta attualmente rintracciando il manager così possiamo organizzare questo interrogatorio. Perché?»

Sentì il fruscio di scartoffie dall'altra parte della linea, poi una sedia cigolò come se il suo occupante si fosse appoggiato all'indietro prima di rispondere.

«Dai uno sguardo agli arresti di vent'anni fa, intorno al periodo in cui la madre dice che li ha abbandonati», disse.

«Potrebbe non essere nulla... potrei aver fatto confusione, ma controlla solo per vedere se viene fuori qualcosa.»

Il cuore di Kay sussultò. «Pensi che abbia dei precedenti?»

«Forse. Vale la pena dare un'occhiata, comunque. Come ho detto, potrei sbagliarmi, ma è un nome insolito.» Sharp fece una pausa e parlò con qualcuno in sottofondo prima di tornare da lei. «Devo andare. Il Vice-commissario ha richiesto la mia presenza a una riunione dirigenziale, e odio deluderla.»

Kay percepì l'ironia nella sua voce. «Dovremmo farti tornare qui, capo, così potresti insegnare una cosa o due ai giovani.»

«Impertinente.» Rise. «Chiamami se hai bisogno di me, Kay.»

«Grazie.»

Terminando la chiamata, fissò lo schermo per un momento, poi vide il numero di notifiche sull'app della sua email, lanciò un ultimo sguardo nostalgico alle acque tranquille del fiume, e si diresse verso la sala operativa.

Passando per un bar, casualmente incontrò la moglie di Sharp lungo il percorso.

CAPITOLO 22

Barnes era alla sua scrivania impegnato in una vivace discussione con Nadine e Kyle quando Kay rientrò nella sala operativa.

Sorrise vedendo le loro espressioni quando si avvicinò.

«Immagino abbiate delle informazioni per me», disse, posando la lattina di bibita mezza vuota accanto al monitor del computer e appoggiandosi alla scrivania. «Sentiamo, e poi vi dirò cosa mi ha riferito Sharp».

«L'abbiamo trovato», disse Barnes, girando lo schermo verso di lei. «Joseph Throndsen, senza secondo nome, nato a Chatham, attualmente sulla cinquantina. È apparso in una ricerca su un sito web in un articolo di quattro anni prima della nascita di Tansy».

«Di cosa parla l'articolo?» Kay si accovacciò accanto alla sua sedia e guardò lo schermo.

«Solo di un premio assegnato a un'azienda locale dove lavorava, viene citato mentre dice che il capo era un buon datore di lavoro. Ci sono diverse citazioni simili nell'articolo», disse Barnes, facendo scorrere la pagina.

«Sembra che questa fosse un'iniziativa annuale che è durata circa sei anni in quella zona. I premi si concentravano sulle piccole imprese del North Kent, probabilmente solo per dar loro un po' di visibilità. Nadine ha controllato il registro delle imprese e il datore di lavoro di Throndsen ha fallito tre anni dopo».

«Complimenti per l'aiuto alle imprese locali, allora».

«Già». Barnes ridacchiò. «Ma dopo di ciò, non c'è traccia».

«Nessuna traccia?»

«Throndsen. Deve aver cambiato il suo nome con atto legale più o meno quando è nata Tansy».

«Interessante». Kay si raddrizzò mentre Kyle le porgeva un foglio di carta. «Cos'è questo?»

«Una copia di una richiesta per ottenere maggiori informazioni dagli archivi nazionali su quel cambio di nome, capo. Conservano tutti i registri fino al 2003, quindi possiamo verificarlo in questo modo. L'ho inviata online poco prima che tu tornassi. Il sito web dice che ci vogliono fino a dieci giorni per una risposta, ma ho pensato che sarebbe un buon controllo incrociato nel caso Joey Twist lo negasse».

«OK, grazie. Quando ho parlato con Sharp, ha detto di riconoscere il nome Joseph Throndsen. Qualcuno di voi ha controllato i nostri archivi per precedenti condanne?»

«Nessuna condanna, capo», disse Nadine. «Ma posso esaminare i registri degli arresti».

«Fallo. Non ho mai visto Sharp sbagliarsi su cose del genere. Guarda qualche anno prima e dopo la consegna di quel premio aziendale, Sharp ha detto che pensa sia successo qualcosa intorno al periodo in cui ha abbandonato Georgina e Tansy».

«Farò una ricerca sulle aziende di quel periodo che assumevano ex-detenuti», disse Barnes. «Se questa che ha vinto il premio appare nella lista, potrebbe esserci qualcuno di quel periodo che ricorda Throndsen. Abbiamo già completato una ricerca sui social media per i nomi nel registro delle imprese, ma alcuni dei vecchi contatti professionali potrebbero essere ancora reperibili se riusciamo a intercettarli in qualche modo».

«Buona idea. Come sei riuscito a organizzare un interrogatorio con lui, hai trovato un numero di telefono del suo manager?»

«Sì». Barnes agitò un post-it rosa verso di lei. «Kasprak e la band sono attualmente rintanati in un hotel a Brighton, quindi dice che guiderà fin qui con Throndsen, o Twist, come si fa chiamare ora, domani mattina. Non credo vogliano che ci avviciniamo all'hotel. Troppi fan nei paraggi, a quanto pare».

«Sì, metterebbe proprio un freno al tour reunion, vero?» Kay osservò la lavagna, tutti i fili nella sua mente lentamente si attorcigliavano in un nodo stretto che le stringeva lo stomaco. «Sappiamo i loro spostamenti pianificati mentre sono a Brighton?»

«Kasprak ha detto che suoneranno a un festival all'aperto laggiù durante il weekend». Il labbro di Barnes si arricciò. «Ha detto che sono in "modalità di contenimento dei danni" dopo che il loro grande concerto di ritorno è stato cancellato».

«Gesù».

«Stiamo passando al setaccio i social media della band

per vedere se Tansy li seguiva», disse Kyle. «Nei suoi profili non è risultato nulla, ma...»

«...Potrebbe aver creato un account alternativo solo per seguirlo», concluse Kay. «Quanti follower ci sono da esaminare?»

Il volto del suo ultimo protetto si rabbuiò. «Ce ne sono più di quindicimila su uno degli account».

«Cristo santo. Va bene, è quel che è. Ian, quando interrogheremo Throndsen, voglio dire Twist, dovremo scoprire se Tansy comunicava con lui attraverso una di quelle app di social media. Potrebbe aver evitato messaggi di testo ed email».

«Ottima osservazione, capo. Comincerò a scrivere la scaletta per l'interrogatorio adesso e te la invierò via email quando ho finito, va bene?»

«Perfetto. Se hai intenzione di rimanere fino a tardi per farlo, guiderò io per il resto della settimana».

«Mi sembra un buon compromesso. Ma scelgo io la musica».

CAPITOLO 23

Kay estrasse la chiave dal quadro di accensione, chiuse gli occhi e appoggiò la testa contro il sedile dell'auto mentre il motore ticchettava raffreddandosi.

Il viaggio di ritorno a casa dalla sala operativa era stato tranquillo, ma la sua mente continuava a tornare alle decisioni che aveva preso da quando il corpo di Tansy Leneghan era stato scoperto sabato mattina, e i dubbi la minacciavano, nonostante la sua considerevole esperienza.

Sì, avevano fatto un passo avanti riguardo alla presenza del padre della giovane donna nelle vicinanze del suo omicidio, ma era una pura coincidenza o indicava qualcosa di molto più oscuro?

«Non esistono coincidenze», mormorò, scendendo dall'auto.

Attraversando la ghiaia smossa che ricopriva il suo vialetto, osservò il fuoristrada coperto di polvere parcheggiato davanti al garage. Un sentiero stretto conduceva lungo il lato dell'angolo sinistro della casa e, immaginando che Adam probabilmente stesse lavorando nel frutteto per finire la recinzione, si fece strada oltre una buddleia troppo cresciuta che si sporgeva oltre la staccionata dalla proprietà vicina e si diresse verso il cancello sul retro.

Di solito tenevano il chiavistello chiuso, ma aveva indovinato correttamente e trovò il suo compagno che fischiettava sottovoce mentre lavava con un tubo le lastre del patio, il delicato sibilo della pressione dal serbatoio d'acqua creava arcobaleni nell'aria quando l'umidità si intrecciava con il calore della serata estiva.

«Mi è sembrato di sentire arrivare un'auto», disse Adam, chiudendo il rubinetto e avvolgendola in un abbraccio sudato. «Stavo proprio pensando che era ora di una birra fresca».

«Le prendo io. Voglio comunque cambiarmi e mettere un paio di pantaloncini». Lo sguardo di Kay cadde sulle lastre di cemento rimanenti, notando un set di impronte di zoccoli biforcuti e sporchi che attraversavano il prato. «Oh, il tuo ospite è già qui? Mi chiedevo da dove venissero quei segni di pneumatici extra nel vialetto».

«Il padre di Scott mi ha prestato il suo rimorchio per bestiame. Ci sono voluti un paio di tentativi per farlo entrare in retromarcia con quell'angolo stretto dalla strada, ma era più sicuro che cercare di scaricarlo in mezzo alla corsia».

«Lui?»

Lui le fece l'occhiolino. «Prendi le birre e ci vediamo giù nel frutteto. Te lo presenterò».

«Va bene».

Kay entrò dalla porta sul retro in cucina, posando la borsa sul piano di lavoro centrale e appoggiando la giacca del tailleur sullo schienale di uno degli sgabelli rialzati prima di salire di corsa al piano di sopra per cambiarsi.

Mentre gettava i pantaloni e la camicetta nel cesto della biancheria e indossava pantaloncini e una maglietta, ricordò l'ultima volta che Adam aveva portato a casa un animale di grossa taglia.

Quella volta era stata una capra, che aveva insistito nel mangiare la maggior parte delle rose ornamentali piantate dal precedente proprietario della casa, oltre a una serie di ortaggi che Kay stava cercando di coltivare. La capra era stata infine restituita al suo proprietario dopo alcuni giorni traumatici in giardino, e lei aveva giurato di non ripetere mai più l'esperienza.

«Almeno non è nel giardino, qualunque cosa sia», mormorò, poi infilò un vecchio paio di scarpe da corsa e tornò al piano di sotto.

Dopo aver preso due bottiglie di birra fredda dal retro del frigorifero, si affrettò fuori, facendosi strada tra una siepe di ligustro, attraversando il ruscello.

Un profondo *bee* la accolse, e la sua mascella cadde.

«Una pecora?»

Adam alzò lo sguardo dal suo telefono e sorrise, poi indicò la pecora che la stava fissando da un posto ombreggiato accanto a un nuovo abbeveratoio galvanizzato, i suoi occhi chiari si stringevano. «Ti presento Hovis».

«Hovis?»

«A quanto pare gli piace il pane».

Kay rise. «Questa è nuova. È amichevole?»

«Sì, anche se un po' scontroso dopo essere stato spinto in quel rimorchio prima. Non sta mangiando molto al momento, ma dagli qualche ora per ambientarsi e credo che starà bene».

Posando il telefono e le due bottiglie di birra accanto a Adam sul tavolo in ferro battuto decorato, Kay si avvicinò alla pecora e tese la mano. «Ehi, tu. Ci aiuterai a tenere l'erba sotto controllo, eh?»

La pecora sbatté le palpebre, poi allungò il naso e annusò prima di tornare all'acqua.

«Starà bene qui da solo?»

«Ho finito di costruire il capanno per lui questa mattina così ha un riparo per la notte mentre si abitua. Era da solo anche nell'ultimo posto, ma vedremo come se la cava». Adam infilò la mano in tasca, tirando fuori un portachiavi apribottiglie e aprì la birra, porgendogliene una mentre lei si sedeva. «C'è abbastanza spazio qui per un altro se dovesse sentirsi solo».

«Salute», disse Kay, facendo tintinnare la sua bottiglia contro la sua. «A Hovis, allora».

«E a non dover più falciare l'erba qui intorno».

Bevve un lungo sorso, poi gemette quando il suo telefono vibrò sulla superficie metallica. «Dovrò rispondere, scusa... Pronto?»

«Capo? Sono Nadine. Ha un minuto?»

«Sì, ce l'ho».

«È solo che il sergente detective Barnes mi ha chiesto di indagare sul commento dell'ispettore capo investigativo Sharp riguardo al passato di Joey Twist, intendo Throndsen. È andato via dieci minuti fa, ma credo di aver trovato qualcosa».

«Continua».

«È successo vent'anni fa, mentre lavorava come

saldatore in quell'azienda a Chatham. È stato arrestato dopo aver fatto minacce a sua moglie. I documenti sono un po' sommari perché sono stati scansionati nel nuovo sistema una decina di anni fa».

Kay allontanò la birra e appoggiò un gomito sul tavolo. «È stato incriminato?»

«No, capo. Ho controllato due volte e Georgina non ha mai portato avanti la questione. È stato rilasciato entro ventiquattro ore con un avvertimento verbale di stare lontano dall'alcol, a quanto pare era stato al pub e aveva litigato con qualcuno prima che uno dei vicini chiamasse la polizia a casa».

«Quindi ha un carattere irascibile. Interessante».

«Ho anche chiamato Diane, l'agente di coordinamento con la famiglia a casa di Georgina, prima di telefonare, capo. Volevo verificare quando Georgina ha presentato la domanda di divorzio da Throndsen. Si scopre che è stato sei mesi dopo questo incidente, ha detto a Diane che si è trasferita dai suoi genitori finché non ha ottenuto un'ingiunzione per tenerlo lontano da lei e Tansy, prima di mettere la casa sul mercato e trasferirsi dove si trova ora a Kingswood. I suoi genitori l'hanno aiutata con l'acquisto.»

«Hai detto a Diane che avremmo interrogato Throndsen domattina?»

Ci fu una leggera pausa, e poi, «Non l'ho fatto, capo. Non l'ho ritenuto prudente nelle circostanze attuali, nel caso volessi verificare qualcosa con Georgina dopo aver parlato con lui.»

Kay sorrise. «Ottimo ragionamento. C'è altro?»

«No capo, è tutto.»

«Ottimo lavoro. Vai a casa, e ci vediamo domani.»

Terminando la chiamata, si appoggiò allo schienale della sedia e bevve un altro sorso di birra, lo sguardo perso sull'erba ai suoi piedi.

«Progressi?» La voce di Adam interruppe i suoi pensieri.

«Forse.» Sbatté le palpebre, uscendo dal suo stato contemplativo e guardò dall'altra parte del tavolo verso la sua dolce metà. «Lo spero.»

«Bene.» Finì la sua birra, si alzò e si stiracchiò. «Faccio una doccia veloce prima di mangiare. Ne vuoi un'altra quando torno?»

«Per favore, e poi accenderò il barbecue, ho comprato del pesce e dell'insalata sulla strada di casa.»

«Sembra buono.»

Lo guardò trascinarsi verso casa, poi afferrò il telefono e aprì un app di ricerca, i pollici digitarono rapidamente il video che cercava.

Era sgranato, risalente a ben prima dei giorni dell'alta definizione degli smartphone, ma chiunque l'avesse filmato si trovava alla sinistra del palco quando la band di Joey Twist suonò quello che sarebbe stato il loro ultimo concerto.

Il commento sotto il video spiegava che il concerto si era tenuto in una location tedesca, in un locale con una capacità di 2.500 persone, che un tempo era il municipio.

Infatti, a metà del secondo set, e in quello che sembrava essere un caso di sciocchezze da ubriaco, Thomas "Thommo" Smith, il chitarrista, attraversò il palco fino a dove Twist stava percorrendo il lato destro e fece headbanging seguendo un ritornello chiassoso insieme al pubblico davanti a lui, poi allungò il piede con lo stivale di pelle.

Twist inciampò, quasi cadendo sopra il monitor audio di fronte a lui. Evitò per un pelo di finire a testa in giù nella trincea tra il palco e la barriera di sicurezza, poi lanciò un'occhiataccia a Smith. Con un fluido movimento, arrivò fino a dove Smith se ne stava in piedi con un sorriso smagliante e colpì il suo compagno di band dritto sul naso prima di lanciare il suo basso contro il podio della batteria e lasciare il palco.

Il video finì poco dopo, con il fotografo che emetteva una serie di imprecazioni quando divenne evidente che Twist non sarebbe tornato e che il concerto era terminato.

Kay abbassò il telefono e finì la sua birra, osservando Hovis mentre vagava avanti e indietro mordicchiando timidamente i ciuffi d'erba attorno alla base dei meli, la sua mente già concentrata sull'interrogatorio del giorno successivo con Twist.

Date le minacce contro Georgina e poi l'attacco a Smith, seppur amplificato dall'adrenalina e forse da qualunque sostanza la band stesse assumendo all'epoca, sembrava che l'uomo avesse un bel caratteraccio.

Ma quel temperamento era sufficiente per uccidere sua figlia?

E, perché?

CAPITOLO 24

Ian Barnes percorreva avanti e indietro le piastrelle del corridoio che conduceva dall'area della reception della stazione di polizia alle sale per gli interrogatori, battendo una cartellina manila contro la sua gamba a tempo con i suoi passi.

Conosceva a memoria il contenuto della cartellina, avendo trascorso gran parte della serata precedente a esaminare i fatti raccolti su Joey Twist e familiarizzando con la storia del bassista, sia quella delle sue imprese musicali sia ciò che Kyle e Nadine avevano raccolto sul precedente lavoro dell'uomo.

I primi anni erano abbozzati nel migliore dei casi, poco più che briciole disseminate qua e là, come l'articolo di giornale sul premio aziendale.

L'uomo appariva nei post sui social media con il nome della band, ma nulla suggeriva che mantenesse un profilo personale su nessuna delle piattaforme.

Almeno, non pubblicamente.

Le note sull'arresto a Chatham prima che la sua

carriera musicale decollasse erano state richieste, ma Barnes nutriva poche speranze che qualcuno le trovasse, dato il tempo trascorso. Erano fortunati che Nadine avesse trovato le scarse informazioni che aveva raccolto, e non aveva dubbi che questa rivelazione avesse suscitato l'interesse di Kay.

Lei era sembrata preoccupata quando lo aveva recuperato da casa sua quaranta minuti prima per andare in città a partecipare all'interrogatorio, confidandogli che era preoccupata su come affrontare la situazione dato che sarebbe stato presente il manager dell'uomo piuttosto che un rappresentante legale.

Tuttavia, Barnes manteneva un atteggiamento stoico.

Il tempo avrebbe dato le risposte, e lui era ansioso di iniziare.

Lanciando uno sguardo all'orologio sopra la porta che conduceva alla reception, il suo labbro superiore si increspò vedendo la lancetta dei minuti che segnava cinque minuti oltre l'ora stabilita.

A questo punto, Twist e Kasprak avrebbero dovuto essere registrati e seduti al tavolo nella sala interrogatori numero due, quella alla sua sinistra, eppure lui era ancora lì ad aspettare.

Un'ombra cadde sul tappeto all'estremità del corridoio, accompagnata dal suono di passi, e poi Kay girò l'angolo, con un'espressione determinata.

«È arrivato?»

«Non ancora.» Barnes accennò con il mento verso l'area della reception mentre lei lo raggiungeva. «Ma parli del diavolo.»

Osservò attraverso il vetro rinforzato della porta

divisoria mentre due uomini si avvicinavano al bancone principale: Kasprak che indossava una giacca nera simile a quella che portava al festival di sabato sopra una semplice maglietta bianca e jeans, i capelli grigi lunghi fino al collo pettinati all'indietro da un paio di occhiali da aviatore che luccicavano sotto le luci del soffitto.

Twist lo seguiva, più alto di un paio di centimetri, braccia e gambe sottili in contrasto con una leggera pancetta e capelli biondi arruffati.

«Decisamente sobri», mormorò Kay.

«Miao.»

Lei rise sotto voce e si voltò allontanandosi dai due uomini mentre venivano registrati. «Ti lascerò condurre questo interrogatorio, dato che probabilmente conosci quella cartellina a menadito. Ci sono punti salienti che dovrei conoscere oltre all'arresto nel passato?»

«Niente di sconveniente, capo. Comunque, è ora di scavare.» Le lanciò un sorriso malizioso mentre la porta della reception si apriva e un agente imbronciato conduceva i due uomini verso di loro. «Signor Kasprak, Signor Twist. Gentile da parte vostra unirvi a noi.»

Barnes li fece accomodare nella sala interrogatori, avviò l'apparecchiatura di registrazione e recitò l'avvertimento formale, osservandoli entrambi mentre pronunciava le parole.

Kasprak armeggiava con i bottoni della sua giacca, con una perenne ruga di preoccupazione che gli solcava la fronte, mentre Twist sembrava agitato, allontanandosi dal suo manager e tenendo lo sguardo fisso sul tavolo, con le mani in grembo. In contrasto con il suo manager, indossava una maglietta con il logo che raffigurava quello che Barnes supponeva fosse l'ultimo album della band e jeans blu strappati. Tatuaggi sbiaditi coprivano il suo braccio sinistro con un disegno che turbinava e si arricciava sotto la manica.

Completata la procedura, Barnes aprì la cartellina e si prese un momento per scorrere rapidamente i documenti all'interno. La sua collega aveva ragione, conosceva il contenuto a memoria, ma l'azione era frutto dell'abitudine, un modo per dare ritmo all'interrogatorio e assicurarsi che venisse usato il tono giusto, dato che stava trattando con un padre in lutto che ancora non lo sapeva.

«Innanzitutto, può confermare, Signor Twist, che prima di cambiare il suo nome con atto notorio, era in realtà conosciuto come Joseph Throndsen?»

L'uomo di fronte a lui alzò di scatto la testa, gli occhi azzurri penetranti si offuscarono. «Sì. Perché?»

«Un attimo. Può anche confermare che l'uomo in questa fotografia è in effetti lei? Presso questa ditta di saldatura a Chatham?»

«Sì, sono io.» Twist sbuffò. «Una vita fa.»

«Per quanto tempo è stato lì?»

«Ho iniziato come apprendista per il padre del proprietario quando avevo sedici anni, quindi direi quasi dieci anni.»

«Perché se n'è andato?»

Gli occhi di Twist si strinsero ulteriormente. «Se mi sta facendo questa domanda, allora conosce già la risposta.»

«Vorrei sentirla da lei.»

«Ho avuto un... alterco con la mia ex moglie all'epoca.» L'uomo scrollò le spalle. «Mi piaceva bere a quei tempi.»

Kasprak sghignazzò e batté una mano sulla spalla di Twist. «Ti piace ancora.»

«Continui», disse Barnes, lanciando un'occhiata di avvertimento a Kasprak. «Cosa è successo?»

«Io... sentivo che mi aveva intrappolato», disse Twist. «Stavamo insieme solo da quattro mesi quando mi disse che era incinta. Pensavo prendesse la pillola o qualcosa del genere. Avevo solo ventitré anni. Mi ha sconvolto, glielo assicuro. Non ero pronto a diventare padre, per la miseria. Mi stavo concentrando sulla mia musica, capisce? L'ultima cosa che volevo era legarmi a una moglie e un figlio. Credevo l'avesse fatto apposta, per farmi diventare responsabile. È quello che sua madre voleva che facesse. Ma prima che me ne accorgessi, i nove mesi erano volati e mi sono ritrovato con una bambina. Io e la mia ex ci siamo sposati due settimane prima che nascesse.» Scrollò le spalle. «Non volevo essere un padre, ma volevo fare la cosa giusta per lei.»

«Quindi si è ubriacato dopo il lavoro un pomeriggio, e...?»

Un leggero rossore salì lungo il collo di Twist. «Non sono orgoglioso di quello che ho fatto, capisce? Sono riuscito a bilanciare tutto nei primi tre anni, ma quando ho avuto l'opportunità di trasferirmi a Londra, ho dovuto coglierla. Era un caso di ora o mai più, sa? A quel punto stavamo già litigando tutto il tempo. Quindi mi sono fatto qualche drink per calmare i nervi, sono tornato a casa per dirle che non ne potevo più. Volevo il divorzio». Abbassò lo sguardo, mentre passava la mano su e giù per l'avambraccio tatuato. «Mi ha detto che potevo dimenticarmi di avere a che fare con mia figlia. Quella è stata l'ultima volta che ho visto Tansy».

«Senta, detective, di cosa si tratta?» disse Kasprak con impazienza. Indicò Twist. «Joey qui deve fare un soundcheck a Brighton alle tre e il traffico là fuori è una merda. Avrebbe potuto chiedergli tutte queste cose per telefono».

«Un'ultima domanda». Barnes estrasse dalla cartella una fotografia di una busta per prove, girandola in modo che Twist potesse vedere la sciarpa azzurra chiusa all'interno. «Riconosce questo oggetto?»

L'uomo impallidì, con le dita tremanti mentre allungava la mano per toccare la fotografia. «Sì, la riconosco, ma non capisco...»

Barnes congiunse le mani, fece un respiro profondo e pronunciò le parole che temeva fin dall'inizio dell'interrogatorio.

«Signor Twist, mi dispiace molto doverglielo dire, e non c'è un modo semplice per farlo, ma sua figlia Tansy è stata trovata morta sabato mattina».

CAPITOLO 25

«Ecco. Caffè, due bustine di zucchero.»

Kay porse a Brian Kasprak uno dei bicchieri da asporto e osservò il suo collega rientrare nella sala interrogatori numero due, lasciando la porta aperta.

Twist ora sedeva accasciato sulla sedia, gli occhi cerchiati di rosso che fissavano il tavolo con sguardo assente mentre Barnes scivolava silenziosamente nel posto di fronte e spingeva un bicchiere identico verso l'altro uomo.

Avevano concordato una pausa e così Barnes se ne stava in silenzio, aspettando che l'apparecchiatura di registrazione si riavviasse e l'interrogatorio continuasse.

Per ora, lei osservava e attendeva.

«Quindi, è per questo che non volevi parlargli al telefono.» Kasprak fece qualche passo per allontanarsi, si appoggiò alla parete di cartongesso del corridoio e si strinse brevemente la radice del naso. Abbassò la mano con un sospiro. «Cristo, che casino.»

«Sapevi che aveva una figlia?»

«Non ne avevo idea. Non l'ha mai menzionata. Immagino che, come ha detto lui, una volta trasferitosi a Londra si sia concentrato sulla band.»

Kay tolse il coperchio del suo caffè e soffiò sulla superficie prima di raggiungerlo. «Da quanto tempo conosce Joey?»

«Ho avvicinato la band a un concerto promozionale a Londra molto tempo fa, quando stavano appena affermandosi sulla scena. Avevo gestito band per anni e vedevo molto potenziale. Erano bravi musicisti, avevano un certo look, ritenevo che ci fosse un vuoto nel mercato per quello che stavano facendo, e avevano buone canzoni. Joey era uno dei membri fondatori, e fondamentale nelle trattative per farmi assumere la loro gestione.» Kasprak fece un sorriso triste prima di bere un sorso di caffè. «Anche se non avessero sfondato qui, c'era un enorme mercato nel continente per il tipo di musica che suonavano, quindi quello divenne il nostro obiettivo per il primo anno o due, fino a quando non abbiamo avuto un singolo estivo nella Top 30 nel Regno Unito. Il resto è storia.»

«Fino a quindici anni fa.»

Kasprak sbuffò. «Sì. Fino a quel momento.»

«Mi dica cosa è successo.»

«Uhm, non so... forse li stavo spingendo troppo prenotando concerti uno dopo l'altro, ma come ho detto, l'Europa era il nostro campo di gioco. Facevamo buoni soldi là con le vendite di album, le prenotazioni dei concerti, il merchandise... tutto. Avevano una base di fan davvero solida che li sosteneva, a differenza di com'era qui. Sarò onesto, detective Hunter, il loro successo è calato molto tempo fa qui nel Regno Unito, ma l'Europa non ne aveva mai abbastanza. Eravamo fortunati se venivamo trasmessi alla radio commerciale qui all'epoca. Dopo quel successo nella Top 30, probabilmente abbiamo avuto due o tre buoni anni nel Regno Unito prima che iniziasse a calare il silenzio. Siamo passati da essere in prima linea a sopravvivere come gruppi di supporto per le band più giovani.» Fece una smorfia. «Imbarazzante davvero, dato il talento nella band.»

«Mi parli della rottura.»

Kasprak alzò gli occhi al cielo. «Entrambi sono sempre stati tipi irascibili, ma Joey era il peggiore. Niente di grave, più che altro come un capriccio che si accumulava nel tempo, sa, la classica goccia che fa traboccare il vaso. Passava sopra alle questioni più importanti, ma quelle più piccole... e Thommo sapeva come farlo innervosire. Così lo faceva. Una volta di troppo.»

«Ma sul *palco*?»

«Quello lo stava covando da un po'. Avevano litigato nel backstage prima del concerto, qualcosa di insignificante che è cresciuto semplicemente perché eravamo tutti sotto stress per un articolo della stampa musicale tedesca che insinuava che l'album nuovo di quell'anno fosse un ultimo tentativo disperato per evitare l'oblio. Joey pensava che Thommo non lo stesse prendendo abbastanza seriamente... non so. Pensavo fosse divertente quando Thommo gli ha messo il piede davanti, ad essere onesto. Voglio dire, era la tipica cosa infantile che faceva di tanto in tanto. Solo che Joey l'ha presa nel modo sbagliato, e l'ha colpito.»

«Ho visto il video online. Cosa è successo dopo che il resto della band ha lasciato il palco?»

«Era il caos. Thommo è andato dritto nel camerino per affrontare Joey. Io e uno della sicurezza abbiamo dovuto separarli di nuovo. Stavano litigando come due adolescenti in un cortile di scuola, come ha detto Danny, il cantante, e non era lontano dalla verità. Poi Joey è uscito, ha preso un taxi per tornare in hotel, si è fatto i bagagli ed è filato all'aeroporto. È andata così.» Kasprak alzò lo sguardo al soffitto per un momento. «Tenga presente che io avevo la pazienza di un santo, ce l'ho ancora. È per questo che sono ancora in grado di fare questo lavoro senza avere un infarto. Ma quei bastardi mi hanno lasciato a gestire le conseguenze da solo. Comunicati stampa, interviste, rispondere alle chiamate di Melanie, la presidente del fan club nel Regno Unito, ed è una donna formidabile quando serve.»

Kay gli rivolse un sorriso comprensivo. «Dev'essere molto efficiente.»

Gli occhi di Kasprak si ammorbidirono. «Sì, lo è. Ed è rimasta fedele a loro per tutto questo tempo. È stata fondamentale nella promozione di questo tour reunion. È per persone come lei che lo facciamo. E non potremmo farlo senza di loro.»

«Parte della famiglia, quindi?»

«Esattamente, detective», disse, agitando il bicchiere di caffè verso di lei. «Esattamente.»

«Quindi, questo tour di reunion, come è successo, considerata l'acrimonia passata tra Joey e Thommo?»

Lui sorrise. «È stato facile. Sono come tutti gli altri

vecchi dinosauri del rock là fuori. I loro risparmi e pensioni non valgono quasi niente perché le case discografiche hanno messo le mani sui loro diritti d'autore molto tempo fa, ma se hai recuperato il copyright delle tue canzoni, e questi l'hanno fatto, perché ho negoziato il loro contratto con la casa discografica all'epoca e mi sono assicurato che lo facessero, puoi diventare indipendente e ricominciare. Specialmente se hai la qualità delle loro canzoni. C'è un mercato per questa roba ora, persone della nostra età che ricordano con nostalgia la gioventù, i figli sono cresciuti quindi non devono preoccuparsi delle babysitter per andare a un concerto. E naturalmente, i loro fan hanno un reddito disponibile oggi. Soldi facili.»

«Quali sono i suoi piani per loro?»

Il sorriso di Kasprak divenne predatorio. «Fuori verbale?»

Kay mimò di chiudersi le labbra con una cerniera, e lui continuò.

«Hanno scritto nuovo materiale. Il piano è di andare in studio a settembre, registrare un nuovo album e pubblicare un nuovo singolo prima di Natale. Per essere precisi, un singolo *natalizio*. Faremo il pienone, soprattutto perché verrà pubblicato in modo indipendente.»

«Intelligente.»

«Le band lo fanno da anni. Guardi quel tipo che ha scritto quel successo rock all'inizio degli anni Settanta. Sta facendo una strage...» La voce di Kasprak si inceppò alle sue ultime parole, e arrossì. «Voglio dire, scelta di parole infelice, ma...»

«Capo?»

Kay guardò oltre la sua spalla e vide Barnes che le faceva cenno.

«È pronto, capo. Continuiamo?»

CAPITOLO 26

Laura si fermò, con la mano su un cancelletto bianco malconcio che si reggeva sui cardini con scarsa determinazione, poi lanciò un'occhiata alle sue spalle all'alto agente in uniforme che l'accompagnava e sorrise.

«Era ora che ti lasciassero uscire per buona condotta, sergente».

Tim Wallace sogghignò. «A quanto pare hanno pensato che avessi bisogno di qualcuno che ti tenesse d'occhio. Dai, sbrigati, abbiamo altre due persone da sentire dopo la signorina Lightfoot».

Si tolse il berretto e abbassò la radio mentre lei apriva delicatamente il cancello, il cui metallo strideva minacciosamente.

Il sentiero che conduceva alla casa bifamiliare della fine degli anni '50 non era in condizioni migliori. Nel cemento si erano formate crepe da cui spuntavano ciuffi d'erba pallida, i bordi del sentiero erano invasi da senecione e denti di leone, e le radici di un enorme albero di magnolia avevano creato fratture che si snodavano a zig-zag verso il gradino d'ingresso.

Laura aggirò abilmente queste e un mucchietto ordinato di escrementi di gatto prima di bussare con le nocche su un pannello di vetro smerigliato al centro della porta, osservando le tendine ingiallite sulle finestre anteriori.

Una zaffata di fumo carico di nicotina precedette il saluto del residente quando la porta si aprì, una puzza nauseabonda le fu deliberatamente soffiata negli occhi facendoli lacrimare.

«Che volete?»

Resistendo all'impulso di tossire, Laura si voltò per un momento e sbatté le palpebre, poi guardò l'uomo scontroso sui vent'anni che la fissava attraverso lo spiraglio.

«Buongiorno», disse. «Ci chiedevamo se potessimo scambiare due parole con Zena Lightfoot».

«Di che si tratta?»

«Questioni di lavoro. È in casa?»

«Un attimo». Accostò la porta, poi urlò a qualcuno in casa che c'erano due sbirri sulla porta che volevano parlare, la sua figura sfocata scomparve nell'oscurità oltre il vetro smerigliato.

Passarono alcuni minuti, e poi la porta si aprì rivelando una donna più o meno della stessa età vestita con una canottiera blu fiordaliso e jeans attillati, capelli e trucco impeccabili.

E non stava fumando una sigaretta.

«Oh». Le sopracciglia le schizzarono verso l'alto per la sorpresa mentre osservava il distintivo che Laura le porgeva. «Che succede?»

«Zena Lightfoot?»

«Sì...»

Laura sorrise. «Nulla di cui preoccuparsi. Sono il detective Laura Hanway, questo è il mio collega sergente Wallace. Volevamo scambiare due parole riguardo a un ospite che alloggiava all'hotel venerdì notte».

«Ma io non lavoravo quel giorno». Gli occhi di Zena si muovevano rapidamente tra i due agenti. «Perché avete bisogno di parlare con me?»

«Lei ha preso una prenotazione diretta per telefono da una certa Tansy Leneghan giovedì. Uno dei suoi colleghi ha detto che è insolito perché la maggior parte delle vostre prenotazioni avviene tramite agenzie online. Ricorda la telefonata?»

Zena incrociò le braccia e si appoggiò allo stipite della porta, con un'espressione incuriosita sul volto. «Sì, la ricordo, e dev'essere stato Warren quello con cui avete parlato, giusto? L'ho menzionato a lui quando è arrivato per il suo turno».

Dando un'occhiata al suo taccuino, Laura cercò di contenere l'eccitazione. «Il sistema dell'hotel dice che la prenotazione è stata effettuata poco dopo le due e mezza di giovedì pomeriggio. C'è stato un ritardo tra la chiamata di Tansy e l'inserimento della prenotazione nel sistema?»

«No, l'ho fatto subito mentre era al telefono, altrimenti una di quelle agenzie che ha menzionato avrebbe potuto occupare la camera al posto suo se ci fosse stato un improvviso afflusso. C'era quel festival in corso, quindi ne erano rimaste solo poche». La donna aggrottò la fronte. «È vero, ho dovuto darle una delle camere all'estremità più lontana dell'hotel, lontano dalla spa. A lei non dispiaceva però. Ha detto che aveva altri programmi».

«Ha occasione di parlare con gli ospiti quando telefonano?»

«Non sempre. Ma come le ha detto Warren, non abbiamo molti ospiti che telefonano per fare una prenotazione. La maggior parte lo fa online. Credo che lei avesse provato con alcune di quelle, ma risultavano tutte al completo. Penso stesse tentando la fortuna e, per coincidenza, noi teniamo sempre alcune camere di riserva per emergenze come quella, o in caso ci sia un problema con una camera prenotata e dobbiamo spostare qualcuno con poco preavviso». Zena si strofinò le braccia. «Senta, che sta succedendo? Perché tutte queste domande su di lei? È successo qualcosa?»

«Qualcuno del lavoro l'ha contattata?»

«No, blocco il loro numero quando non sono di turno nel caso provino a farmi venire con poco preavviso». Il suo naso si arricciò. «Possono essere un po' sfacciati in questo senso, aspettandosi che io lasci tutto perché sono a corto di personale».

«Può…»

La porta fu spalancata, e l'uomo che aveva aperto spinse via Zena e Laura prima di percorrere pesantemente il sentiero.

Laura osservò perplessa. «Chi è lui?»

«Mio fratello idiota. Non gli dia retta. È una spina nel fianco». Zena socchiuse gli occhi mentre lui si faceva strada attraverso il cancello e saliva su un'auto scassata che un tempo poteva essere stata verde. «E pigro».

L'auto si avviò con un gemito straziante, il tubo di

scappamento sbatacchiava ed eruttava fumo blu mentre suo fratello si allontanava.

«Stronzo», mormorò, poi rivolse un dolce sorriso a Laura. «Mi scusi, stava dicendo?»

«Guardi, non c'è un modo semplice per dirglielo e le chiederò di tenerlo per sé fino a quando non verrà fatto un annuncio ufficiale al telegiornale stasera perché stiamo ancora parlando con i familiari, ma la donna con cui ha parlato, Tansy, è stata trovata morta a Mote Park sabato mattina».

«Mio Dio». Zena portò una mano tremante alle labbra. «Ho sentito che qualcuno era stato trovato... Pensavo fosse un'overdose o qualcosa del genere».

«La nostra indagine è in corso, ma può capire perché stiamo cercando di comprendere i suoi ultimi movimenti prima della morte. Di cosa avete chiacchierato quando ha telefonato per fare la prenotazione?»

«Dio, non ricordo. Penso... abbia menzionato qualcosa riguardo sua madre che viveva nei paraggi, ecco. Mi sono chiesta perché, se è così, non sia rimasta da lei, ma non si possono fare domande del genere, vero? Voglio dire... lei può, io no».

«Le ha chiesto quali piani avesse durante la visita a Maidstone?»

«No, ma ho dovuto chiederle se si trattava di lavoro o svago perché è una cosa standard. Se avesse detto svago, avrei potuto spostare un check-in tardivo in un'altra camera per darle l'opzione di una più vicina alla spa, capisce? Ma ha detto lavoro. Ecco perché l'ho messa all'estremità, i nostri clienti business spesso preferiscono essere appartati in un posto più tranquillo di notte, soprattutto quando il bar e il ristorante si svuotano più tardi in serata».

«Ha detto chiaramente che viaggiava per lavoro?»

«Sì. Sarà comunque sul modulo di prenotazione».

La mano di Laura si immerse automaticamente nella sua borsa, estraendo una fotocopia ben piegata e orientandola verso l'altra donna. «Ecco. Dove dice questo qui? Me lo può indicare?»

«Certo». L'indice con manicure di Zena tracciò la stampa sbiadita nella parte superiore della pagina, scese fino alle voci che mostravano che Tansy aveva prenotato una camera con colazione, poi conficcò l'unghia su un'abbreviazione in caratteri minuscoli vicino al piè di pagina. «Ecco qua. Questo è il codice che utilizziamo per una prenotazione aziendale».

«E come ha pagato?»

«Non l'ha fatto. Non chiediamo agli ospiti business di pagare fino al check-out, e comunque ha detto che stava usando il vivavoce e non poteva prendere la sua carta di debito mentre guidava». Zena osservò Laura mentre riponeva i documenti nella borsa, poi agitò il dito. «Aspetti. Ha detto qualcosa mentre stavo inserendo gli ultimi dettagli della prenotazione».

«Cosa ha detto?»

«Ha detto che se qualcuno fosse venuto in hotel o avesse telefonato chiedendo se lei fosse lì, avremmo dovuto dire che non c'era. Il che ho trovato piuttosto strano dato che aveva appena fatto una prenotazione business. Voglio dire, se sei qui per lavoro non vorresti che chiunque dovessi incontrare sapesse dove ti trovi così da poter organizzare un appuntamento?»

Laura aggrottò la fronte. «Ha ragione, io lo vorrei».

CAPITOLO 27

Una volta che tutti furono nuovamente seduti nella sala interrogatori, Barnes riavviò gli apparecchi di registrazione, confermò chi fosse presente e passò alla domanda successiva, con voce pacata.

«Joey, quando abbiamo parlato con tua moglie, lei ha detto che l'hai abbandonata quando Tansy aveva tre anni, eppure hai confermato che, secondo i documenti dell'arresto, eri ubriaco e la minacciavi. Perché pensi che Georgina abbia mentito dopo tutti questi anni?»

L'uomo strinse le spalle. «Non lo so. Forse è ciò che era abituata a raccontare a Tansy. Per proteggerla, capisce?»

«Cosa è successo dopo che i vicini hanno chiamato la polizia?»

«Ce l'ha in quel fascicolo, no?»

«Vorrei sentirlo da te.»

«Sono stato arrestato e mi è stato detto di starle lontano. Poi ho scoperto tramite un amico comune che non avrebbe sporto denuncia; quindi, sono andato a casa per scusarmi. Non volevo ancora essere vincolato a crescere una bambina, ma volevo cercare di sistemare le cose in qualche modo.» Twist sospirò, tormentandosi un pezzo di unghia staccato. «Non ne ho avuto l'occasione, appena ha aperto la porta, ha iniziato a gettare i miei vestiti sulla soglia e mi ha detto che non voleva avere niente a che fare con me, e che, per quanto la riguardava, non avrei avuto alcun contatto con nostra figlia. Stavo già suonando con quella che sarebbe diventata l'attuale formazione della band, così io e i ragazzi abbiamo fatto le valigie e ci siamo trasferiti a Londra. Pensavamo di prenderci un anno per scrivere e mettere insieme abbastanza soldi per registrare il nostro primo album, puntando a un mercato di nicchia che richiamasse le band glam rock e blues rock degli anni '80. Thommo si è unito a noi quell'anno e ha scritto la maggior parte delle canzoni con me.»

«Thomas Smith, giusto?»

«Sì. Thommo.»

«Il tizio che hai preso a pugni sul palco quindici anni fa.»

«Immagino che si possa definire la nostra una "relazione di amore-odio"», disse Twist, scrollando le spalle. «Passavamo così tanto tempo insieme che era inevitabile che ci dessimo fastidio ogni tanto.»

«Sono come una vecchia coppia sposata la maggior parte del tempo», disse Kasprak.

Barnes gli lanciò un'occhiataccia. «Se potesse tenere per sé i suoi pensieri in questo momento, per favore.»

Il manager alzò le mani e si appoggiò allo schienale della sedia, adeguatamente rimproverato, e Barnes rivolse nuovamente la sua attenzione a Twist.

«Quando hai cambiato il tuo nome con atto legale da Joseph Throndsen?»

«Poco prima di iniziare a registrare il primo album.»

«Perché?»

«Credo di aver voluto tagliare tutti i ponti con il mio passato. Fare un nuovo inizio. Avevo buone sensazioni sulla band e sulle canzoni, e non volevo che nulla mi trattenesse.»

«Tua figlia era presente durante quel litigio con tua moglie?»

«Era... era in soggiorno.» La bocca di Twist si incurvò verso il basso. «Non ha visto niente, ma deve averci sentito. Non so se a quell'età abbia capito cosa stesse succedendo.»

«Hai mai rivisto tua figlia?»

«N-no. Non fino a quando non mi ha contattato.»

Kay trattenne il respiro mentre Barnes dava un'occhiata ai suoi appunti.

«Quando è successo?» disse.

«Circa due settimane fa. Ha detto di aver assunto un investigatore privato per rintracciarmi.» Twist fece un sorriso triste. «Ho sempre pensato che fosse intelligente, come sua madre.»

«Ti ha detto perché?»

«Sì. Ha detto che una sua amica aveva fatto lo stesso, riallacciando i rapporti con suo padre dopo che lui se n'era andato, e immagino che sia diventata curiosa di sapere cosa mi fosse successo. Non aveva idea che avessi cambiato nome o cosa avessi fatto da quando aveva tre anni.» Twist aggrottò le sopracciglia. «Georgina non le ha mai detto una parola, anche se doveva saperlo. Voglio dire, quando abbiamo avuto quel singolo di successo, eravamo dappertutto. Non si poteva sfuggirci. Deve aver visto foto online e cose del genere. Suppongo che sia per questo che Tansy ha dovuto rivolgersi a un investigatore privato. Si è trovata di fronte a un muro perché avevo cambiato nome. Per quanto la riguardava, ero semplicemente scomparso dalla faccia della terra, e lei era determinata a trovare delle risposte.»

«Come ha fatto l'investigatore privato a rintracciarti?»

«Come voi, immagino. Potrebbe avermi riconosciuto e aver fatto due più due. Non lo so, non l'ha mai detto.» Deglutì. «E non ho mai potuto chiederglielo. Non potrò mai farlo.»

Barnes diede all'uomo un momento per ricomporsi, passandogli una scatola di fazzoletti. «Raccontami cosa è successo dopo che Tansy ti ha contattato due settimane fa. Come l'ha fatto?»

«Tramite un account email che aveva creato appositamente per parlarmi. Ha creato anche un nuovo profilo sui social media così potevamo scambiarci messaggi. Penso che fosse ancora un po' timida nel farsi avanti, e certamente non voleva che sua madre lo scoprisse. Dopo avermi detto chi era e come mi aveva rintracciato, ha detto che voleva incontrarmi. Eravamo sommersi dalle prove dell'ultimo minuto nel Surrey in quel periodo, ma le ho detto che il nostro primo concerto era programmato per quel festival qui. Lei ha detto che poteva venire a trovarmi, ma io... suppongo fossi nervoso. Voglio dire, e se la stampa avesse scoperto la storia? E se Georgina l'avesse scoperto? Tansy ha detto che non l'avrebbe detto a sua madre, almeno finché non avessimo parlato, ma avevo bisogno di esserne sicuro. Io... come ho detto, credo di avere avuto paura. Non volevo incasinare tutto. Non la vedevo da più di vent'anni.»

Sorrise tra nuove lacrime. «È l'immagine sputata di sua madre a quell'età. Voglio dire, era...»

«Dove vi siete incontrati?»

«Brian qui presente aveva prenotato per tutta la band in un pub su una delle strade più tranquille che portano fuori Maidstone per tenerci lontani dal festival stesso. Tutti i grandi hotel erano già prenotati dai possessori dei biglietti, a parte qualche camera singola qua e là. Il pub aveva delle camere, e un alloggio separato dal bar e dal ristorante, quindi eravamo nascosti alla vista.»

«Avremo bisogno dei dettagli completi della prenotazione da parte vostra.»

Twist guardò Kasprak prima di rispondere. «Sì, non sarà un problema. Non potevo dire a Tansy dove mi trovavo prima della fine della scorsa settimana perché Brian doveva mantenere segreta tutta la cosa nel caso i fan l'avessero scoperto...»

«Il posto è solitamente prenotato per matrimoni, quindi abbiamo pagato un extra per la nostra privacy», aggiunse Kasprak, poi chiuse di nuovo la bocca quando Barnes alzò la mano per zittirlo.

«Come ci è arrivata?» chiese a Twist.

«In taxi. Eravamo paranoici che i fan scoprissero di noi, quindi ha camminato per circa ottocento metri dalla strada dell'hotel e ha fatto in modo che l'autista la incontrasse lì.»

«Aveva in programma di fare lo stesso al ritorno?»

Twist annuì. «Ho insistito per pagare, però. Aveva già speso abbastanza per rintracciarmi».

«A che ora è arrivata al pub?»

«Verso l'una e mezza quella notte. Era tutto chiuso naturalmente, ma la porta della sala banchetti sul retro che usano per i matrimoni e altre cose era aperta; quindi, abbiamo trovato un tavolo lì dentro. Avevo una bottiglia di vino dal bar, così ci siamo semplicemente seduti a parlare per circa un'ora». Twist sorrise tra lacrime fresche. «È stato fantastico, davvero. Ci siamo semplicemente *connessi*, capisce? Mi è piaciuto sentire cosa aveva fatto, tutti i suoi studi e quali fossero i suoi piani per quest'anno. Tra un paio di mesi sarebbe partita per un viaggio, mi ha detto, così l'ho convinta a unirsi a noi in tour in Europa per una settimana o due, e lei ha colto l'occasione al volo».

«A che ora è andata via?» chiese Barnes gentilmente.

«Il taxi è arrivato poco dopo le tre, stavamo già correndo un rischio enorme incontrandoci, con tutti i fan e la stampa concentrati sulla reunion della band, e non volevo che qualcuno la notasse. Non prima che avessimo parlato ancora un po' e deciso come dirlo a Georgina prima che i media lo scoprissero».

«E l'ha vista salire sul taxi?»

«L'ho guardata dalla finestra, sì. Era parcheggiato sulla strada fuori dal pub, immagino non volesse rischiare di entrare nel parcheggio e svegliare qualcuno. Prima che Tansy se ne andasse, abbiamo fatto programmi per vederci domenica mattina, ma quando non si è presentata ho pensato che forse aveva accennato del nostro incontro a Georgina e aveva cambiato idea». Tirò su col naso, se lo soffiò rumorosamente e poi si portò le mani agli occhi. «Oh dio».

«Abbiamo trovato il cellulare di Tansy nella sua camera d'albergo. Perché non l'ha portato con sé al vostro incontro?»

«Semplice. Non volevo che il nostro primo incontro dopo vent'anni fosse registrato. Non hai idea di come può essere la stampa quando ci si mette. Volevo proteggerla da tutto questo il più a lungo possibile».

Barnes si appoggiò allo schienale della sedia, tamburellò con le dita sui suoi appunti per un minuto, poi fissò l'uomo dall'altra parte del tavolo.

«Signor Twist, può dirci dove si trovava tra le tre e le sei di sabato mattina?»

Il musicista abbassò lo sguardo sulle mani intrecciate. «Ero con Melanie».

«Eri cosa?» La testa di Kasprak si girò di scatto verso il suo cliente, con la mascella che gli cadeva. «Mi stai prendendo per il culo».

«Un momento, chi è Melanie?» disse Barnes.

L'attenzione di Kasprak tornò rapidamente su di lui. «Melanie Cranwick. La donna che gestisce il loro maledetto fan club, ecco chi è».

CAPITOLO 28

Gavin trattenne uno sbadiglio, si strofinò gli occhi stanchi e si riconcentrò sul grande schermo del computer davanti a lui.

Sopra la sua testa, una bocchetta dell'aria condizionata ventilava un debole tentativo di brezza rinfrescante verso la sua nuca, con un risultato che faceva poco più che solleticare i sottili capelli sul retro del collo.

Almeno questo lato della sala operativa era un po' più tranquillo, anche se significava dover stringere il suo corpo in una sedia che confinava con un archivio che avrebbe dovuto essere portato al riciclaggio tre anni prima. Ogni volta che usava il mouse, il suo gomito sbatteva contro il metallo, emettendo un tonfo sordo che moriva quasi appena prodotto.

La scrivania era stata spinta contro un'altra che in qualche modo era stata manovrata in uno spazio tra una pila di scatole d'archivio di un caso recentemente chiuso e un paio di sedie da ufficio capovolte, entrambe con le rotelle mancanti.

L'agente Sean Gastrell sbirciò oltre il suo schermo del computer verso di lui per un breve momento, poi tornò a fissare le immagini registrate che ciascuno stava visionando. «Credo che mangiare alle nostre scrivanie sia stato un errore. Avremmo dovuto uscire e prendere un po' d'aria fresca».

«Forse». Gavin sbatté le palpebre, la sua mano che automaticamente cercava la lattina di bibita energizzante accanto alla tastiera del computer. «Ma avremmo perso mezz'ora per esaminare questi, e dio solo sa quanti ce ne sono».

«È passato un po' di tempo dall'ultima volta che ho visto filmati di sorveglianza così buoni», rifletté Sean. «La qualità dei filmati delle telecamere di sorveglianza che otteniamo dal comune è a volte orrenda. Alcuni di questi dispositivi domestici sono anni luce avanti rispetto a quelli che usano loro».

«Hai fatto molto di questo nei Marines?»

L'agente scrollò le spalle. «Solo occasionalmente se stavamo facendo ispezioni di un luogo. Non spesso. Ne ho fatto molto quando ero in prova dopo essere entrato qui però. Pensavo fosse una punizione per aver combinato qualcosa al corso».

Gavin alzò lo sguardo per vedere quello di Sean saldamente incollato al suo schermo. «Di solito lo è».

«Lo sapevo maledettamente».

Entrambi risero, e poi Gavin si appoggiò alla sedia con un sospiro mentre la registrazione terminava. «Beh, non c'era un bel niente nell'ultimo posto di cui abbiamo ottenuto filmati presso le unità commerciali di Turkey

Mill. Qual è il prossimo delle case lungo Willington Street?»

«Sto attualmente guardando il file che finisce con 345-8, e ho quasi finito».

«Ok, inizierò quello successivo e poi considereremo le alternative». Gavin spostò il mouse sulla cartella di sistema e selezionò il file di cui aveva bisogno. «Solo altri quarantacinque da fare. Potremmo finire entro la fine della giornata».

«Dipende da quando volevi che finisse la tua giornata».

«Proprio così».

Controllando le note di accompagnamento di Debbie rispetto al file che aveva aperto, Gavin vide che era stato ottenuto da Gareth Torsney, l'uomo che Laura e Kyle avevano interrogato domenica pomeriggio, che gestiva la sua attività di assistenza auto da casa sua.

Colpito dal modo sistematico dell'uomo di catalogare i file che erano stati forniti, Gavin bevve un altro sorso di bevanda analcolica e premette il pulsante play, sistemandosi per un'altra ora di revisione dei file.

«Andremo avanti fino alle tre e poi usciremo per prendere una boccata d'aria», disse. «Questo dovrebbe farci andare avanti almeno fino alle sei».

«Mi sembra un buon piano», fu la risposta.

Appoggiando il mento sulla mano, Gavin regolò i controlli in modo che il filmato venisse riprodotto a tre volte la velocità normale, il film mostrava il vialetto dei Torsney rivolto verso la strada, e l'angolazione della telecamera catturava la parte posteriore di una delle auto parcheggiate fuori dal garage e il cancello d'ingresso, che era stato chiuso durante la notte. Qualcosa pendeva tra il cancello e un palo, e si rese conto che Torsney aveva probabilmente avvolto una catena spessa intorno ad esso per impedire a chiunque di rubare un veicolo.

L'ora nell'angolo in basso a destra dello schermo indicava poco dopo l'una del mattino di sabato, e una volta che due taxi autorizzati erano passati, la strada piombò nel silenzio tranne che per le occasionali auto che sfrecciavano senza fermarsi.

Poco prima delle due del mattino, una volpe si infilò sotto il cancello e trotterellò verso il piccolo pezzo di prato a sinistra della telecamera prima di scomparire intorno al lato della casa, e poi il filmato finì.

Gavin sospirò, vide che Kyle aveva iniziato il file successivo nell'elenco, e quindi selezionò quello sotto e ripeté l'esercizio.

Questa volta, l'angolo della telecamera mostrava il retro della casa, l'ora indicava le tre e trenta.

Nella luce ambientale proveniente dalla strada che tagliava lungo il lato della proprietà, poteva appena vedere la recinzione in legno che separava il giardino da Mote Park, una pallida striscia di colore interrotta dalle forme più scure degli arbusti che lo costeggiavano.

Non c'era fauna selvatica in vista, nessun movimento, e il suo sguardo vagò verso l'ora attuale nella parte superiore dello schermo.

Altri dieci minuti, e avrebbe fatto quella pausa che lui e Sean si meritavano. Altrimenti…

Qualcosa balenò attraverso lo schermo, e la sua attenzione tornò di scatto alla registrazione.

Socchiuse gli occhi, regolò i controlli per aumentare il contrasto e premette il pulsante di pausa.

C'era qualcosa lì, ne era sicuro.

Proprio accanto alla pianta più alta nell'angolo in basso a sinistra del giardino dove la siepe del vicino soffocava la recinzione e creava una cavità scura che l'illuminazione stradale non poteva penetrare.

«Dannazione», mormorò, rimpiangendo la sua distrazione. Premette il pulsante di riavvolgimento e fissò lo schermo.

Proprio mentre sentiva l'impulso di sbattere le palpebre, una figura emerse dal lato della casa, con movimenti furtivi mentre costeggiava il bordo del prato più lontano dal lampione e si affrettava verso la recinzione posteriore.

«Porca miseria», respirò.

La testa di Sean si sollevò di scatto, il suono di lui che premeva con il dito sulla tastiera per mettere in pausa il video che stava guardando si registrò appena nella mente di Gavin prima che l'agente si spostasse dalla sua parte delle scrivanie.

«Hai trovato qualcosa?»

In risposta, toccò lo schermo. «Lì. Qualcuno si è appena intrufolato lungo il lato della casa e si è diretto verso la recinzione posteriore. Chiunque sia, è in quella zona buia al momento, e...»

«Eccolo che va». Sean si sporse in avanti. «Proverà a scavalcare?»

Guardarono in silenzio mentre la figura si arrampicava e usava le braccia per issarsi, scomparendo dalla vista.

La registrazione finì pochi secondi dopo, e Gavin si sedette di nuovo, sbalordito.

«Allora era l'assassino di Tansy, o chiunque sia tornato e le abbia tagliato le punte delle dita?»

CAPITOLO 29

Kay abbassò il parasole, fissò con occhi torvi i semafori oltre il parabrezza e li implorò mentalmente di diventare verdi, con le spalle tese.

Accanto a lei, Barnes armeggiava con le impostazioni della radio dell'auto, passando da una stazione all'altra prima di fermarsi su un brano disco della metà degli anni Settanta.

Nonostante la frustrazione per il traffico congestionato, lei rise. «Tipico tuo scegliere quella.»

«Meglio di quella roba glam rock degli anni Ottanta che ascoltavi la settimana scorsa.» Si sistemò di nuovo sul sedile. «Allora... Joey Twist.»

«Già.» Kay ingranò la marcia e accelerò, sorpassando un autobus che stava aspettando di ripartire dal marciapiede prima di svoltare a sinistra in direzione fuori città. «Dio, da non credere, vero? Ricevere notizie da tua figlia dopo più di vent'anni, per poi scoprire che è stata assassinata poche ore dopo che l'hai vista.»

«Dov'era Kasprak mentre Joey incontrava Tansy? Te l'ha detto?»

«Ho fatto due chiacchiere con lui mentre tu stavi mostrando a Joey dov'erano i bagni degli uomini dopo l'interrogatorio. A quanto pare era al telefono con una stazione radio tedesca per promuovere il tour e il nuovo album in uno dei loro programmi rock notturni. Sei riuscito a rintracciare quella donna, Melanie, che ti ha detto essere stata con lui dopo che Tansy ha lasciato il pub?»

«Sì, ma non rispondeva al telefono, quindi le ho lasciato un messaggio.»

«Ok. E i messaggi dal telefono di Joey? Te li ha mandati?»

«Sì, Kasprak ha inviato via email alcuni screenshot e Debbie li sta salvando nel sistema prima di andare via oggi. Confermano quello che ha detto riguardo al fatto che Tansy lo ha contattato attraverso un account di social media diverso da quelli che usa di solito, motivo per cui non riuscivamo a trovarli. Solleciterò Andy Grey per accedere al suo telefono il più rapidamente possibile per vedere con chi altro potrebbe aver parlato usando quell'account.»

«Fammi sapere se hai bisogno che acceleri la cosa,» disse Kay, azionando l'indicatore mentre si avvicinava alla svolta per la strada di Georgina Leneghan. «E chiedi a Debbie di far parlare qualcuno con gli amici di Tansy oggi per vedere se sapevano che si era messa in contatto con suo padre.»

«Ci penso io.»

Ascoltò mentre il suo collega telefonava alla sala

operativa e trasmetteva le sue istruzioni mentre lei rallentava per superare un cavallo con il suo cavaliere, poi entrò nel vialetto di Georgina e parcheggiò accanto a una utilitaria verde di dieci anni che non aveva mai visto prima.

Diane, il nuovo agente di coordinamento con la famiglia, aprì la porta d'ingresso. «Capo?»

«Scusa se non ho chiamato prima. È la tua macchina?»

«Sì. L'altra volta sono venuta con Hazel ma è stata richiamata a Chatham.»

«Va bene.» Kay guardò oltre la spalla mentre Barnes chiudeva la portiera dell'auto e si affrettava verso di lei, infilando il telefono nella tasca della giacca. «Dobbiamo parlare con Georgina.»

«Certo.» Diane si fece da parte, chiudendo la porta dietro di loro. «Vado di sopra a vedere se è sveglia. È andata a sdraiarsi circa un'ora fa.»

«Come sta, date le circostanze?»

«Non molto bene. Il suo medico è riuscito a venire ieri nel tardo pomeriggio dopo l'orario di ambulatorio e le ha prescritto qualcosa, così sono uscita stamattina per andare a prenderlo. Qualunque cosa fosse, l'ha fatta addormentare molto rapidamente.»

Kay si morse il labbro, colta da una fitta di senso di colpa. «Va bene. Vedi se è sveglia e se le dispiacerebbe parlare con noi. Falle sapere che è urgente, ti va? Possiamo tornare più tardi, ma preferirei di no.»

«Nessun problema, capo.»

Barnes fece il giro della stanza dopo che l'agente di coordinamento con la famiglia scomparve, con le spalle curve mentre osservava le fotografie disposte sul davanzale della finestra e sugli scaffali. «Non riesco a immaginare cosa stia passando. Quando ho pensato che avrei perso Emma per colpa di quell'assassino...»

S'interruppe, scuotendo la testa.

«Lo so.» Kay lo raggiunse, prendendo una delle fotografie in cornice d'argento e osservando la giovane donna in abito da laurea che le sorrideva. Si guardò intorno nella stanza. «E queste sono nuove, vero? Ci sono più foto qui rispetto all'ultima volta.»

Barnes arricciò il naso, guardando accigliato i fiori che riempivano i vasi ovunque posassero lo sguardo. «Odio l'odore dei gigli.»

«Anch'io.»

Tacque al suono di voci provenienti dalla stanza di sopra, il pavimento scricchiolò prima che il rumore dell'acqua corrente raggiungesse le sue orecchie.

Poco dopo, Diane riapparve e iniziò a raccogliere i fazzoletti accartocciati sparsi attorno ai cuscini del divano. «Sta facendo una doccia veloce.»

«Come va? Questo è il tuo primo incarico come agente di coordinamento con la famiglia da sola, vero?»

«Il secondo. Ma non diventa più facile.» L'agente fece una pausa, osservando la fila di fotografie. «E non dovrebbe. Voglio dire, se non ci importasse non prenderemmo i bastardi che fanno questo alle famiglie, giusto?»

Piombarono nel silenzio al suono di passi sulle scale, e poi la porta si aprì lentamente e Georgina Leneghan entrò trascinando i piedi, con il viso pallido.

«Scusate se vi ho fatto aspettare,» mormorò, attraversando la stanza fino al divano e sprofondando nel morbido tessuto. Allungò la mano e tirò un cuscino verso di sé, stringendolo sul petto.

«Mi dispiace doverla disturbare,» disse Kay.

La donna scrollò le spalle. «Mi creda, preferirei aiutarvi piuttosto che stare sdraiata a pensare di essere impotente. Avete trovato chi ha fatto questo a mia figlia?»

«Abbiamo diverse piste che stiamo seguendo in questo momento...»

Le spalle di Georgina si afflosciarono. «Quindi è un no. Cosa volevate da me?»

«Abbiamo parlato con Joey Twist questa mattina.» Kay addolcì la voce mentre notava lo sguardo di shock che attraversava il volto dell'altra donna. «Ci ha raccontato degli eventi che hanno portato al divorzio e che lei aveva dichiarato all'epoca che lui non poteva avere più niente a che fare con Tansy. È corretto?»

«Sì, lo è». Georgina si morse il labbro. «Volevo solo il meglio per lei, capisce? Joseph, Joey, ed io, ci abbiamo provato, davvero, ma non credo che fossimo destinati a stare insieme in una relazione a lungo termine. So che si sentiva in trappola quando sono rimasta incinta. Non era mia intenzione, ma non potevo sopportare di... io solo... Quando è nata, era la creatura più bella che avessi mai visto. Sapevo che avrei fatto qualsiasi cosa per proteggerla... e ho fallito».

Nuove lacrime le rigarono le guance, e tirò su col naso mentre Diane attraversava la stanza verso un tavolino di quercia e prendeva una manciata di fazzoletti di carta da una colorata scatola che stonava con l'atmosfera cupa.

Kay attese mentre le due donne conferivano a bassa

voce, poi fece un respiro profondo. «Sapeva che Tansy aveva ripreso contatto con suo padre?»

«No, non lo sapevo...» Gli occhi di Georgina si spalancarono mentre guardava Diane e poi di nuovo Kay. «Perché non mi avrebbe detto una cosa del genere?»

Kay rimase immobile, lasciando che il silenzio si prolungasse mentre la madre di Tansy si mordicchiava una pellicina e fissava il tappeto.

«A meno che...» Abbassò la mano. «Quando ha compiuto diciotto anni, ha detto che voleva saperne di più su di lui. Ovviamente, a quel punto la band si era sciolta dopo quella lite tra Joey e Thommo anni prima, e non avevo idea di come contattarlo... e anche se avessi potuto, non volevo che lei avesse niente a che fare con lui».

«Perché no?»

«Perché è un bastardo egoista». La donna tirò su col naso, raddrizzando un po' la schiena mentre alzava lo sguardo verso Kay. «E sapevo che se lo avesse incontrato, lui l'avrebbe abbindolata e le avrebbe raccontato ogni sorta di bugie su di me, e che lei si sarebbe lasciata trasportare dal fascino di ciò che lui faceva un tempo... la band, intendo. Avrebbe dimenticato che ero io quella che l'ha cresciuta da sola, che ero *io* quella che ha lavorato così dannatamente sodo per darle la migliore infanzia possibile nonostante lui non ci fosse. Non volevo perderla. E ora l'ho persa...»

Kay sospirò, il dolore e il lutto della donna le trafiggevano il cuore. «Tansy ha usato un investigatore privato per rintracciare Joey, e lo ha contattato la settimana scorsa. Si è registrata in un hotel a Maidstone invece di venire direttamente qui perché lei e suo padre avevano organizzato di incontrarsi tardi venerdì notte. Lui ha confermato che lei ha lasciato il pub dove alloggiava la band in preparazione al festival poco dopo le tre del mattino, quando è partita in taxi. Stiamo cercando di rintracciare l'autista».

«Gesù». Le mani di Georgina tremavano mentre si tamponava le guance con il fazzoletto. «Questo significa che suo padre è stato una delle ultime persone a vederla viva, giusto?»

«Sì, è così».

«E cosa succede se non riuscite a rintracciare questo tassista?»

Kay strinse le labbra. «Allora riesamineremo i movimenti del suo ex marito quella notte».

CAPITOLO 30

Kay sorseggiò da una bottiglia di birra fredda e si riparò gli occhi con la mano mentre il sole iniziava a scomparire dietro il profilo del tetto della casa del vicino.

Una leggera brezza increspava l'erba alta intorno ai suoi piedi, e lei si spostò di lato quando un grosso scarabeo nero si mosse tra i fili d'erba, luccicando quando la luce colpì il suo corpo corazzato.

Alzò lo sguardo a un belato gutturale e vide Hovis che trottava verso di lei, prima di fermarsi e abbassare la testa verso una nuova porzione di fieno che Adam aveva posizionato in una mangiatoia improvvisata sotto uno degli alberi.

La pecora ignorò deliberatamente la libellula turchese che aleggiava sopra l'abbeveratoio d'acciaio zincato accanto al suo cibo, ma di tanto in tanto lanciava uno sguardo oltre la spalla verso il punto in cui Kay sedeva.

«Non ho niente di meglio di quello, quindi è inutile che mi guardi così», disse lei.

Scontento, Hovis riportò l'attenzione alla mangiatoia.

Adam posò un vassoio carico sul tavolo accanto a lei, prendendo posto di fronte prima di far tintinnare la sua birra contro quella di Kay. «Sei un po' reticente stasera. Immagino sia stata una giornata difficile».

«Sì». Si girò verso di lui mentre le passava un piccolo piatto, e osservò la varietà di cibi che aveva distribuito in diversi contenitori. Olive, hummus, cracker salati e salmone affumicato si contendevano lo spazio tra fette di pane appena tagliate e altro ancora. «Sembra buono».

«Ho sentito il tuo stomaco brontolare dalla cucina».

Lei rise. «Sai, ho mangiato oggi».

«Posso telefonare a Barnes per verificare».

«Lui mi sosterrà». Sorridendo, si tuffò sul cibo, riempiendo il piatto con un po' di tutto prima di sistemarsi sulla sedia. Infilzò un'oliva. «Non ho avuto modo di chiedertelo ieri sera... hai avuto risposta da quella rivista riguardo l'articolo che hai presentato?»

Adam le fece l'occhiolino in risposta, poi si alzò e camminò intorno all'albero fino a una pila di legna tagliata che stavano conservando come pacciame per il giardino.

Kay aggrottò la fronte, poi un sorriso si formò quando lui emerse da dietro la pila con un secchio di acciaio inossidabile.

Il collo verde scuro e la stagnola dorata di una bottiglia di champagne sporgevano da esso, e lui teneva due bicchieri di cristallo nell'altra mano, sorridendo mentre li posava davanti a lei.

«Sì, e ho ricevuto il contratto questo pomeriggio», disse, aprendo abilmente la bottiglia con un soffice *plop*. «E mi hanno chiesto di scrivere l'articolo principale per la stessa edizione».

«È fantastico». Kay spinse via il piatto e alzò il viso per baciarlo, prendendo uno dei bicchieri. «Congratulazioni».

«Grazie». Fece tintinnare il suo bicchiere contro quello di lei, bevve un sorso e si sedette di nuovo. «Spero che una volta pubblicato nell'edizione invernale, riesca a ottenere più proposte nel circuito delle conferenze su quell'argomento. Sarà buono per il networking comunque. È difficile dire chi potrebbe leggerlo, la rivista ha un pubblico internazionale».

«Quindi significa che potresti avere l'opportunità di parlare alle conferenze, cose del genere?»

«Forse, sì. E se tu riuscissi a staccarti dal lavoro di tanto in tanto, potremmo farne una vacanza ogni tanto, se ti va?»

«Sarebbe bello». Indicò Hovis con un cenno del mento. «Immagino quindi che abbia un certificato di buona salute visto come si sta abbuffando con quel fieno».

«E non è ancora riuscito a capire come attraversare il ponte per entrare nel giardino», disse Adam tra un boccone e l'altro. «Forse non gli piace il suono dell'acqua corrente».

«Non c'è *nessuna* acqua corrente. Quel letto di ruscello è asciutto da sei settimane ormai, a parte qualche pozzanghera qua e là. Penso sia solo questione di tempo prima che capisca come arrivare al prato. Per non parlare di quelle rose, non si sono mai riprese da quando quella capra le ha distrutte».

«Non preoccuparti, stavo pensando di costruire un cancello da questa parte del ruscello, giusto per sicurezza. Credo che la riva sia troppo ripida perché lui possa percorrerla; quindi, non penso che ci proverà nel frattempo».

Kay socchiuse gli occhi guardandolo. «Ne sei sicuro?»

«Assolutamente. Avrebbe potuto provarci quando era più giovane, ma non adesso».

«Un cancello sarebbe comunque una buona idea. Per come mi ha guardato, ho il sospetto che stia già facendo piani».

CAPITOLO 31

Un pallido bagliore dorato illuminava le pareti della sala operativa quando Kay entrò poco dopo le sette del mattino seguente.

I suoni attutiti dei piani inferiori della stazione di polizia filtravano su per le scale e attraverso la porta alle sue spalle, sentì il rumore della porta di una cella che si chiudeva e risate mentre posava la borsa sotto la sua scrivania e si avvicinava alla lavagna.

Il resto della squadra sarebbe arrivato a breve, ma lei aveva bisogno di questo spazio, di questo momento per sé stessa per riflettere sull'indagine fino a quel momento.

Stringendo la mascella, passò lo sguardo sugli appunti che lei e Barnes avevano aggiunto da quando erano tornati dalla scena del crimine sabato mattina, con la consapevolezza che l'ora d'oro per raccogliere prove e acquisire slancio sul caso era ormai passata, il che aumentava la disperazione che la consumava.

I suoi occhi caddero sulle fotografie di Joey Twist che Gavin aveva appuntato sulla lavagna, una mostrava l'uomo sui vent'anni quando si chiamava ancora Joseph Throndsen, e l'altra di quella fatidica notte in cui aveva colpito il suo compagno di band sul palco, con conseguente pausa di quindici anni.

Una pausa di quindici anni che aveva portato a un tour di reunion e a un incontro con la figlia perduta da tempo prima che fosse brutalmente assassinata.

«Perché?» sussurrò, spostando l'attenzione sulla fotografia di Tansy che Georgina aveva fornito. «Perché qualcuno ti ha ucciso? E perché ti hanno ucciso lì?»

Deglutì, osservando il sorriso raggiante della giovane donna, gli occhi scintillanti e la pelle luminosa. Un'intera vita davanti a sé, spezzata da una morte violenta e terrificante.

«Buongiorno, capo.»

Kay si voltò al suono della voce di Gavin, alzando un sopracciglio mentre il detective lanciava con maestria una lattina vuota di bibita energizzante nel cestino del riciclo vicino alla porta mentre entrava nella stanza. «Immagino fosse la colazione?»

Lui sorrise. «Colazione numero uno. Mangerò qualcosa più tardi. E stai iniziando a sembrare Sharp, capo.»

«Non sia mai. Riesci a immaginare?» Indicò con il mento verso la lavagna. «Qualche idea sul movente finora?»

«No.» Tirando fuori il cellulare dalla tasca e posandolo sulla scrivania, si unì a lei e fissò la fotografia di Tansy. «Ero sveglio e ci pensavo alle due di stanotte, e io... voglio dire, suo padre *potrebbe* averla uccisa?»

Kay si morse il labbro prima di rispondere. «Non lo so.

Perché dovrebbe? Quando gli abbiamo parlato ieri, ha detto che stavano facendo diversi piani per passare più tempo insieme.»

«Ma abbiamo solo la sua parola sul fatto di averla vista salire su quel taxi.»

«Finora.» Guardò oltre lui mentre la sala operativa iniziava a riempirsi di altri agenti e personale amministrativo, poi notò Laura e Barnes che si dirigevano verso di lei. «Vado a prendere un caffè, e poi inizieremo il briefing. Ci sono un sacco di informazioni da esaminare, quindi tanto vale farlo tutti insieme.»

«Ti ho risparmiato un viaggio al bollitore,» disse Barnes, porgendole un bicchiere da asporto. «Ho pensato che avresti voluto iniziare il prima possibile questa mattina.»

«Grazie, sei telepatico. Ok, fateli avvicinare.»

Nel giro di pochi istanti, un piccolo gruppo si era riunito intorno alla lavagna di fronte a lei, i loro volti attenti.

Kay si prese un momento per osservare ognuno di loro, fece un cenno rassicurante a una coppia di nuovi assistenti amministrativi che si erano uniti alla squadra da un'altra indagine, poi si rivolse a Laura. «Iniziamo con gli interrogatori al personale dell'hotel.»

«Un paio di punti interessanti, capo,» disse la detective. «Zena Lightfoot era la dipendente che lavorava giovedì pomeriggio e ha preso la prenotazione di Tansy. Ha dichiarato che Tansy ha detto di viaggiare per affari; quindi, Zena l'ha messa in quella stanza, apparentemente sono più tranquille da quel lato dell'hotel. Inoltre, Tansy ha detto a Zena di inserire una nota nella prenotazione per cui, se qualcuno avesse chiesto se alloggiava lì, dovevano dire di no.»

Kay aggrottò la fronte. «Hai idea del perché?»

«Zena no, ma abbiamo rintracciato il dipendente che lavorava nel turno di notte, Chris Brandle. Ha detto che Tansy gli ha chiesto di prenotare un taxi per lei poco dopo l'una, ma quando le ha spiegato che l'avrebbe recuperata fuori dalle porte della reception, lei ha chiesto che la incontrasse più avanti sulla strada. C'è una fermata dell'autobus dall'altra parte della carreggiata a doppio senso prima di arrivare alla rotatoria, ed è lì che ha chiesto di dire all'autista di incontrarla. Conferma di aver telefonato alla compagnia di taxi per prendere questi accordi.»

«Ti prego, dimmi che hai ottenuto il nome dell'autista.»

«Ieri nel tardo pomeriggio Tim ha ricevuto un messaggio da loro contenente i suoi dettagli,» disse Laura, sorridendo. «E parlerò con lui questa mattina.»

«Ottimo lavoro, entrambi. Tienimi aggiornata su questo. Twist ci ha detto che Tansy è arrivata al pub dove alloggiava all'una e mezza; quindi, vedi se ciò che ti dice l'autista coincide. Gav, passiamo a te e Sean.»

«Capo, pensiamo di aver ottenuto una piccola svolta.» Gavin consultò gli appunti che aveva in mano, poi si avvicinò alla mappa di Mote Park e delle strade circostanti che era stata appuntata sul lato della lavagna. «Abbiamo finito di esaminare i filmati di sorveglianza domestici forniti dai residenti di questa zona, ma è il filmato che ci ha dato Gareth Torsney a rivelarsi il più interessante. *Qualcuno* ha effettivamente fatto accesso al suo giardino alle tre e trenta di sabato mattina e una delle sue telecamere di sorveglianza mostra questa persona che scavalca la recinzione ed entra nel parco.»

Il cuore di Kay colpì le sue costole. «Qualche idea su dove siano andati?»

«Non ancora,» disse Sean. «Sto guardando nuovamente i filmati delle altre proprietà per vedere se riesco a individuare qualcuno che corrisponda alla descrizione di questa persona mentre si muove lungo quella strada, anche se riusciamo a vedere solo che indossa abiti scuri, quindi...»

«Qualcuno ti sta aiutando con questo?»

«No, ma…»

Kay alzò la mano e si voltò verso Debbie. «Questa è una priorità. Chi possiamo assegnare a questo?»

L'agente in uniforme tornò di corsa alla sua scrivania, ritornando con un documento di tre pagine che sfogliò rapidamente. «Se togliamo due agenti in prova dai telefoni, possono aiutare Sean».

«Fallo. Come ho detto, questa è una priorità. Kyle, qualcosa di interessante riguardo ai compagni della band di Joey?»

«Niente di preoccupante, capo. Qualche infrazione qua e là nei loro giorni di gioventù, ma niente nei nostri archivi». Il detective in prova strinse le spalle. «La maggior parte delle ricerche che ho fatto su di loro è stata tramite siti di fan online, che ho poi verificato con Kasprak. Sembra proprio che la pausa di quindici anni abbia attenuato qualsiasi animosità tra loro dopo l'ultima volta che hanno fatto un tour».

«Immagino che anche la promessa di più soldi abbia aiutato», disse Kay, prima di lasciare spegnere le successive risatine sardoniche e rivolgere l'attenzione verso Barnes. «Qualche novità sulla donna che gestisce il fan club?»

«Ancora niente», rispose il suo collega, agitando il cellulare in aria. «Le farò un'altra chiamata dopo questa riunione per sollecitarla».

«Per favore. Prima riusciamo a confermare la dichiarazione di Joey su con chi si trovava prima e dopo l'incontro con sua figlia nelle prime ore di sabato mattina, meglio è. Soprattutto se Laura riesce a rintracciare il tassista per confermarlo». I suoi occhi trovarono di nuovo Gavin. «Qualcuno ha verificato se ci sono stati attacchi simili a questo nella nostra zona? O recenti segnalazioni di aggressioni che potrebbero aver portato a un'escalation di violenza?»

«Ho fatto un rapporto lunedì, capo», disse lui. «C'erano una mezza decina di casi che pensavo potessero essere rilevanti, ma dopo che gli agenti in uniforme hanno interrogato le persone coinvolte, tutti i loro alibi sono stati verificati. Non sono emersi omicidi irrisolti con tendenze simili a quello di Tansy, e non c'era nulla nel sistema recentemente per aggressioni dentro o intorno al parco».

«Ok, fammi un favore e allarga la tua ricerca a livello provinciale. Fai due chiacchiere con Paul Solomon di Northfleet per vedere se ha sentito parlare di qualcosa di simile nella sua zona prima, e se non viene fuori nulla fammelo sapere così ne parlo con Sharp e vedo di ottenere un po' di aiuto da quella parte per un'immersione negli archivi». Arrotolò l'agenda e la batté contro la gamba mentre il suo sguardo vagava ancora una volta sulla lavagna. «Forse c'è qualcosa del passato di Joey che ci è sfuggito. Debs, qualcosa dalle conversazioni con gli amici di Tansy?»

«Abbiamo finito di raccogliere le dichiarazioni di quelli con cui è andata all'università e dei suoi colleghi di Bristol», disse l'agente in uniforme. «Ma c'è un'amica dei suoi tempi di scuola qui nel Kent con cui ho pensato che avresti voluto parlare tu stessa; sono rimaste in contatto tutti questi anni, e Natasha dice che spesso quando Tansy veniva a trovare sua madre, si incontravano per bere qualcosa. Ho pensato che forse Tansy potrebbe averle confidato qualcosa sulla ricerca di suo padre, ma non volevo discuterne al telefono con lei. Vive vicino a Tenterden e lavora da casa».

«Perfetto. Grazie, Debs. Dammi il suo numero e andrò a parlarle oggi. Abbiamo ricevuto il rapporto finale di Harriet?»

«Sì, capo, l'ho letto ma non ti piacerà».

«Perché no?»

Debbie strinse le labbra prima di rispondere. «Perché le prove forensi che lei e la sua squadra hanno raccolto sono inconcludenti riguardo alla teoria di Lucas secondo cui potrebbero essere due le persone coinvolte nell'omicidio e nella mutilazione di Tansy».

«Merda». Il cuore di Kay sprofondò mentre vedeva le stesse espressioni abbattute sui volti dei suoi colleghi. «Quindi non sappiamo se dobbiamo cercare uno o due sospettati. Cristo, questo estende notevolmente il campo di ricerca».

«Harriet mi ha chiesto di farti sapere che ora ha ordinato alla sua squadra di elaborare tutte le altre prove raccolte intorno alla periferia della scena del crimine; si sono concentrati sul luogo dove è stata scoperta Tansy e sul seguito della teoria di Lucas. Conferma anche che hanno trovato più di trenta campioni nella stanza d'albergo», aggiunse Debbie. «Impronte parziali, per lo più. Voglio dire, una volta che abbiamo un sospettato possiamo confrontarle con le impronte digitali, ma è una quantità enorme di informazioni da vagliare, capo, e...»

«Prima ci serve un sospettato». Kay si passò una mano tra i capelli, poi accartocciò l'agenda e la lanciò sulla sua scrivania. «O due».

CAPITOLO 32

«Natasha Berrington? Sono l'ispettrice Kay Hunter, e questo è il sergente detective Ian Barnes. La mia collega, agente West, ha parlato con lei ieri. Possiamo scambiare due parole?»

La ragazza sulla ventina sulla soglia della minuscola casa a schiera sembrava aver trascorso le ultime ventiquattro ore con gli stessi vestiti che indossava, il viso privo di qualsiasi traccia di trucco.

O di sonno, a dire il vero.

Sbatté le palpebre, soffiò via una ciocca di capelli castano scuro dagli occhi e si appoggiò allo stipite della porta, incrociando le braccia sul petto prosperoso. «Non potevate chiamare prima? Sono nel bel mezzo di un aggiornamento software e il cliente è stato al telefono tutta la notte. Sono distrutta.»

«Ci vorrà meno di un minuto.» Kay sfoggiò il suo sorriso più accattivante e fece un passo avanti. «Speravamo potesse dirci qualcosa in più sulla sua amica, Tansy.»

Un velo di tristezza attraversò il volto di Natasha, che trattenne le lacrime. «Scusate. Sono solo stanca. Certo, entrate pure.»

Kay lasciò che Barnes la precedesse, poi chiuse la porta d'ingresso mentre un autoarticolato passava rombando, con il PVC della porta che faceva ben poco per attenuare il rumore.

Un corridoio stretto era stato tappezzato un tempo con un motivo floreale leggero e arioso, senza dubbio nel tentativo di compensare la mancanza di luce naturale in quello spazio cupo. La maggior parte della parete alla sua sinistra era nascosta da scatole di varie forme e dimensioni, alcune traboccanti di libri e vari soprammobili, una con una mezza decina di tastiere di computer diverse che spuntavano da un'apertura nella parte superiore.

«Sto per traslocare», spiegò Natasha da sopra la spalla, conducendoli in una cucina sul retro della proprietà. «Di solito non vivo in un buco del genere, ma c'è poco spazio per quella roba e il magazzino che ho prenotato non sarà disponibile prima di martedì.»

«Rimane in zona?»

«No, vado verso nord. Più o meno. Il mio ragazzo ha accettato un lavoro a Milton Keynes; quindi, abbiamo comprato una casa nei dintorni.»

Kay passò lo sguardo sulle stoviglie in disordine e sui cassetti aperti della cucina, notando le scatole di cartone smontate che erano state impilate contro la porta del forno. «Quando parte?»

«Mercoledì della prossima settimana.» Natasha si appoggiò al bordo del lavello e riprese a incrociare le braccia sul petto. «Cosa voleva sapere? Ho detto tutto quello che so alla donna con cui ho parlato ieri.»

«Quando ha parlato l'ultima volta con Tansy?»

«Uhm, probabilmente una settimana fa. Doveva venire a trovare sua madre e di solito ci vediamo per bere qualcosa. Non esco molto a causa del lavoro in questo periodo; quindi, non ho avuto la possibilità di andare a Bristol a trovarla per un po'.»

«Come le è sembrata?»

Le spalle di Natasha si sollevarono, poi si abbassarono prima che un sospiro le sfuggisse dalle labbra. «Non posso credere che stiamo parlando di lei in questo modo. Non so nemmeno cosa dire a sua madre. Probabilmente si sta chiedendo perché non ho chiamato. Ma... Tansy sembrava stare bene quando abbiamo parlato. Impegnata, era al lavoro quando ha telefonato. Quindi è stata una chiamata un po' frettolosa.»

«Sembrava ansiosa o felice?»

«Solo... impegnata. Un po' stressata forse, ma l'ho attribuito al lavoro. Come ho detto, sto lavorando senza sosta in questo momento; quindi, probabilmente non ci ho fatto molto caso, se devo essere onesta, a parte annotare a che ora incontrarla sabato sera.»

«Sabato scorso?»

«Sì.»

«Ha cambiato quel piano?»

«No. Perché?»

«Tansy le ha detto qualcos'altro sul suo viaggio qui, magari qualcosa su incontri che poteva aver pianificato?»

«No.» Natasha aggrottò la fronte. «Perché? Cosa sta succedendo?»

«Le ha detto che sperava di incontrare suo padre mentre era qui?»

«Cosa?» Le sopracciglia della donna schizzarono in alto. «Mi sta prendendo in giro? Quella feccia? Quando l'ha contattata?»

«Non è stato lui. È stata lei. Tansy ha assunto un investigatore privato per rintracciarlo.» Kay osservò Natasha abbassare le mani sul lavello, aggrappandosi alla superficie come se cercasse di non cadere. «Non ne aveva idea?»

«No... perché... wow.»

«Tansy le teneva spesso dei segreti?»

«Me... mai. Beh, credo di no. Voglio dire, non mi ha detto di suo padre, quindi chi può saperlo, giusto?» Lo sguardo di Natasha cadde sul pavimento di piastrelle economiche. «Merda.»

«Da quanto tempo conosceva Tansy?» disse Barnes.

«Dalle elementari. Ho iniziato tre mesi dopo l'inizio del primo trimestre perché mia madre e mio padre si erano trasferiti dalla Spagna. Mia madre aveva lavorato come traduttrice nel servizio diplomatico, ma voleva stare più vicino ai suoi genitori. Ha trovato un lavoro a Londra quando siamo tornati qui, e papà era spesso via, lavorava sulle piattaforme petrolifere; quindi, i miei nonni si prendevano cura di me e cose così.»

«Quindi eravate vicine?»

Natasha annuì, una grossa lacrima le rotolò sulla guancia prima che la scacciasse via con un colpo e tirasse su col naso. «Molto vicine. Ecco perché fa male che non mi abbia detto di suo padre.»

«Forse voleva aspettare e vedere come andava

l'incontro con lui», disse Kay. «Dopotutto, ha detto che avevate organizzato di vedervi per bere qualcosa sabato sera, giusto?»

«Immagino di sì.»

«Come comunicavate lei e Tansy? Per telefono? Messaggi?»

«Un'app di messaggistica. A volte attraverso i social media se stavamo condividendo un post che avevamo visto, capisce?»

«E qual era il suo nome utente su queste app?»

Kay attese mentre Barnes annotava i dettagli, poi rivolse di nuovo la sua attenzione a Natasha. «Questi erano gli unici account che usava con lei?»

«Cosa intende?»

«Ha mai usato un account di social media diverso quando la contattava?»

«No. Perché avrebbe dovuto farlo?»

«Tansy utilizzava un account diverso per organizzare l'incontro con suo padre», spiegò Kay. «Supponiamo che fossero preoccupati che i media lo scoprissero.»

Il labbro di Natasha si arricciò. «Vuol dire che *lui* era preoccupato per i media. Scommetto che stanno tutti cercando di limitare i danni o come lo chiamano adesso, vero? O forse quel suo manager sta cercando di capire come trarre il massimo vantaggio dall'omicidio di Tansy?»

«Conosce Brian Kasprak?»

«No. Solo quello che ho letto online oggi. Quel loro tour, è tutto una questione di soldi, no?»

Kay ignorò la domanda. «C'è qualcun altro che Tansy potrebbe aver contattato prima di tornare qui? Qualcun altro dei tempi della scuola, o magari di un vecchio lavoro?»

«Non credo proprio». Natasha alzò le mani in segno di frustrazione. «Mi creda, se sapessi qualcosa sul perché è stata uccisa, e chi potrebbe averlo fatto, glielo direi. Farei qualsiasi cosa per riaverla indietro, e se non posso avere questo, allora voglio aiutarla a trovare il bastardo che l'ha uccisa».

Lo sguardo di Kay si spostò verso Barnes quando il suo telefono vibrò. Gli occhi di lui si spalancarono nel vedere il numero sullo schermo prima di lanciarle uno sguardo di scuse e precipitarsi verso la porta, con la voce ridotta a un basso mormorio. Voltandosi di nuovo verso Natasha, Kay tirò fuori un biglietto da visita dalla sua borsa e glielo porse.

«Grazie per il suo tempo, e mi dispiace molto per la sua perdita. Se le viene in mente qualcosa, qualsiasi cosa che possa aiutarci, non esiti a chiamare il mio numero diretto. Non importa che ora sia, cercherò di rispondere e se non posso, la richiamerò il prima possibile, d'accordo?»

«Va bene».

Cinque minuti dopo, Kay raggiunse il collega, che era già salito in macchina e aveva avviato il motore.

«Che succede?» chiese, agganciando la cintura di sicurezza mentre lui accelerava allontanandosi dal marciapiede.

«La donna del fan club, Melanie Cranwick, ha appena chiamato. Deve andare al lavoro tra un'ora ma dice che può parlare con noi adesso se ci sbrighiamo».

Kay strinse le dita attorno al bracciolo integrato nella

portiera. «Bene, vediamo quanto velocemente riesci ad arrivare lì, d'accordo?»

CAPITOLO 33

Laura mise il telefono in modalità silenziosa, poi alzò lo sguardo verso l'insegna metallica graffiata e scrostata che pendeva precariamente da una staffa in ferro battuto sopra una porta di legno bianco sporco.

Annunciava che la compagnia di taxi operava dal 1976, e lei si chiese se qualcuno avesse mai passato un pennello sulla facciata negli anni seguenti, o se il basso capannone industriale con tetto ondulato fosse semplicemente un ripensamento per quella che altrimenti sembrava essere un'attività fiorente.

Il grande vetro doppio incastonato nella metà superiore della porta sembrava non essere stato pulito nell'ultimo decennio, e la piccola parte di vetro che riusciva a vedere era costellata di adesivi che suggerivano che potevano esserci telecamere di sorveglianza in funzione ma che sicuramente non si tenevano contanti nei locali.

Aggrottò la fronte, cercando di ricordare se avesse mai usato contanti per pagare un taxi, o anche *preso* un taxi invece della sua app di car sharing preferita, poi scacciò il pensiero mentre Kyle chiudeva a chiave l'auto di servizio che era stata loro assegnata quella mattina e si avvicinava.

«Andiamo a trovare questo Toby McKinnon allora», disse. «Speriamo che sia qui».

«Oggi lavorava?»

«Non prima delle dieci, ed è per questo che siamo qui ora». Laura controllò l'orologio mentre attraversavano l'asfalto crivellato di buche. «Può dedicarci mezz'ora per l'interrogatorio prima che inizi il suo turno».

Fu quasi tentata di abbassarsi la manica della giacca per spingere la porta, tale era lo sporco che imbrattava la superficie della maniglia; invece, si appoggiò contro di essa con la spalla. Resistendo all'impulso di arricciare il naso per il pungente fetore di sudore che riempiva l'ufficio a forma di scatola, si avvicinò all'uomo avvizzito seduto dietro un bancone rialzato, con un'espressione di stanchezza perenne scolpita nei suoi lineamenti.

Un modico interesse balenò sul suo viso quando lei estrasse il suo distintivo, e poi si sporse all'indietro e urlò oltre la sua spalla.

«Toby? C'è quella poliziotta che vuole parlare con te».

Fatto ciò, ignorò entrambi e si voltò verso un monitor del computer dall'aspetto antico mentre la console nera davanti a lui si illuminava e uno squillo di telefono risuonava.

Laura sussultò per il volume che riempiva la stanza, poi si girò quando un colpo di tosse educato filtrò attraverso il rumore.

«Sono Toby», disse un quarantenne robusto che stava

accanto a un archivio grigio graffiato e ammaccato con i pollici infilati nelle tasche dei jeans. «Volete venire di là in garage? Che ci crediate o no, è un po' più tranquillo lì dentro».

Fece un sorriso malizioso, poi girò sui tacchi e li guidò, passando davanti a due scrivanie di legno coperte di raccoglitori ad anelli e scartoffie appallottolate.

Il labbro di Laura si arricciò mentre le suole delle sue scarpe si attaccavano al linoleum economico, scacciando il disgusto al pensiero di ciò su cui poteva star camminando, e lo seguì fino in fondo all'ufficio e attraverso una porta tagliafuoco che poteva a malapena aver superato l'ultima ispezione sulla salute e sicurezza.

Trattenne un sussulto quando entrarono nel garage.

In contrasto con lo stato dell'ufficio di reception, il posto era immacolato e assomigliava a una versione più grande dell'elegante attività di Gareth Torsney.

Macchie d'olio coprivano il pavimento in cemento qua e là, e la polvere si raccoglieva negli angoli, ma i banchi da lavoro che delimitavano lo spazio erano ordinati e organizzati. Una bacheca di sughero simile a quella usata dalla squadra investigativa nella sala operativa si estendeva sopra di essa con una collezione di ordini di lavoro e schede di lavoro affisse in file ordinate per facilità di consultazione.

McKinnon attraversò lo spazio verso una radio che suonava nell'angolo più lontano del banco da lavoro e abbassò il volume prima di fargli cenno di avvicinarsi a un tavolo pieghevole di metallo con quattro sedie accanto. «Può andar bene questo? Lo usiamo solo per le pause tè occasionali, tutto qui. È meglio che cercare di parlare sopra Maurice là dentro, e gli impedisce di origliare».

Laura sorrise mentre prendeva posto, mentre Kyle estraeva il suo taccuino dal gilet. «Immagino che rimarrà deluso».

«Sopravviverà. Bene, devo timbrare tra circa venti minuti se non voglio perdere denaro. Volevate chiedermi di un lavoro di venerdì sera, giusto?»

«Esatto. Date le circostanze, però, renderemo questo interrogatorio formale; quindi, comincerò con l'avvertimento e poi se ha domande prima di iniziare, può farle. D'accordo?»

McKinnon si sedette più dritto sulla sedia. «Sì, d'accordo. Non significa che sono sospettato o altro, vero?»

Laura ignorò la domanda e lesse l'avvertimento prima di iniziare l'interrogatorio. «Può confermare di aver ricevuto venerdì sera una richiesta di prelievo di una donna da una fermata dell'autobus lungo la strada in cui si trova l'hotel dove alloggiava?»

«Sì. È arrivata tramite il centralinista qui. C'era Janie quella sera. Credo che abbiate parlato con lei per organizzare questo incontro, giusto?» Allungò la mano nella tasca della camicia e tirò fuori un taccuino molto usato. «Tengo nota di tutti i miei lavori qui, solo come backup così quando mi pagano posso controllare di aver ricevuto tutto, capite cosa intendo?»

Laura attese mentre lui sfogliava le pagine.

«Ecco qui. Avevo appena lasciato un cliente a quell'hotel vicino a Leeds Castle quindi l'ho presa all'una e quindici».

«Come le è sembrata quando l'ha vista?»

«Non ubriaca», sorrise, poi si fece serio quando il viso di Laura rimase impassibile. «Credo che sia per questo che la ricordo così bene. Non era vestita per una serata fuori, anche se indossava un abito estivo. Aveva un cardigan grigio che stringeva attorno a sé quando mi sono fermato alla fermata dell'autobus. Non faceva così freddo però, quindi forse era nervosa o qualcosa del genere?»

«Ha detto qualcosa durante il viaggio?»

«Non molto». Fece una leggera alzata di spalle. «Ho provato a parlare con lei, sa, chiedendole solo come era andata la sua giornata. Ha mormorato una specie di "okay" e poi ho chiesto di confermare dove voleva che la portassi, e questo è stato tutto fino a quando siamo arrivati al pub. Poi mi ha detto che dovevo fare silenzio perché non voleva svegliare nessuno, e se potevo lasciarla sul retro vicino alla porta della cucina».

«Le è sembrato strano?»

«Un po', suppongo. Ma lei è la cliente, no? E il cliente ha sempre ragione».

«Come ha pagato?»

«Non l'ha fatto. Un tizio è uscito dalla porta e mi ha dato venti sterline. Contanti, intendo».

«Cosa le ha detto?»

«Non molto. Mi ha chiesto quanto costava la corsa, mi ha pagato, mi ha detto di tenere il resto e mi ha chiesto se potevo recuperarla alle tre». McKinnon si chinò in avanti, appoggiando i gomiti sulle ginocchia. «Certo, a quel punto avevo già capito cosa stava combinando».

«Cosa intendi?»

McKinnon le rivolse un sorriso malizioso. «Un pub in

mezzo al nulla? Uomo più anziano, donna più giovane, che entrano ed escono in un'ora. Dai, è lei la detective».

«Era sua figlia», ringhiò Laura. «Ed è stata assassinata poche ore dopo che l'ha vista viva per l'ultima volta».

Il tassista impallidì. «Sua... sua figlia? Cosa intende dire con assassinata?»

«Raccontami cosa è successo quando sei tornato a prenderla. Hai detto che quest'uomo ti ha detto di tornare alle tre...»

«...Ma è proprio questo il punto. Non l'ho fatto».

«Come?»

«Sì. Ho ricevuto una chiamata alle tre meno dieci circa. Ero già in strada quando il mio telefono ha squillato e un tizio, presumo fosse lui, suo padre ha detto, mi ha detto che la ragazza aveva trovato un'altra sistemazione e di non preoccuparmi. Poi ha riattaccato».

La gola di Laura si seccò. «Quindi, aspetti un attimo, mi sta dicendo che non è mai tornato al pub dopo averla accompagnata?»

«Esatto. Una volta che quella corsa è stata annullata ho chiamato Janie e le ho detto che ero disponibile. Ho avuto un'altra corsa nel giro di circa cinque minuti, dovevo prendere un paio di tizi da un locale notturno in città e portarli a Kemsing perché i treni non circolavano. Guardi, è scritto nel mio registro qui».

«Avrò bisogno di una copia».

«Prego. C'è una fotocopiatrice nell'ufficio».

Laura si alzò in piedi, poi si fermò. «Può mostrarmi le chiamate recenti sul tuo telefono? Avrò bisogno del numero da cui ha ricevuto quella chiamata».

Mentre McKinnon armeggiava con lo schermo del

telefono, Laura cercò di ignorare il battito accelerato del suo cuore mentre un senso di nausea la avvolgeva.

Alla fine il tassista girò lo schermo verso di lei. «Ecco qui. È arrivata alle due e cinquantatré».

«Merda», mormorò Laura. «È un numero diverso».

CAPITOLO 34

«Diciassette minuti. Non male, sergente detective», disse Kay, controllando l'orologio. «Sei sicuro di non avere qualche antenato finlandese da qualche parte?»

Barnes puntò il telecomando della chiave sopra la spalla, poi aggrottò la fronte mentre le guance dell'ispettrice si incavavano. «No. Perché?»

«Ho sentito dire che sono i migliori piloti di rally», disse lei. «Pensavo che questa settimana dovessi guidare io comunque».

In risposta, le lanciò le chiavi, trattenne un sorriso e si diresse verso un cancello di legno appena verniciato incastonato in una fitta siepe di alloro. «Me ne sono dimenticato».

«Dev'essere una questione d'età».

Lui rise, sapendo benissimo che le sue abilità di guida erano leggendarie all'interno della squadra investigativa, e che Gavin stava rapidamente diventando un serio contendente per il titolo di chi potesse raggiungere più velocemente la scena del crimine. «Voi giovani avete ancora molta strada da fare prima di raggiungermi».

Sentendo una risatina alle spalle, spinse il cancello, lo tenne aperto per Kay e poi la seguì lungo un ordinato sentiero lastricato, delimitato su entrambi i lati da un'erba rigogliosa.

Aiuole colorate incorniciavano la proprietà, e vasi di legno abbinati erano disposti ai lati di una porta d'ingresso aperta attraverso la quale poteva sentire una radio locale che trasmetteva l'ultima hit della Top 10.

Bussò con le nocche contro il pannello di legno e sentì nell'aria un «Avanti!» provenire da qualche parte dalla profondità della casa.

Invece di entrare in un corridoio, si ritrovò in un soggiorno con un soffitto alto e una finestra affacciata sul giardino anteriore. Una stufa a legna dormiente era posizionata all'interno di un focolare in pietra sul lato più lontano della stanza, davanti al quale era stato collocato un vaso contenente fiori secchi.

Fotografie in bianco e nero adornavano la parete a sinistra del focolare e, mentre lui e Kay si fermarono a guardarle, riconobbe molti membri di gruppi rock degli anni Settanta e Ottanta, tutti in posa con la stessa donna, il suo sorriso smagliante e gli occhi scintillanti.

«Avete trovato la mia banda di malandrini, allora».

Si voltò sentendo la voce e vide una versione leggermente più anziana della stessa donna che posava un cesto pieno di bucato sul tappeto colorato davanti al divano, con i capelli raccolti in una coda disordinata.

«Melanie Cranwick?»

«Sono io. Lei deve essere il sergente detective Barnes».

«E questa è l'ispettrice, Kay Hunter».

Melanie si fermò con le mani sui fianchi. «Bene, quindi cosa vi serve? Di solito in tv a questo punto offrono tazze di tè».

Barnes sorrise, alzando la mano. «Non serve tè, grazie. Ci sediamo?»

«Se volete». Si lasciò cadere sui cuscini mentre Kay estraeva il suo taccuino e Barnes citava l'avvertimento formale.

Non mostrò alcun segno di panico per la loro presenza, anzi, a lui sembrò che fosse annoiata dall'intera faccenda.

«Da quanto tempo lei e Joey Twist vi frequentate?» cominciò.

Un sorriso malizioso le attraversò le labbra. «Ufficiosamente, da circa venticinque anni. Suppongo che la cerchia di fan più ampia sapesse di noi già quando la band si sciolse quindici anni fa, però».

«Litigate spesso?»

«Perché?»

«Risponda alla domanda, per favore».

«Di tanto in tanto, suppongo. Niente di grave, solo a volte capita che siamo entrambi frustrati, immagino, come in qualsiasi relazione che ha fatto il giro dell'isolato un paio di volte».

«È mai stato violento nei suoi confronti?»

«No», disse enfaticamente. «Assolutamente no».

«Avete continuato a vedervi durante la pausa della band?»

«Saltuariamente». Allungò la mano e tirò un filo

allentato dai suoi jeans volutamente strappati. «Voglio dire, nessuno di noi cerca qualcosa di serio. Ogni tanto vedo un altro tizio. Prima che lei chieda, Joey sa che non siamo in una relazione esclusiva, e io so che lui ha visto altre donne nel corso degli anni».

«Non le dispiace?»

Scrollò le spalle. «No. Mi sono sposata giovane, diciotto anni, ed è stato un disastro. Ho divorziato poco dopo il mio ventunesimo compleanno, e dopo quello ho giurato che non avrei camminato mai più lungo la navata. Quello che c'è tra me e Joey mi va bene».

«Ha figli?»

«No, grazie a dio». Rise, un'aspra risata le illuminò il viso. «Ho tre nipoti femmine e un nipote maschio e, mi creda, qualche ora con loro elimina qualsiasi istinto materno dal mio organismo per qualche mese».

«Sapeva che Joey aveva una figlia?»

«Tansy? Sì. Non l'ha vista da quando la sua ex lo ha cacciato anni fa, però. Credo abbia detto che aveva circa tre anni l'ultima volta che l'ha vista».

Barnes osservò attentamente il suo viso. «Quindi non le ha detto che si è incontrato con lei nelle prime ore di sabato mattina?»

«Cosa?» Melanie si raddrizzò, con la mascella che cadeva.

«Tansy lo ha contattato un po' di tempo fa», continuò Barnes. «Voleva vederlo, quindi si sono messi d'accordo in modo che lei andasse al pub dove alloggiava la band venerdì sera».

«Ma io ero con lui venerdì sera. Io...» Si lasciò cadere di nuovo sui cuscini, lo sguardo fisso sul tappeto. «Figlio di puttana... Poco dopo l'una si è alzato dal letto e ha iniziato a mettersi i vestiti. Gli ho chiesto dove stava andando, pensando che si dirigesse al bar per rubare un drink o qualcosa del genere, e lui ha detto che si era ricordato che Brian aveva organizzato un'intervista video con un programma musicale statunitense. Non potevo credere che Brian potesse essere un tale imbecille da fare uno scherzo del genere la notte prima del loro concerto di ritorno, ma Joey sembrava felice. Ora so perché...»

«Ha menzionato Tansy in qualche modo?»

«No. Nemmeno quando è tornato in camera. *Pensavo* che sembrasse più allegro del solito. Normalmente, se fanno un'intervista così tardi, diventa dannatamente scontroso. Lui, e gli altri, si stancano di rispondere alle stesse domande più e più volte». Scosse la testa meravigliata. «Era... *felice*. Non riusciva a smettere di parlare del concerto e di come sarebbe stato l'inizio di una nuova fase nella sua vita e tutto il resto». Melanie sospirò. «Allora, quando il resto di noi avrà modo di conoscerla?»

Barnes guardò oltre la spalla dove Kay sedeva, stoica, lo sguardo fisso sul suo taccuino, poi rivolse di nuovo l'attenzione a Melanie e fece un respiro profondo. «Non le ha detto?»

«E adesso cosa?» La donna fece un sorriso sardonico. «Altri segreti?»

«Sua figlia è stata uccisa poco dopo aver lasciato il pub sabato mattina».

Melanie impallidì. «Uccisa? Intende in un incidente?»

«No, è stata assassinata. Il suo corpo è stato trovato al parco da due volontari delle pulizie. Nessuno le ha parlato di questo?»

«No... Io... Non ho parlato con Joey da lunedì. Voglio dire, ho sentito che una donna è morta al festival, ma pensavo si trattasse di un'overdose o qualcosa del genere».

«Noi stessi abbiamo parlato con lui solo martedì. Devo chiederle, Melanie, a che ora è tornato Joey nella vostra stanza quella notte?»

«Alle tre e tredici». Alzò la mano mentre lui apriva la bocca. «Lo so per certo perché non riuscivo a riaddormentarmi quindi stavo scorrendo i social media sul mio telefono. Le pagine della band erano piene di commenti dei fan eccitati per lo spettacolo di sabato sera; quindi, stavo cercando di iniziare a rispondere ad alcuni e condividere il resto».

«È rimasto con lei per il resto della notte?»

«Sì. Ci siamo alzati solo alle otto perché lui aveva un'altra...» Si interruppe con uno sbuffo amaro. «Intervista. E questa volta, era davvero un'intervista perché l'ho ascoltata. Era con una stazione radio a Cardiff dove dovrebbero suonare la prossima settimana. Presumo che faranno ancora quello spettacolo?»

«Dovrebbe verificare con Joey», disse Barnes con disinvoltura.

CAPITOLO 35

«Ho pensato che fosse meglio di una telefonata», disse
Gavin, indicando un tavolo nell'angolo più lontano del bar
in franchising.

Il locale stava facendo buoni affari con il servizio di
drive-in, ma dentro era occupato per meno della metà; i
clienti più vicini erano due donne con un bambino piccolo
che stava urlando a squarciagola.

Fece una smorfia al crescendo che aumentava, poi
rivolse un sorriso rassegnato al detective Paul Solomon.
«Almeno non verremo ascoltati».

Il detective di Northfleet sorrise. «Immagino che tu e
Leanne non stiate ancora pensando di seguire quella
strada».

«Non sia mai».

Rimasero in silenzio mentre ciascuno divorava un
dolce che era stato riscaldato nel microonde pochi istanti
prima, e dopo aver finito, Gavin tirò fuori il suo taccuino e
una penna prima di sorseggiare il caffè.

«Grazie per aver accettato l'incontro con così poco preavviso».

«Nessun problema. Come vanno le cose a Maidstone?»

«C'è da fare, come puoi immaginare con questa morte al festival».

«Ci credo. Progressi?»

Gavin arricciò il naso. «Non ancora».

«Capisco». Paul si tamponò la bocca con un tovagliolo di carta prima di gettarlo sul piatto vuoto e spingerlo via. «Come posso aiutarti?»

Abbassando la voce nonostante la distanza tra loro e gli altri clienti, e il rumore del bimbo che ora ridacchiava mentre una delle donne lo faceva sobbalzare sulle ginocchia, Gavin girò una nuova pagina del suo taccuino. «La vittima è stata strangolata, e poi il suo assassino, o qualcun altro, perché i risultati dell'autopsia sono ambigui, le ha rimosso i polpastrelli. È mai successo qualcosa del genere da queste parti?»

Lo sguardo di Paul si volse verso la finestra mentre uno dei clienti del take-away passava in auto, e rimase in silenzio per un momento prima di rispondere. «Non mi viene in mente nulla, no, e sono qui da un po'. Strangolamenti, sì. Ma la rimozione dei polpastrelli... forse, non so. Circa sette o otto anni fa, c'era un... Comunque, a cosa stai pensando? Che sia stato fatto per ritardarne l'identificazione?»

«Esattamente. E ha funzionato per qualche giorno». Gavin fece una pausa mentre una cameriera si avvicinava per pulire il tavolo accanto a loro. «Si è scoperto che era la figlia di uno dei membri della band che avrebbe dovuto suonare sabato sera».

Il viso di Paul si voltò di nuovo verso di lui, con il sopracciglio inarcato. «Coincidenza?»

«Non lo sappiamo». Sospirò, lasciando cadere la penna sul tavolo. «Voglio dire, non abbiamo niente. Assolutamente niente. Speravo che se fosse successo qualcosa di simile da queste parti, avremmo avuto un'altra pista da seguire, ma...»

«Senti, farò alcune telefonate, giusto in caso ci sia qualcosa nei registri di cui non sono a conoscenza. Voglio dire, negli ultimi anni sono stati consolidati e trasferiti al quartier generale così tanti registri che potrebbe esserci qualcosa sepolto lì da entrambe le divisioni, giusto?» Fece un sorriso malizioso. «Sono sicuro che ci sono un paio di agenti in prova da costringere a lavorare qualche ora».

«Vero». Gavin cercò di infondere un po' di entusiasmo nella sua voce, ma la sua mente stava già pensando a come avrebbe dato la notizia a Kay.

«E chiamerò un amico che lavora per quelli dell'Essex. Forse c'è qualcosa di simile oltre l'Estuario che non conosciamo».

«Sì, ok, grazie. Mi piace questa idea».

«Va bene allora». Il telefono di Paul vibrò, e lui scorse lo schermo prima di allungare la mano e finire il resto del suo caffè. «Scusa, è il capo. Ho una riunione in ufficio riguardo a un'operazione che avrà luogo stasera».

«Nessun problema. Grazie per l'aiuto».

«Quando vuoi».

«Stai attento».

«Lo farò».

Paul fece un cenno con la mano sopra la spalla mentre si affrettava a passare davanti agli altri clienti e usciva dalla porta, la sua auto schizzò via dal parcheggio poco dopo.

Dopo aver osservato il detective più anziano andarsene, Gavin sorseggiò il suo caffè e sfogliò i suoi appunti, con una frustrazione crescente.

Se Paul, o i due sfortunati agenti in prova che stavano per essere reclutati a supporto, non fossero riusciti a trovare nulla che collegasse l'omicidio di Tansy a un altro caso, allora cosa si doveva fare?

Lavorare con Kay gli aveva instillato una sete di giustizia, così come agli altri membri della squadra, e quando ricordava la vista del corpo mutilato di Tansy tra le erbe estive del parco, una rabbia gli montava dentro.

Aggiornando il suo taccuino con ciò che Paul gli aveva detto e facendo un elenco puntato di ciò che l'altro detective avrebbe fatto in seguito, si sforzò di rilassare le spalle, e poi fece un leggero sobbalzo quando il suo telefono vibrò.

Il numero di cellulare di Sean Gaskell riempiva la parte superiore dello schermo, e lui rispose, mantenendo la voce bassa.

«Piper».

«Gav? Quanto sei lontano dalla stazione al momento?»

«Circa mezz'ora se mi sbrigo».

«Ho rivisto i filmati delle telecamere di sorveglianza», disse l'agente. «Credo che dovresti vedere questo».

Gavin stava già spingendo indietro la sedia e affrettandosi verso la porta. «Cos'hai trovato?»

«Quella persona che abbiamo visto sulla telecamera di sorveglianza nel giardino di Gareth Torsney. Penso che sia Tansy Leneghan».

CAPITOLO 36

«Quanto ci vuole per prendere una dannata pizza?»

Kay alzò lo sguardo dallo schermo del computer e sorrise mentre Gavin camminava avanti e indietro sul tappeto davanti alla lavagna, con lo stomaco che brontolava rumorosamente.

Il resto della sala operativa era deserto, a parte la sua affiatata squadra di detective, con l'ultimo agente scomparso venti minuti prima e il flusso del traffico pendolare del tardo pomeriggio ormai ridotto a un ronzio costante oltre le finestre.

Il sole stava calando nel cielo, donando una morbida macchia giallo-violacea alle nuvole che si addensavano mentre, di tanto in tanto, un lampo di fulmine si rifletteva sul suo schermo.

Sembrava che finalmente ci sarebbe stata una tregua dal caldo torrido che aveva attanagliato il sud-est del paese durante l'ultima settimana, e lei assaporava l'idea di sdraiarsi a letto più tardi per ascoltare la pioggia tamburellare sul tetto.

Allontanando il mouse del computer, si raccolse i capelli in una coda sciolta e osservò il detective mentre si fermava con le mani sui fianchi, fissando la porta.

«Sei stato tu a ordinare il pane all'aglio extra», disse. «È probabilmente quello che sta facendo impiegare così tanto tempo».

Gavin le lanciò un'occhiataccia, poi rise. «Non dimenticare anche la maionese all'aglio, capo. È fondamentale».

«Ecco, vedi». Aggrottò la fronte. «Comunque, pensavo fosse il tuo turno di andare a prenderla».

«Ho pensato che siccome Kyle è nuovo, avrei sfruttato la mia superiorità all'interno della squadra». Stava ancora sorridendo mentre si girava per osservare gli appunti aggiornati che lei aveva scarabocchiato sulla lavagna. «E per rileggere questi».

«Non sono sicura che sia il tipo di leadership che cerco di promuovere qui», disse sorridendo. «Però mi ricorderò questa cosa della superiorità la prossima volta che distribuirò i compiti. Potrei farti correre un po' più spesso per me per metterla alla prova».

Barnes si avvicinò con un rotolo di carta da cucina mezzo usato, posandolo sulla scrivania prima di scuotere la testa. «Onestamente, a sentire voi due sembra di stare all'asilo».

«Avresti dovuto sentire lui e Kyle prima», aggiunse Laura, seguendolo con una confezione da sei di birre ancora coperte di condensa. «Sono uscita a prendere queste. Va bene, capo?»

«Ti ha visto qualcuno?»

«No, ho usato quella borsa enorme della libreria che mi hai regalato».

«Ok. Ben fatto». Kay prese una delle birre e l'aprì mentre il suo stomaco brontolava. «Ok, Gav, hai ragione. Questa pizza sta impiegando troppo tempo».

Stavano ancora ridendo quando Kyle entrò, le braccia cariche di quattro scatole di pizza che procedette a disporre sul tavolo accanto alla lavagna.

«Prima che iniziate a lamentarvi, erano sotto organico e qualcuno ha fatto un ordine di otto pizze prima del nostro», disse, poi si fece da parte mentre Gavin e Laura si lanciavano sul cibo. «E uno di voi bastardi ha ordinato pane all'aglio extra».

«Grazie, Kyle», disse Kay, porgendogli una birra. «Bene, mangiamo».

La conversazione si spostò sui pettegolezzi d'ufficio prima che lei condividesse la notizia riguardante il nuovo arrivato nella sua casa, e Barnes si strozzò con un boccone di pane all'aglio prima di battersi il petto con il pugno.

«Accidenti, capo, pensavo avessi detto mai più dopo quella capra».

«Lo so, lo so. Adam mi rassicura sul fatto che Hovis non attraverserà il ruscello per entrare in giardino». Lanciò un'occhiata alle sue spalle mentre un rombo di tuono in avvicinamento fece tremare le finestre. «Specialmente se stasera avremo una buona pioggia. Ci sarà più acqua, e so che lo chiamiamo ponte, ma è davvero solo un'asse di legno. Non è molto stabile, quindi dubito che Hovis rischierà».

Si voltò per vedere quattro facce incredule che la fissavano. «Cosa?»

«Credo che dovremmo iniziare una scommessa», disse Gavin.

Kyle frugò nel portafoglio e tirò fuori una banconota da cinque sterline. «Ci sto».

«Anch'io». Laura corse verso la sua borsa e tornò con il portamonete. «È una vittoria sicura. Che ne dite? Scegliamo un giorno o un'ora?»

«Entrambi», disse Barnes, consegnando il suo contributo. «E voglio la prima scelta. Domani pomeriggio, tra mezzogiorno e le cinque. Non credo riuscirà a trattenersi una volta capito che il cosiddetto ponte reggerà il suo peso».

«Oh andiamo. Sul serio?» Kay guardò mentre Gavin raccoglieva il piatto di contanti e poi lo agitava verso di lei. «Cosa? Vuoi che partecipi anche io?»

«Sarebbe scortese non farlo, capo».

«No. Assolutamente no». Si pulì le mani con un pezzo di carta assorbente, poi indicò la lavagna. «Torniamo al lavoro».

Ignorando le loro risatine soffocate, si avvicinò decisa alla lavagna e raccolse i suoi pensieri.

«Ok, Gav. Vieni qui, parlami della teoria di Sean secondo cui quella nelle immagini della telecamera di sorveglianza è Tansy».

Il detective finì di sigillare una busta con il denaro della scommessa all'interno, poi la raggiunse. «Penso che abbia ragione, capo. Cioè, ovviamente le foto si sono pixellate man mano che cercavamo di ingrandirle, ma ha fatto lo stesso con un paio di foto dal suo normale account sui social media, non quello nascosto che Joey ci ha segnalato, e guarda, la stessa figura si vede su questa telecamera gestita dal comune mentre cammina lungo New Cut Road verso il parco. La corporatura è sorprendentemente simile».

«Sì, ma non indossa un vestito, Gav». Kay toccò la fotografia della scena del crimine. «E lo indossava quando quei volontari l'hanno trovata. E Joey ha confermato che era lo stesso vestito che indossava quando si sono incontrati. La persona che Sean ha avvistato indossa quello che sembra un paio di pantaloni da jogging. E una felpa. Come lo spieghi?»

«Non lo so. Ma nei filmati hanno lo stesso tipo di andatura nel camminare e, voglio dire, chi indossa quel tipo di vestiti a quell'ora di notte? E, guarda, hanno i capelli legati nella foto dal giardino di Torsney, e qui nell'altra foto». Indicò di nuovo le foto dei social media. «Tansy tendeva a portare la coda di cavallo tirata un po' verso sinistra ogni volta, guarda. Leanne fa la stessa cosa, è solo un'abitudine naturale. È il lato in cui lega i capelli, quindi quando finisce, ha quella stessa inclinazione».

«È un'ipotesi azzardata». Kay lanciò uno sguardo di traverso al collega, sentendo la disperazione nella sua voce. «Ma, va bene. Diciamo che sia Tansy, allora. Cosa ci faceva intrufolata nel giardino di Torsney?»

«Più nello specifico, capo, chiunque l'abbia recuperata dal pub dopo il suo incontro con Joey non l'ha uccisa», disse Barnes. «Quindi chi ha cancellato il taxi, chi l'ha presa, e...»

«Chi le ha dato una felpa e pantaloni da jogging?» concluse Laura. «E dove sono ora?»

Kay si girò verso di lei. «Come è andata con la ricerca

del numero usato per cancellare la sua corsa in taxi verso l'hotel?»

«Nessun risultato». Laura trattenne un rutto, poi posò la sua lattina di birra. «Scusa. Ho controllato i numeri di cellulare che abbiamo delle persone con cui abbiamo parlato finora come Georgina, Joey, Brian Kasprak e Melanie Cranwick, ma non corrisponde a nessuno di loro. Ho anche ampliato la ricerca, ma non emerge nulla. Chiunque abbia chiamato la compagnia di taxi non è qualcuno in cui ci siamo imbattuti finora».

«Oppure lo è, ma stava usando una SIM diversa. Hai idea se sia un numero con contratto o ricaricabile?»

«Non fino a quando la compagnia telefonica non mi risponderà, e potrebbe essere...»

«In questo secolo o nel prossimo». Kay sospirò. «Dannazione, non riusciamo proprio a ottenere una svolta concreta, vero? Kyle, come sta procedendo Harriet con il resto del materiale raccolto dal sito del festival sabato?»

Il membro più recente della squadra investigativa posò la fetta di pizza che stava contemplando e lanciò uno sguardo d'avvertimento a Laura. «Mia. Capo, ho parlato con Patrick del laboratorio forense prima che staccassero questo pomeriggio e ha detto che sperano di finire le analisi preliminari entro il weekend. È solo che, a causa della natura di alcuni materiali, come i contenitori per rifiuti biologici usati per raccogliere aghi usati, ci vuole più tempo del solito. Per non parlare dell'enorme volume di prove che hanno raccolto. Hanno finito solo ieri pomeriggio».

«Ieri?»

«Sì. Patrick ha detto che hanno dovuto lavorare con gli

organizzatori del festival mentre smontavano il villaggio per campeggio e le tende ristoro e poi processare anche tutto quello...»

«Cristo».

«E tre della squadra sono in ferie questa settimana e non possono assumere collaboratori esterni per sostituirli». Kyle prese la sua fetta di pizza. «Non ripeterò quello che Patrick ha detto al riguardo».

Kay lasciò che le sue parole si sedimentassero per un momento mentre sorseggiava la sua birra. «Quindi siamo a giorni di distanza dall'ottenere qualsiasi risultato da lì. Non c'è da stupirsi che il rapporto di Harriet fosse inconcludente sulla teoria di Lucas secondo cui due persone potrebbero essere coinvolte nell'omicidio di Tansy».

«Pensi che ci sarà qualcosa che possa aiutarci con quella ricerca periferica?» disse Barnes.

«Non so più cosa pensare. Gav, cos'è successo con Paul Solomon a Northfleet? Qualcosa che possa aiutarci?»

«Ha detto che farà fare una ricerca d'archivio a un paio di agenti in prova, ma non ricordava nulla di simile nel periodo in cui ci ha lavorato lui. Parlerà anche con un conoscente nella polizia dell'Essex, giusto per sicurezza».

«Buona idea. E Sean? Continuerà con i filmati delle telecamere di sorveglianza domani?»

«Non c'è altro da rivedere, capo. Ha finito nel primo pomeriggio ma Tansy, o chiunque sia, non appare in nessun'altra registrazione». Accennò con il mento alla lavagna. «Questo è tutto quello che abbiamo. A meno che...»

«A cosa stai pensando?»

«È solo qualcosa a cui ho pensato mentre parlavo con Paul prima. Quando ha detto di verificare con l'Essex riguardo a potenziali similitudini con casi che hanno avuto loro. Sono stato distratto quando Sean ha telefonato con le notizie sui filmati delle telecamere, ma volevo vedere se riuscivo a trovare qualcuno nel Sussex e nel Surrey per fare le stesse verifiche. Giusto per sicurezza. Insomma, non abbiamo nient'altro, no?»

«Non ancora, Gav. Non ancora». Kay passò lo sguardo ancora una volta sulla lavagna, con le spalle tese. «Ma ci arriveremo. Non permetterò all'assassino di Tansy di farla franca per quello che le ha fatto».

CAPITOLO 37

Grosse gocce di pioggia sferzavano le finestre un'ora più tardi, e striature bianco-violacee di fulmini tagliavano il cielo che si oscurava, illuminando le pareti della sala operativa con un bagliore spettrale.

Di tanto in tanto, uno dei telefoni dall'altra parte della stanza trillava con un monotono suono sommesso prima di essere automaticamente deviato al centralino di Northfleet, mentre Kay sedeva alla sua scrivania fissando lo schermo del computer, con il mento appoggiato sulla mano.

Il resto della sua squadra se n'era andato tutto insieme, ciascuno offrendo parole d'incoraggiamento mentre usciva dalla porta, e lei sorrise ricordando la loro determinazione e risolutezza.

Appoggiandosi allo schienale della sedia, avvolse le dita attorno alla lattina tiepida di birra e controllò l'orologio sulla parete dietro la scrivania di Barnes.

Adam sarebbe arrivato mezz'ora dopo, dopo aver terminato gli appuntamenti serali in ambulatorio prima di passare a prenderla, e lei aveva approfittato del fatto che non avrebbe dovuto guidare per tornare a casa, afferrando la lattina di riserva dalla confezione prima di gettare il cartone nel cestino per la raccolta differenziata accanto alla fotocopiatrice.

Piuttosto che osservare la tempesta in arrivo, aveva scelto di rileggere le dichiarazioni degli interrogatori condotti fino a quel momento, setacciando quelle raccolte dalle proprietà vicine al parco e concentrandosi su Joey Twist e il suo entourage.

«Ci deve essere *qualcosa* qui dentro», mormorò, sfogliando le pagine della dichiarazione ordinatamente dattiloscritta della conversazione di Laura e Kyle con il tassista, prima di metterla da parte frustrata.

Il cardigan grigio che Toby McKinnon aveva menzionato che Tansy indossava durante quel viaggio non era ancora stato rinvenuto, e finora non avevano indizi su chi potesse essere stato responsabile della cancellazione della sua prenotazione che l'avrebbe riportata all'hotel.

E poi c'era la teoria di Sean e Gavin sulla giovane donna che cercava di entrare nel parco senza essere notata dalle guardie di sicurezza del festival. C'erano stati molti altri episodi durante i primi giorni del festival musicale in cui gli addetti alla sicurezza avevano espulso persone che cercavano di entrare gratis, e Kay era sicura che ce ne fossero molti altri che erano riusciti a evitare la cattura.

Erano certi che la persona che avevano visto fosse Tansy, o avrebbero sprecato tempo prezioso seguendo una pista che non portava da nessuna parte?

Il suo sguardo cadde sulla dichiarazione di Brian Kasprak, e si chiese che tipo di operazione di limitazione dei danni stesse escogitando il manager dopo la rivelazione che la figlia di Joey era stata assassinata.

La band aveva rilasciato una dichiarazione tre ore prima, giusto in tempo per entrare nel ciclo di notizie delle sei, e lei si chiese con una cinica piega delle labbra se Kasprak lo avesse fatto per garantire la massima copertura per il tour di reunion ora posticipato, e il successivo nuovo album.

C'era sicuramente un lato spietato in quell'uomo.

Quando prese in mano la dichiarazione, le pagine graffate si aprirono sull'ultima, con la firma di Kasprak impressa sotto le righe ordinatamente dattiloscritte che riportavano la data del giorno prima.

Sia lui che Joey Twist avevano scelto di attendere mentre l'interrogatorio veniva trascritto, e Kay aveva aggiunto la propria conversazione con Kasprak in un'appendice formale alla sua dichiarazione originale; la fotocopiatrice aveva scurito l'effetto della penna biro nera che aveva consegnato all'uomo prima che aggiungesse il suo nome con un gesto vistoso.

«Sembrava che stessi firmando maledetti autografi», mormorò, sfogliando rapidamente le sue dichiarazioni.

Ricordò le dichiarazioni prese dagli altri membri della band, ognuno faceva eco all'altro, che nonostante la ben meritata reputazione dei loro anni più giovani stavano approfittando della posizione remota del pub e trascorrevano notti relativamente tranquille prima di essere protagonisti del festival di sabato.

Due di loro erano in grado di mostrare i post sui social media che avevano inviato dicendo ai fan quanto non vedessero l'ora di incontrarli presto, uno stava facendo una videochiamata con sua figlia che viveva a Portland, Oregon; e Thommo, un tempo nemico di Joey Twist e ora di nuovo compagno di band, aveva un alibi fornito da sua moglie che si era unita alla band per la tappa britannica del loro tour di ritorno.

Kay aggrottò la fronte, la sua attenzione si riconcentrò sulla dichiarazione che aveva in mano mentre un'idea le rodeva lontanamente i pensieri. Voltando le pagine, trovò la parte in cui lei e Kasprak stavano parlando nel corridoio fuori dalla sala interrogatori.

Batté sul testo con l'indice, i suoi pensieri erano frenetici.

«Se stavi facendo un'intervista radiofonica per promuovere il ritorno, perché nessuno degli altri membri della band era con te? Il conduttore non avrebbe voluto parlare con uno di loro?»

Lasciando da parte la dichiarazione, colpì una volta la tastiera del computer per riattivare lo schermo, inserì la sua password e aprì rapidamente una nuova finestra. Dopo aver digitato il nome della band insieme alle date di venerdì e sabato, aggiunse le parole "intervista radiofonica" e "Germania", poi osservò mentre il motore di ricerca iniziava a mostrare i suoi risultati.

Ignorò i primi risultati, notando che erano tutti link sponsorizzati di vario tipo, e scorse la pagina verso il basso.

Proprio lì, alla settima riga, c'era quello che stava cercando.

«Ti ho trovato».

Cliccando sul link, trovò un file audio incorporato sotto il titolo della pagina. Ignorando il testo sotto il video poiché il suo tedesco era quasi inutile salvo permetterle di capire che stava effettivamente ascoltando l'intervista che Kasprak le aveva menzionato, premette il pulsante "play".

La voce dell'annunciatore iniziò con una breve introduzione tratta senza dubbio da uno dei comunicati stampa di Kasprak, e poi la risata distintiva del manager della band riempì gli altoparlanti e l'intervista iniziò sul serio.

Fortunatamente, era in inglese e mentre ascoltava, Kay si rese conto che non c'era nulla di nuovo da imparare dalla conversazione; l'annunciatore si atteneva semplicemente a un copione che aveva senza dubbio usato per innumerevoli interviste con band in precedenza, e Kasprak era determinato a vendere l'album e il tour come il più grande evento musicale rock dell'anno.

Mentre l'intervista volgeva al termine, la sua attenzione tornò ancora una volta al testo sotto il video, e scorse un po' più in basso.

«Hmm.» Si fermò quando il testo finì dopo appena due paragrafi. «Questa non è una trascrizione. E perché c'è una data diversa?»

Trovando l'opzione di traduzione nella parte superiore dello schermo, il suo sguardo tornò al testo.

«Merda.» Allontanò il resto della lattina di birra mentre il suo cervello comprendeva ciò che stava leggendo. «Non era un'intervista in diretta.»

CAPITOLO 38

«Che intendi per non era un'intervista in diretta?»

Barnes si allacciò la cintura di sicurezza prima di aggrapparsi al bracciolo sulla portiera mentre Kay accelerava dal marciapiede, mancando per un pelo il gatto bianco e nero del suo vicino che era schizzato fuori da sotto un'auto parcheggiata.

«È stata registrata due giorni prima dell'omicidio di Tansy», disse lei, frenando bruscamente e imprecando sottovoce mentre uno scuolabus restava fermo all'incrocio. «È stata trasmessa nelle prime ore di sabato mattina, ma non era in diretta.»

«Cazzo. Quindi Kasprak sta mentendo.»

«Sì.»

«Merda. Dov'è ora? Lo sappiamo?»

«Ho fatto in modo che i nostri colleghi del Sussex lo informassero di persona ieri sera che è atteso qui alle nove di stamattina e che potrebbe voler portare un avvocato.»

«Gli hanno rovinato il sonno di bellezza?»

«Probabilmente.»

«Bene.» Barnes si sistemò un po' meglio nel sedile mentre lei si immetteva nella fila di traffico diretta verso il centro città. «Significa che avrà passato la maggior parte della notte a organizzare quella rappresentanza legale.»

«E a elaborare cosa ci dirà.»

«Come vuoi affrontare la cosa?»

«Vorrei che tu conducessi l'interrogatorio. Ha visto come operi quando hai interrogato Joey, e dopo il modo in cui chiacchierava con me martedì potrebbe vedermi più come una confidente. Potremmo essere in grado di usarlo a nostro vantaggio.» Sospirò. «Forse.»

«È comunque una svolta incredibile, capo», disse lui con ammirazione.

«Sono stata fortunata, tutto qui.» Tamburellando con le dita sul volante, osservò un gruppo di bambini dell'asilo che venivano fatti attraversare sulle strisce pedonali davanti a lei come una fila di anatroccoli malconci, i loro impermeabili colorati fornivano un contrasto vivace con il cielo grigio e la pioggerellina che avvolgeva la città. «Abbiamo bisogno di altro, Ian. Il movente, tanto per cominciare. E se Sean e Gavin hanno ragione sul fatto che Tansy sia entrata nel parco in qualche modo... Cioè, perché... Oh, non lo so. Per l'amor del cielo, andiamo, gente, il semaforo è verde. Scusa.»

«Non preoccuparti. Sta logorando tutti noi.»

Guardò il suo collega, aspettandosi pienamente di vedere un rivelatore ghigno formarsi sulle sue labbra, ma lui aveva la stessa espressione di costernazione che lei era sicura le solcasse la fronte. Rivolgendo l'attenzione allo specchietto retrovisore, si intravide e gemette. «Avrò le rughe d'espressione prima della fine di questo caso, è sicuro.»

«Forse sostituisci parte della caffeina che stai bevendo con dell'acqua, capo. Idratazione, è quella la chiave, da quel che sento.»

«Vaffanculo.» Rise. «Oh, grazie a Dio. Knightrider Street è libera. Andiamo.»

Cinque minuti dopo, entrò nel parcheggio della stazione di polizia e si affrettò dietro Barnes, annuendo in segno di ringraziamento mentre lui passava il suo badge di sicurezza sulla porta e la guidava su per le scale verso la sala operativa.

«Ok, quindi passerò in rassegna tutto con te prima che arrivino», disse, dando un'occhiata all'orologio. Aprendo la cartella manila sulla sua scrivania, la girò verso di lui e iniziò a esaminare la documentazione che aveva raccolto la sera precedente prima che Adam arrivasse. «Questa è una copia della dichiarazione originale di Kasprak insieme a quella aggiuntiva che ha firmato dopo che io e lui abbiamo parlato nel corridoio; volevo che la firmasse nel caso in cui qualcosa ricadesse su Joey, visto che Kasprak aveva rivelato davvero molti dettagli su come era entrato nella band fin dall'inizio. E poi ecco un resoconto della sua storia personale e professionale che ho raccolto dall'intelligenza a fonti aperte, sai, social media, informazioni della Camera di Commercio, interviste legate al business che ha rilasciato nel corso degli anni. Ho fatto solo un elenco puntato per facilità di riferimento, ma gli URL degli articoli originali sono salvati nel sistema nel caso tu voglia farvi riferimento in seguito.»

«Questo è ottimo, capo», mormorò Barnes, prendendo

da lei il foglio riassuntivo. «Che dire delle domande specifiche?»

«Penso di iniziare facendolo sentire a suo agio, in modo amichevole, e poi colpirlo con la palese bugia sull'intervista radiofonica come suo alibi per i suoi spostamenti.» Si scostò la frangetta dal viso e alzò un sopracciglio quando il telefono della sua scrivania squillò e riconobbe il numero interno della reception. «Pronto per la battaglia?»

Lui raccolse i documenti e si raddrizzò. «Più che mai.»

CAPITOLO 39

Nonostante la sua trepidazione per l'interrogatorio, e nonostante la sua disperazione di vedere arrestato l'assassino di Tansy, Kay si assicurò di presentarsi con un'aria autorevole e sicura quando si avvicinò alla reception.

Fece un cenno all'agente in uniforme dietro lo schermo di sicurezza in plexiglas, poi attraversò la sala fino a dove Brian Kasprak era seduto accanto a un uomo corpulento in un sobrio completo grigio, con una cravatta azzurra attorno al colletto come unica concessione di colore.

Kasprak stesso indossava i suoi caratteristici jeans e la giacca nera sopra una maglietta bianca, sebbene lei notasse con fugace soddisfazione che aveva delle borse sotto gli occhi arrossati, e si era tagliato rasandosi quella mattina, a giudicare dal correttore applicato sul collo.

«Signor Kasprak, grazie per la puntualità», disse lei. «E lei è...»

«Steven Javernick», disse l'avvocato, porgendole un

biglietto da visita. «Non posso dirle quanto mi rammarichi...»

«Allora non lo faccia». Kay si voltò e li condusse verso la porta di sicurezza rinforzata prima di strisciare il suo badge e tenerla aperta per loro. «Da questa parte, prego».

Barnes era in piedi all'estremità del corridoio e fece cenno ai due uomini. Aveva scelto la sala interrogatori più lontana, dando deliberatamente a Kasprak tutto il tempo di contemplare la gravità della situazione in cui si trovava mentre passava davanti a ogni porta chiusa.

Kay osservò l'uomo rallentare man mano che si avvicinava al suo collega, ritardando l'inevitabile confronto che stava per svolgersi.

Si fermò brevemente prima di seguire Javernick nella stanza, poi nuovamente mentre faceva un giro completo su sé stesso, osservando le pareti in intonaco beige e le quattro sedie attorno a un tavolo metallico rivestito di laminato.

«Signor Kasprak, quando vuole accomodarsi, iniziamo», disse Barnes, sbottonandosi la giacca e tirando fuori una sedia per Kay di fronte all'avvocato.

Lei ascoltò mentre il suo collega recitava l'avvertimento formale, e osservò il pomo d'Adamo di Kasprak che sobbalzava nella gola, con lo sguardo fisso sulla superficie del tavolo.

Si schiarì la gola prima di confermare il suo nome e la sua occupazione, fece per intrecciare le dita delle mani, poi sembrò ripensarci e le abbassò in grembo fuori dalla vista, assumendo una postura rilassata che non ingannava nessuno.

Barnes iniziò l'interrogatorio con un riepilogo per la

registrazione. «Signor Kasprak, quando ha parlato con la mia collega Ispettrice Hunter martedì, ha dichiarato di conoscere Joey Twist dall'inizio degli anni 2000 e di averlo rappresentato costantemente insieme alla band da quel momento, incluso durante la loro pausa di quindici anni. Ha inoltre dichiarato che nel momento in cui Tansy Leneghan incontrava suo padre al pub nelle prime ore di sabato mattina, lei stava rilasciando un'intervista a una stazione radiofonica tedesca. Desidera modificare qualcosa in quella dichiarazione?»

Il manager della band scosse la testa. «No».

«Quando è stata organizzata l'intervista?»

«Qualche settimana fa. La Germania è uno dei mercati più grandi per la band e tutta la reunion ha fatto scalpore tra la stampa musicale rock laggiù. C'è molta attesa per il nuovo album, quindi qualsiasi cosa come quell'intervista aiuta a coinvolgere i promotori per il tour più avanti quest'anno». Un po' della sicurezza di Kasprak tornò mentre si adagiava su un territorio familiare, la voce ferma e le spalle rilassate. «Significa lavorare molte ore parlando con persone come loro, ma ne varrà la pena».

«D'accordo, capisco». Barnes aprì la cartellina manila e spinse due pagine verso di lui. «Ai fini della registrazione, sto mostrando al signor Kasprak una stampa dal sito web della stazione radiofonica tedesca che mostra uno screenshot di un clip audio e del testo sottostante. La seconda pagina è la traduzione inglese della stessa pagina. Gli URL per ciascuna appaiono nel piè di pagina della stampa. Mi parli di questo, signor Kasprak. Cosa dice?»

L'uomo raggiunse una tasca interna della sua giacca e tirò fuori degli occhiali, un'espressione imbarazzata gli attraversò il viso. «Devo confessare. Ho bisogno di questi per leggere qualsiasi testo scritto con carattere inferiore a quattordici».

Kay lo osservò mentre indossava gli occhiali prima di sporgersi in avanti per leggere il testo, e notò con soddisfazione che il colore svaniva dal suo volto.

«Um... io... ehm». Kasprak si tolse gli occhiali. «Sono sicuro che ci sia una spiegazione ragionevole, io...»

«Lo spero vivamente», disse Barnes, poi attese, il suo sguardo non abbandonò mai il volto dell'uomo.

I secondi si trascinarono, e poi il manager della band si schiarì la gola. «Oh, giusto. Sì. È stato *giovedì* sera che ho registrato l'intervista con loro, non venerdì. Con tutto quello che stava succedendo in vista del festival, devo aver confuso i giorni. Mi dispiace».

Barnes sbatté la mano sul tavolo, facendo sobbalzare Kasprak e il suo avvocato. «Non è sufficiente, signor Kasprak. Stiamo indagando sull'omicidio brutale di una giovane donna di ventiquattro anni, specificamente la figlia di uno dei suoi clienti. A meno che questo non sia abbastanza per attirare la sua attenzione e concentrazione, allora le dico questo: lei è attualmente il nostro unico sospettato per la sua morte».

Gli occhi dell'uomo si spalancarono, il labbro tremante. «Ma... ma io non l'ho uccisa».

«Ma lei *sapeva* che stava incontrando suo padre quella notte, non è vero?»

«S-sì».

«Come l'ha scoperto?»

Kasprak sembrò recuperare un po' della sua spavalderia e un sorriso astuto si formò sulle sue labbra.

«Lei ha assunto un investigatore privato per indagare e trovare suo padre, lo sapevate?»

Barnes rimase in silenzio, e l'unico suono che riempiva la stanza proveniva dal lieve graffio della penna dell'avvocato sul suo blocco legale mentre prendeva furiosamente appunti.

Kay si chiese quanto gli fosse stato detto prima dell'interrogatorio, e se stesse procedendo come sperava, o se l'interrogatorio del suo collega avesse sollevato preoccupazioni su cos'altro il suo cliente potesse stargli nascondendo.

«Non so dove l'abbia trovato. Era tanto sottile quanto il proverbiale elefante in una cristalleria», continuò Kasprak, scuotendo la testa incredulo. Si batté le mani contro il petto, con lo sguardo che saltava da un detective all'altro. «Voglio dire, guardatemi. Sono nel mondo della musica da più di trent'anni. Sono abituato a individuare i fan ossessionati a un chilometro di distanza. Pensava davvero che qualcuno che segue la mia auto dall'ufficio non avrebbe attirato la mia attenzione? Per non parlare delle telefonate alla mia assistente amministrativa quando non ci sono per poter rovistare e scoprire dove si trovasse Joey ultimamente? Per l'amor del cielo...»

Javernick sollevò un dito ammonitore dal suo blocco per appunti e fece un leggero cenno di diniego con la testa prima di abbassare nuovamente lo sguardo, e il suo cliente si appoggiò allo schienale della sedia.

«Sto solo dicendo che chiunque lei abbia trovato per aiutarla, non era discreto come pensava. Voglio dire, cosa credeva, che ficcare il naso negli affari di Joey non avrebbe attirato la mia attenzione?»

«Come ha scoperto dell'incontro?» chiese Barnes.

«Per caso. Come ho detto, in questo mestiere bisogna avere occhi anche sulla nuca, specialmente quando si tratta di tutti i diversi modi in cui i fan cercano di avvicinare i membri della propria band preferita. Onestamente, a volte è come radunare un branco di gatti. Se sapessero quanto...» Si interruppe, poi sospirò. «Senta, ero preoccupato, va bene? C'è molto in gioco con questo album e questo tour. MOLTO. Non volevo che Joey perdesse la concentrazione. Avevo bisogno che lui...»

S'interruppe quando un deciso colpo alla porta risuonò tra le pareti, e Kay girò la testa mentre si apriva e Kyle si affacciò.

«Capo, scusa l'interruzione ma ho bisogno di parlarti urgentemente.»

CAPITOLO 40

«Spero che sia importante, agente.»

Kay osservò il nuovo detective in prova mentre si spostava da un piede all'altro, poi si rese conto che non era per nervosismo. Da lui trapelava un'energia tangibile, e il suo battito cardiaco accelerò.

Kyle si morse il labbro mentre Barnes chiudeva la porta della sala interrogatori, poi si allontanò di qualche passo e fece loro cenno di avvicinarsi, abbassando la voce.

«Abbiamo appena ricevuto una chiamata da Andy Grey dell'informatica forense», disse. «È finalmente riuscito ad accedere al telefono di Tansy e ha trovato l'account social media che aveva creato per messaggiare con suo padre.»

«Grazie a Dio», sibilò Barnes. «Era anche ora.»

«Cosa ha trovato?» Kay represse l'impulso di afferrare Kyle e scuoterlo per farlo sbrigare, rendendosi conto che probabilmente stava imparando da Gavin come comunicare le notizie a piccole dosi. «Qualcosa che possa aiutarci?»

«Sì, sì. Lui pensa di sì.» Kyle si fermò di nuovo, inumidendosi le labbra. «Invierà tutti gli screenshot e le trascrizioni così che Debbie possa inserirli in HOLMES2 e distribuirli subito alla squadra, ma ha detto che c'era una persona che l'ha contattata da un account separato e le ha inviato un paio di messaggi minacciosi, dicendole di stare lontana da Joey e dalla band.»

«Cosa? Chi? Quando? Voglio dire, dal punto di vista temporale, quando ha aperto quell'account, e quando hanno iniziato ad arrivare quei messaggi?»

«L'account è stato aperto all'inizio del mese scorso, quindi circa sei settimane fa. Il primo messaggio, che diceva qualcosa del tipo "So cosa stai facendo e devi smettere" è stato inviato due settimane dopo, quindi a metà maggio.»

«Ma hai detto che c'erano un paio di messaggi», disse Barnes. «Quando è stato inviato l'altro?»

Kyle sorrise. «Mercoledì scorso.»

«Gesù.» Kay si voltò, coprendosi la bocca per evitare di urlare a squarciagola per il sollievo. Si allontanò di qualche passo, fissò la porta chiusa della sala interrogatori, poi si girò e tornò a grandi passi dai colleghi e fece un respiro profondo. «Cosa diceva?»

«Era diretto, capo. Diceva solo "Sta' lontana". Tansy non ha risposto a nessuno dei due, ma sono stati sicuramente consegnati e visualizzati. Da quanto è riuscito a dire Andy, e per quello che sappiamo dalle dichiarazioni, Tansy era l'unica persona con accesso a quell'account.»

«Va bene, Andy ha qualche idea su chi abbia inviato quei messaggi?»

«Solo un'intuizione, basata sul confronto dell'attività di

quella persona su un altro account più ufficiale, perché entrambi i messaggi sono stati inviati da un account privato come quello di Tansy. Intendo, basandosi sull'account *normale* di quella persona su quel sito. Sembra che il messaggio sia stato inviato a Tansy tra varie attività sull'account ufficiale, e quella persona era *molto* attiva in quel periodo a causa del festival.» Fece un leggero cenno di diniego a Barnes, che aveva fatto un'inspirazione brusca. «E prima che tu lo chieda, ha fatto controlli incrociati su tutti quelli con cui abbiamo parlato in relazione all'incontro di Tansy con suo padre.»

«Dannazione, Kyle», disse Kay impazientemente. «*Chi*?»

Il detective in prova indicò con il pollice la sala interrogatori. «Kasprak.»

«Porca miseria», mormorò Barnes, battendo la cartellina manila contro la gamba. «Lo abbiamo in pugno.»

«Non ancora», disse Kay. «Ma è un ottimo inizio. Kyle, puoi far sapere ad Andy che apprezzo il suo aiuto? E fai inserire quelle trascrizioni in HOLMES2 e preparami una stampa completa sulla mia scrivania così posso darci un'occhiata dopo questo interrogatorio.»

«Sarà fatto, capo.»

Lo guardò andare via, poi si voltò verso Barnes, notando il sorriso malizioso che indossava. «Immagino che tu voglia tornare là dentro?»

«Andiamo, capo.»

La porta sbatté contro il muro intonacato quando il suo collega la spinse, e lei sussultò al forte colpo che risuonò nella stanza prima di chiuderla dietro di sé e seguirlo fino al tavolo.

La sua postura rimase professionale mentre riavviava la registrazione e recitava un'introduzione formale, poi aprì la cartellina manila davanti a sé e guardò Brian Kasprak.

«Quali account social media possiede, signor Kasprak?»

L'uomo aggrottò la fronte. «Uhm, i soliti.»

Elencò rapidamente alcuni nomi familiari, confermò come si chiamavano i suoi account su quelli, e poi aggrottò la fronte. «Perché?»

«Ci parli dei due messaggi che ha inviato a Tansy Leneghan dicendole di evitare suo padre», disse Barnes. «In particolare, il secondo che dice "Sta' lontana".»

«Non so nulla di questo.» Kasprak sporse il mento, il colore gli saliva alle guance.

«Ne è sicuro?»

L'uomo deglutì, ma non disse nulla.

«Va bene», disse Barnes imperturbabile, «e riguardo al primo messaggio che le diceva "So cosa stai facendo e devi smettere"?»

L'avvocato si chinò e sussurrò all'orecchio del manager della band, le sue parole inudibili da dove Kay era seduta. Lei guardò accigliata entrambi finché Kasprak non abbassò lo sguardo sul tavolo e fece un leggero cenno di assenso.

«Ok, io ehm...» Si fermò per schiarirsi la gola. «Sì, ho inviato quello.»

«Perché?»

«È come ho detto. Ero preoccupato che Joey perdesse la concentrazione se lei fosse venuta a ficcare il naso. Inoltre, il mio primo interesse è per ogni membro della band e il loro benessere. Tansy poteva star puntando sui suoi soldi, no? Voglio dire, non ho nulla contro il fatto che cercasse di mettersi in contatto, ma doveva aspettare. Almeno fino alla fine del tour. Avrebbe rovinato tutto.»

«In che modo?»

«Volendo seguirli o cose del genere. Distraendolo. Insomma, Cristo, avevano vent'anni da recuperare, giusto? Pensate davvero che Joey sarebbe andato in studio a registrare un album invece di passare del tempo con sua figlia?»

«Glielo ha chiesto?»

«No. Non ne ho avuto l'occasione, no?»

Barnes si sporse in avanti, ignorando l'occhiata ammonitrice di Steven Javernick. «Allora, signor Kasprak, dov'era esattamente quando Tansy Leneghan si trovava al pub sabato mattina presto? Perché non stava parlando con una stazione radiofonica tedesca, vero?»

Kasprak si passò le mani sul viso prima di sospirare. «Mi nascondevo nel ripostiglio vicino alla cucina. Ho sentito Joey muoversi nella sua stanza e delle voci, poi l'ho sentito uscire dalla camera e scendere. Dovete capire, il mio lavoro è assicurarmi che quella band mantenga le promesse fatte ai promoter; quindi, se stava facendo qualcosa che poteva compromettere l'evento di quel giorno, ero deciso a fermarlo. Camminava avanti e indietro nel bar, guardando fuori dalle finestre. Era piuttosto ovvio che stesse aspettando qualcuno, e non ci voleva un genio per capire chi, soprattutto dopo che quel detective privato aveva contattato l'ufficio. Così sono andato a nascondermi. Immaginavo che non avrebbe voluto farla entrare dalla porta principale, la cucina era la scelta ovvia.»

«Cosa ha fatto quando lei è arrivata?»

«Sono andati nel bar, così io sono sgattaiolato fuori...» Emise uno sbuffo gutturale. «Devo essere sembrato un idiota strisciando a quattro zampe attraverso la cucina fino al bar, ma non potevo rischiare che nessuno dei due mi vedesse. Ovviamente ho sentito tutto, che avrebbe fatto in modo che andasse in tour con loro, e quanto non vedesse l'ora di passare più tempo con lei... Tutto ciò di cui ero preoccupato, insomma.»

«Cosa è successo quando lei se n'è andata?»

Il volto di Kasprak si rabbuiò. «Se avessi saputo quello che sarebbe successo... L'ho vista scendere dal taxi, capisce. Attraverso la finestra del ripostiglio. Così prima di strisciare fino al bar, ho telefonato alla compagnia e ho chiesto se fosse stato prenotato un viaggio di ritorno. Era stato fatto, così ho detto che erano stati presi accordi alternativi e che potevano cancellarlo. Volevo solo parlarle, farle capire che doveva aspettare, che doveva lasciare tutte le questioni familiari fino al nuovo anno, almeno fino a quando la tappa europea del tour fosse finita e avessimo raggiunto quel primo posto nella classifica natalizia...»

«Ha usato la sua auto?»

«Sì.»

«Dov'è ora?»

«Qui. Voglio dire, è nel parcheggio dietro l'angolo. Vicino a quel museo delle carrozze.»

Barnes osservò entrambi gli uomini. «Avremo bisogno delle sue chiavi dell'auto, signor Kasprak. Le conviene trovare soluzioni alternative per i prossimi giorni.»

«È assurdo», balbettò Javernick. «Non può farlo. Il mio cliente ha partecipato a questo interrogatorio volontariamente, e...»

«Il suo cliente è attualmente il principale sospettato nel brutale massacro e mutilazione di Tansy Leneghan», disse Barnes. «Quindi sì, possiamo. Le chiavi, per favore.»

La fronte di Kasprak si corrugò, poi estrasse le chiavi dalla tasca con mano tremante e consegnò il telecomando dell'auto dal portachiavi. «Voglio una ricevuta. E se viene danneggiata, io...»

«Avrà una ricevuta, non si preoccupi.» Barnes fece scivolare il telecomando verso Kay e rivolse nuovamente la sua attenzione al manager della band. «Dunque, come ha convinto Tansy a salire nella sua auto?»

«Credo fosse troppo stanca a quel punto per discutere», disse Kasprak. «Ho parcheggiato lungo la strada e ho lampeggiato quando è uscita dal pub, così da non riuscire a vedermi finché non avesse aperto la portiera posteriore. Ha fatto una specie di risata, poi è salita e mi ha chiesto se avessi sentito la loro conversazione. Ho detto di sì, e le ho chiesto se poteva almeno ascoltarmi mentre la portavo dove voleva andare.»

«Sapeva dove alloggiava?»

«No, e lei non me l'ha mai detto. Mi ha detto di lasciarla su quel tratto di strada vicino al negozio al dettaglio e quell'hotel, quindi ho pensato che alloggiasse lì. Non c'è nient'altro in zona, giusto? Voglio dire, visto tutto il teatrino di quella notte, non è stata esattamente intelligente al riguardo.»

«Di cosa avete parlato?»

«Ho solo cercato di farla ragionare, tutto qui. Ma non ne voleva sapere.» Lo sguardo di Kasprak si abbassò sul tavolo. «Non ne vado fiero, non dopo quello che è successo, ma ho perso la pazienza con lei. Era così incredibilmente ingenua riguardo a tutta la dannata faccenda.»

«L'ha aggredita?»

La testa dell'uomo scattò verso l'alto. «No. Certo che no.»

«Ha perso il controllo e l'ha aggredita? È andata così?» La voce di Barnes non tremò. «L'abbiamo visto prima, Brian. Nervosismo, frustrazione... chiamatelo come volete. Basta un pugno. Forse quando l'ha fatta svenire, è andato nel panico. Magari ha deciso di finire il lavoro e strangolarla, ma non era ancora morta, vero?»

«No. No, no… non l'ho uccisa.» La voce di Kasprak si alzò disperatamente. «Ho solo... abbiamo solo urlato un po'. E poi lei ha detto che voleva vedere dove suo padre avrebbe suonato più tardi quel giorno. Le ho detto che non c'era modo che le avrei dato un pass per il backstage, tantomeno in quel posto lì. Lei ha detto che dovevo farlo, che non riusciva a ottenere un biglietto, e quando ho detto di nuovo no, mi ha detto di lasciarla lì. Non appena ho fermato l'auto, è uscita, ha sbattuto la portiera ed è andata via arrabbiata.»

«E l'ha semplicemente lasciata camminare da sola.»

Kasprak impallidì. «Ehi, se avessi saputo che quella sarebbe stata l'ultima volta che l'avrei vista viva, avrei insistito per portarla dovunque stesse alloggiando. Lo giuro.»

Barnes si appoggiò allo schienale per un momento e poi indicò la giacca di Kasprak. «Potrebbe togliersela per un momento, per favore?»

«Cosa?»

«La sua giacca. Potrebbe togliersela per favore?»

Il manager della band guardò Javernick, che rispose con un'alzata di spalle perplessa.

«Oh, va bene. Come vuole.» Kasprak si alzò, poi sfilò lentamente le braccia dalla giacca e alzò le mani. «Qualcos'altro, detective? Vuole che faccia anche un numero di canto e ballo?»

«Mi mostri le sue braccia, per favore.»

L'uomo alzò gli occhi al cielo, ma poi girò le braccia a destra e a sinistra.

Kay trattenne un sospiro.

Non c'era nemmeno un graffio in vista, nessun segno che tale ferita fosse stata nascosta con lo stesso trucco del taglio da rasatura.

Il suo cuore le martellò nelle costole.

«Signor Kasprak, potrebbe rimuovere il trucco dal collo, per favore?»

«Cosa?»

Lei allungò la mano verso una scatola di fazzoletti accanto all'apparecchiatura di registrazione e gliela fece scivolare sul tavolo. «Rimuova il trucco, per favore.»

Trattenne il respiro mentre lui si strofinava la linea della mascella, poi si sporse in avanti. «Come si è procurato quel graffio?»

«Mi sono tagliato mentre mi radevo questa mattina.»

«Le succede spesso?»

Lui la fulminò con lo sguardo. «Mi tremava la mano. Ho avuto molto a cui pensare.»

«Lo immagino.» Kay tornò al suo posto e fece un cenno a Barnes.

Il suo collega si schiarì la gola, poi si voltò verso l'apparecchiatura di registrazione, con la mano sospesa sopra il pulsante "stop". «Interrogatorio sospeso alle undici e quarantatré.»

Prima che avesse la possibilità di fermare il nastro, Javernick si stava già lanciando dalla sedia. «Il mio cliente ha importanti impegni di lavoro questo pomeriggio, detective.»

«Ha ragione,» disse Kasprak, con disperazione nella voce. «Devo parlare con i promoter in Polonia riguardo al finanziamento per il tour là. Stiamo cercando di programmare questo incontro da tre mesi.»

«Oh, lei non andrà da nessuna parte, Signor Kasprak,» disse Barnes. «Non finché non avremo verificato *tutti* i suoi numeri di telefono con la compagnia di taxi. E la inviteremo anche a fornire un campione di DNA.»

CAPITOLO 41

Kay entrò di corsa nella sala operativa, vide Laura vicino al bollitore e le fece un cenno mentre si dirigeva verso la sua scrivania.

«Ho bisogno che tu e Gavin portiate Melanie Cranwick qui per un interrogatorio», disse, raccogliendo le trascrizioni dei messaggi dall'account social segreto di Tansy che Kyle aveva lasciato in un mucchio ordinato sotto il mouse del suo computer. «E per l'amor di Dio, assicurati di avvertirla».

«Certo, capo». Laura si voltò per prendere la giacca dallo schienale della sedia e sistemò i capelli sul colletto. Lanciò un'occhiata alle sue spalle mentre Barnes entrava a passo svelto. «Immagino ci sia stata una svolta, allora?»

«Era Kasprak quello che ha cancellato la corsa in taxi di Tansy per tornare a Maidstone», disse lui. «Ed è stato lui a riportarla indietro in auto, anche se giura che stava bene quando l'ha lasciata poco lontano dall'hotel».

«Hai preso il tampone per il DNA?» chiese Kay.

«Già imballato e consegnato a Hughes all'ingresso per

il corriere», disse. «Ho chiamato il laboratorio per avvertirli che è prioritario».

«Scommetto che erano felicissimi. Quanto hanno detto che ci vorrà?»

«Ho chiesto un favore, quindi potremmo, *potremmo*, averlo prima del fine settimana».

«Santo cielo, lo spero. Non mi va di provare a convincere un magistrato a firmare per tenere Kasprak in custodia oltre le trentasei ore standard. Non senza qualcosa di concreto per incriminarlo».

«C'è rischio di fuga, capo?» chiese Laura.

«Spero di no», rispose Kay. «E tu sei ancora qui perché...?»

«Sto andando».

Il detective si allontanò in fretta, trascinando Gavin via dalla fotocopiatrice mentre passava e guidandolo verso la porta.

«Sono queste le trascrizioni dal telefono di Tansy, capo?» disse Barnes, sbirciando oltre la sua spalla. «Wow. Hanno parlato molto una volta che lei ha contattato Joey, a quanto pare».

«Sì, lo so». Kay scorse i messaggi, passando ogni pagina a Barnes perché finisse di leggerla mentre lei esaminava il resto in ordine cronologico. «E sembra che non stesse scherzando, una volta superato lo shock, si può percepire il suo entusiasmo nell'organizzare quell'incontro, non credi?»

«Quando è stato inviato l'ultimo?»

Kay si voltò verso gli ultimi messaggi e deglutì per la commozione. «Ecco, all'una e cinque di sabato mattina: "Sto uscendo per prendere il taxi. A presto! XX". Poi lui ha risposto: "Ci vediamo sul retro del pub. Aprirò la porta della cucina. Non vedo l'ora di incontrarti finalmente. XX"».

Barnes prese il foglio dalle sue mani e sospirò. «Ed è morta poche ore dopo. Gesù, capo».

«Ok, quindi probabilmente abbiamo una mezz'ora prima che Laura e Gavin tornino qui con Melanie. Facciamola fruttare. Voglio che tu analizzi gli account social della band, e io mi occuperò del suo. Cerchiamo di creare un profilo più dettagliato rispetto a quello scheletrico che abbiamo attualmente e assicuriamoci che questo prossimo interrogatorio sia efficace».

«Agli ordini, capo».

———

Kay bussò con le nocche alla porta della sala interrogatori numero tre e l'aprì e vide Melanie Cranwick vestita con una felpa color crema e jeans blu.

Era seduta accanto a un avvocato d'ufficio che le conosceva bene. Con un preavviso così breve, e con pochi fondi per il tipo di rappresentanza legale che Brian Kasprak si era assicurato, la donna aveva seguito il consiglio di Gavin e accettato l'aiuto di uno studio locale di avvocati penalisti i cui uffici si trovavano a pochi passi dalla stazione di polizia di Palace Avenue.

L'uomo indossava un completo grigio scuro economico e aveva un'espressione di perenne stanchezza, allentandosi la cravatta e facendo un cenno di saluto a Barnes mentre il collega si sedeva e avviava l'apparecchiatura di registrazione, ripetendo l'avvertimento formale che era stato dato a Melanie meno di un'ora prima dai loro colleghi.

«Melanie, vorremmo iniziare chiedendole del suo rapporto con Brian Kasprak», disse Barnes. «Può dirci come ha iniziato a lavorare per lui?»

«Credo di avere avuto circa ventuno, ventidue anni forse. Comunque divorziata da poco, e un po' incerta su cosa fare della mia vita». Il suo sguardo divenne nostalgico. «Dio, erano bei tempi però. Condividevo un appartamento a Islington e lavoravo come segretaria temporanea in una banca in città. Guadagnavo anche bene, quindi la maggior parte delle sere uscivo per concerti in giro per la città. Una delle band locali non aveva idea di come promuoversi e io avevo visto abbastanza da capire come farlo per loro, così ho iniziato a gestire il loro fan club. Si è sciolta circa sei mesi dopo, ma nel frattempo avevo conosciuto Brian nell'ambiente musicale e mi annoiavo nel mio lavoro, così mi sono offerta di andare a lavorare per lui».

«Pagava così bene?» disse Barnes, alzando un sopracciglio. «Rispetto a una banca?»

Melanie trattenne un sorriso malizioso. «Beh, c'erano altri vantaggi, suppongo. Joey era uno di questi. A quel punto ci frequentavamo già».

«È cambiato il suo ruolo con Brian nel corso degli anni?»

«Oh mio Dio, così tanto». Alzò le mani. «Voglio dire, da dove cominciare? Internet era ancora ai primi albori rispetto a oggi, i social media erano... voglio dire, la gente ne parla con un senso di nostalgia adesso, ma onestamente facevano schifo. È molto più facile promuovere la band ora e rimanere in contatto con i loro fan. Ho gestito quell'aspetto per la band per tutto questo tempo...»

«E i social media di Brian? Da quanto tempo li gestisce?»

«Solo da quest'anno, da quando è stata annunciata la reunion. Vede, c'è così tanto da fare con un progetto come questo. Lui sta facendo i salti mortali tra il finanziamento per l'album e il tour, parlando con i promoter di tutto il mondo a tutte le ore, oltre a promuovere la band attraverso i suoi account social per aiutare a suscitare interesse da parte degli investitori». Si sporse in avanti, abbassando la voce in tono cospiratorio. «Lo sapeva che si parla persino di una sua partecipazione come giudice in uno di quei talent show televisivi più avanti quest'anno? Sarebbe perfetto, è così fotogenico, e sa *così tanto* sull'industria musicale. Averlo come mentore per una stella nascente sarebbe fantastico».

«Cosa faceva mentre la band era in pausa?»

Un po' dell'entusiasmo svanì dal suo volto. «Ho dovuto trovare un altro lavoro. Cioè, ho continuato a gestire il fan club, il sito web e la newsletter, ma Brian non poteva permettersi di pagarmi mentre non c'erano entrate...le ha detto che i pagamenti dei compensi si stavano prosciugando? Quindi, sì, ho trovato un lavoro qui vicino nella zona industriale di Aylesford per un'azienda di bioscienze, finché non mi hanno licenziata qualche anno fa, e poi ho trovato un altro lavoro in un piccolo ufficio di assicurazioni qui in città». Scosse la testa, emettendo un sospiro teatrale. «Non sa quanto sono stata felice di mandarli a quel paese quando Brian mi ha telefonato alla fine di gennaio parlandomi dei piani della band di riunirsi.

Mi ha riofferto il mio vecchio lavoro lì per lì, dicendo che non potevano farcela senza di me. Naturalmente, Joey mi aveva avvisato che sarebbe probabilmente successo dopo il suo incontro segreto con Thommo, ma è stato comunque bello sentire di nuovo la voce di Brian».

«Quando ha scoperto Brian di Tansy?»

«Cosa?» I suoi occhi si spalancarono.

«Cosa ha fatto Brian quando ha scoperto che lei aveva chiesto a un investigatore privato di trovare suo padre, Joey Twist?»

«Io... non lo so. Non sapevo che lui fosse a conoscenza di lei. Joey me l'ha detto quando lei lo ha contattato».

«Quando te l'ha detto Joey?»

«La settimana scorsa. Mercoledì, credo».

«Ma tu lo sapevi già da prima, vero, Melanie?»

Sollevò il mento con aria di sfida. «Non so di cosa stia parlando».

«Brian ti ha detto che Tansy aveva assunto un investigatore privato per rintracciare Joey. È stata una sua idea creare l'account segreto sui social media per mandarle un messaggio dicendole di stare alla larga, o è stata tua?»

«Io... non lo so».

«Hai scoperto la password di Brian per l'account segreto e hai inviato un messaggio minaccioso a Tansy dicendole di "stare alla larga"?» Barnes aprì la cartella manila e fece scivolare la fotocopia dello screenshot. «Questo qui. Hai mandato tu questo dall'account social di Brian Kasprak?»

«N-non sono sicura». Tenne le mani giunte, come se avesse paura di toccare il foglio. «Non me lo ricordo».

«Pensaci, Melanie. È importante. Uno di voi conosce

gli account social della band come le proprie tasche. Uno di voi era abbastanza in panico per il fatto che la figlia di Joey si fosse messa in contatto da minacciarla. E uno di voi sta mentendo».

Si sporse in avanti. «E attualmente, siete entrambi sospettati per il suo omicidio».

CAPITOLO 42

I suoni dei singhiozzi spezzati di Melanie riempivano la sala interrogatori mentre Kay osservava impassibile, con la mascella serrata.

Barnes fece scivolare sul tavolo una scatola di fazzoletti di carta, e mantenne il silenzio mentre l'avvocato d'ufficio controllava il suo orologio.

«Forse la mia cliente potrebbe avere cinque minuti per ricomporsi», disse con tono annoiato. «E vorrei scambiare qualche parola con lei».

«D'accordo». Kay spinse indietro la sedia mentre il suo collega metteva in pausa l'apparecchiatura di registrazione, poi lo seguì nel corridoio. Chiudendo la porta, si appoggiò alla parete in cartongesso e incrociò le braccia. «Allora, cosa ne pensi?»

La bocca di Barnes si contorse. «Non lo so, capo. Credo che abbia inviato quel messaggio, ma faccio fatica a capacitarmi del fatto che possa aver assassinato Tansy. Personalmente non riesco a vederla così».

«E se invece sapesse chi è stato? Può essere che stia proteggendo Kasprak?»

Le sue spalle si alzarono e si abbassarono, e poi si voltò mentre la porta si apriva e l'avvocato d'ufficio si affacciava.

«La mia cliente vorrebbe rilasciare una dichiarazione», disse.

Kay inarcò un sopracciglio verso Barnes, poi seguì entrambi gli uomini nella stanza, aspettando che l'apparecchiatura di registrazione venisse riavviata; quindi, appoggiò le braccia sul tavolo e guardò la donna davanti a lei. «Stiamo rapidamente esaurendo la pazienza, Melanie, quindi sentiamo. Basta bugie».

«Va bene», sussurrò la donna.

«E per favore parla più forte. Dobbiamo assicurarci che la registrazione possa captare la tua voce».

Schiarendosi la gola, Melanie si sedette dritta sebbene il suo sguardo non abbandonasse mai il tavolo. «Ho inviato io quel messaggio a Tansy dicendole di farsi da parte. Non volevo che venisse uccisa, io non l'ho uccisa. Quando Brian mi ha parlato dell'investigatore privato, non mi ha detto che Tansy era la figlia di Joey. Ha solo detto che qualcuno appartenente al passato di Joey stava cercando di rintracciarlo, e che se si fosse avvicinata troppo in fretta avrebbe potuto mettere a repentaglio l'intero progetto di reunion. Mi ha proibito di dire a Joey che lui sapeva di questa donna del suo passato, e di dirlo a chiunque altro nella band. Credo che pensasse che lei avrebbe semplicemente rinunciato se non avesse trovato un modo per contattare Joey direttamente. Lui, entrambi, pensavamo che avrebbe desistito una volta che Brian avesse chiuso qualsiasi possibilità di presentazione».

Si fermò per tamponarsi gli occhi con un fazzoletto già inzuppato, e poi fece un respiro profondo. «Pensavo che Tansy fosse qualcuno che Joey conosceva sentimentalmente, sapete, di molto tempo fa. Le persone lo fanno, no? Si rendono conto che avrebbero dovuto cogliere l'occasione con qualcuno venti o trent'anni fa e vogliono vedere se è possibile quando invecchiano, e cercano di riaccendere qualcosa. Credo di essere stata gelosa, tutto qui. Ho scoperto quell'account segreto di social media di Brian per caso perché è apparso nelle notifiche del mio account abituale dicendo "conosci questa persona?", probabilmente perché gestisco tutti quelli della band. Brian è come gli altri, non molto bravo con la tecnologia e i social media», disse con un sorriso malizioso. «Sono tutti dei dinosauri con queste cose, credetemi».

«Come hai fatto a sapere che era il suo account però? Non c'è la sua foto, ed è impostato come privato».

«Vede quell'avatar che ha usato nel messaggio?» Alzò gli occhi e allungò la mano per toccare la trascrizione stampata. «È lo stesso disegno del tatuaggio sul suo bicipite superiore. Lo tiene coperto con la manica della maglietta la maggior parte del tempo».

«E sei riuscita ad accedere a quell'account?» disse Barnes.

«Sì». Sbuffò. «Usa la stessa password per tutto, quindi non è stato difficile. Ma in quei messaggi non c'era nulla che dicesse che era la figlia di Joey, giusto? Così ho pensato che stesse cercando di intromettersi in quello che c'è tra me e Joey. Sapete, stanno per tornare alla ribalta con questo nuovo album e tour, e quindi ovviamente tutti usciranno allo scoperto adesso e cercheranno di entrare in azione, no? Così le ho detto di farsi da parte. Non volevo che mandasse a puttane il tour, la musica, il... il...»

«Il rapporto che hai con Joey?» suggerì Barnes.

«Esattamente. E poi venite a dirmi che è sua figlia, si presenta in segreto venerdì sera...»

«E viene assassinata», disse Barnes. «Non dimentichiamocelo, vero?»

«Io non c'entro niente con quello», disse, alzando le mani. «Non io. Tutto quello che ho fatto è stato inviare quel messaggio».

«Hai effettuato nuovamente l'accesso a quell'account dopo averlo inviato?»

«No». Melanie si accasciò sulla sedia e incrociò le braccia, con un'espressione petulante sulla bocca. «Brian ha cambiato la password alla fine della settimana scorsa, e non sono riuscita a capire quale fosse».

Barnes guardò l'avvocato d'ufficio mentre raccoglieva gli screenshot e chiudeva la cartella manila. «Avremo bisogno di un campione di DNA della vostra cliente prima che lasci questo posto oggi. Le spiegherà lei la procedura».

CAPITOLO 43

Kay infilò le mani nelle tasche mentre il diluvio si attenuava, e scrutò nel fossato tra il suo giardino e il frutteto mentre un torrente d'acqua scorreva impetuosamente.

Il livello del ruscello era a pochi centimetri dalla base del ponte improvvisato che lei e Adam avevano collocato qualche mese prima, e minacciava di straripare mentre passava sotto la recinzione verso la proprietà vicina.

Tirando il cappuccio sopra gli occhi, asciugò via la pioggia che le schizzava sulle guance e sul mento, strizzando gli occhi attraverso il frutteto finché non avvistò Hovis che si riparava sotto uno dei grandi meli.

Lui emise un belato gutturale e la fissò con sguardo torvo.

«Non serve lamentarti con me», disse lei. «E comunque, potresti sempre andare in quel tuo nuovo capanno se ti dà così fastidio».

Hovis le voltò le spalle e si allontanò impettito.

«Penso che per domattina il livello sarà sceso un po'».

Si spostò leggermente alla sua sinistra al suono della voce di Adam, attenta a non scivolare nel fango che si stava rapprendendo intorno ai suoi stivali impermeabili, e gli rivolse un cauto sorriso. «A patto che non piova stanotte».

«Non è previsto». Lui la raggiunse, poi alzò lo sguardo verso il cielo. «Ancora qualche minuto e questo passerà comunque. Kevin ha preso dei sacchi di sabbia, per sicurezza».

Kay guardò verso la proprietà del loro vicino, ricordando che il giardino al di là della recinzione era più basso del loro. «Pensi che starà bene?»

«Gli ho detto di bussare alla porta se ha bisogno di una mano, ma ci vorrà più di questo per far straripare gli argini, ho dato un'occhiata ai dati storici del ruscello questo pomeriggio e non è mai straripato nella nostra vita».

Lei rivolse l'attenzione al frutteto per vedere Hovis che la osservava dall'interno del capanno, con i suoi occhi pallidi fissi. «Almeno questo lo dissuaderà dal tentare qualsiasi cosa finché non avremo messo un cancello o qualcosa del genere».

«Sì, anche se ora dovremo aspettare che il terreno si asciughi prima che provi a piantare i pali. Non mi va di tentare in queste condizioni». Adam toccò il fango con lo stivale di gomma. «Vuoi andare ad asciugarti? Ho appena chiamato per ordinare cibo cinese d'asporto e sarà qui tra circa mezz'ora».

Lo stomaco di Kay brontolò in risposta. Lei rise. «Direi di sì. Abbiamo del Verdelho in frigo?»

«Sì. Ne vuoi un po'?» Lui fece strada verso casa, fermandosi sulla soglia per togliersi gli stivali con l'aiuto del piede, poi le tese la mano per sostenerla mentre faceva lo stesso.

«Solo un bicchiere, ho detto a Barnes che sarei stata reperibile stasera perché lui porta Pia a cena in quel nuovo ristorante marocchino».

«Ti do quindici minuti, poi verso».

«Ho capito l'antifona».

Uscì di corsa dalla cucina togliendosi la camicetta dalla testa, salì le scale di corsa e gettò quella e i pantaloni del tailleur nel cesto dei panni sporchi e cinque minuti dopo era sotto i getti caldi della doccia nella stanza da bagno.

Massaggiando lo shampoo sul cuoio capelluto, si chiese se la squadra del laboratorio di Harriet stesse già lavorando sui campioni di DNA come promesso a Barnes, e se uno dei due sarebbe risultato compatibile con le tracce di sangue trovate sulle braccia di Tansy.

C'erano troppe variabili nel caso, troppe prove forensi da setacciare sulla scena del crimine, e non abbastanza personale per farci qualcosa.

Sapeva di non poter spingere la sua squadra più di quanto già stesse lavorando. Ognuno di loro faceva straordinari senza richiederli, aveva avuto i suoi sospetti, ma lo aveva confermato quel giorno quando aveva visto i marcatori temporali sui rapporti caricati in HOLMES2.

E sapeva che era inutile chiedere loro di riposare, di procedere con calma, perché sapeva che volevano disperatamente trovare l'assassino di Tansy quanto lei.

Una cupa determinazione si impossessò di lei mentre risciacquava la schiuma dai capelli. Qualunque cosa fosse successa, sapeva che avrebbe continuato finché non avesse avuto tutte le risposte che cercava. Anche se la sede centrale si fosse rifiutata di fornire più personale, o avesse inviato un revisore di casi per esaminare i suoi sforzi fino ad oggi.

Mentre si stava asciugando con l'asciugamano, sentì il campanello e poi Adam che fischiettava mentre percorreva il corridoio.

«Cavolo, sono in anticipo», sibilò sottovoce, e indossò jeans e una felpa.

Strofinando i capelli umidi con un asciugamano, scese le scale ed entrò in cucina, dove il ricco aroma della salsa del Sichuan riempiva la stanza.

Adam le fece l'occhiolino e le passò un bicchiere di vino bianco sul bancone centrale.

«Quattordici minuti e sette secondi», sorrise. «Niente male».

CAPITOLO 44

Cercando di scrollarsi di dosso il sonno, Gavin allungò il braccio e colpì con la mano lo schermo lampeggiante del telefono sul comodino, interrompendo a metà la squillante melodia degli ottoni.

La luce del sole filtrava attraverso una fessura delle tapparelle, riscaldandogli le gambe, e lui mosse le dita dei piedi mentre ascoltava la macchina del caffè al piano di sotto che iniziava a gorgogliare.

«Credo di preferire la sirena», borbottò Leanne, girandosi dall'altra parte e nascondendo la testa sotto il cuscino. «E dobbiamo organizzare i nostri turni in modo da iniziare alla stessa ora».

«Buona fortuna», disse lui, sbadigliando.

Allungò le braccia sopra la testa e ascoltò un pettirosso che cinguettava allegramente sulla grondaia sopra la finestra della camera, mentre il lieve *fruscio* del traffico proveniente dall'incrocio in fondo alla strada si mescolava al morbido tubare di un colombaccio.

«Se stai facendo il caffè, ne vorrei uno anch'io», disse

Leanne, gettando il cuscino da un lato e scostando i folti ricci dal viso. «Ormai sono completamente sveglia».

«Scusa».

«Fortuna che ti amo». Gli diede un leggero pugno sul braccio. «Questo corso di formazione dovrebbe finire presto oggi. Ti va di uscire a mangiare qualcosa stasera?»

Lui sorrise, buttando indietro il lenzuolo e appoggiando i piedi sul pavimento rivestito di moquette. «Sì, mi sembra una buona idea. Dovrei riuscire a uscire al massimo per le sette, quindi potremmo incontrarci in centro. Dove ti piacerebbe andare?»

«Ho bisogno di carboidrati, quindi qualsiasi cosa italiana va bene per me».

«D'accordo. So proprio dove andare». Si chinò per baciarla. «Il caffè sta arrivando. Però non rubarmi la doccia prima che ci entri io, vorrei andare presto per cercare di lavorare su un po' di scartoffie prima che arrivi il capo».

In quel momento il suo telefono vibrò, la vibrazione risuonò attraverso il comodino di pino, e lui guardò oltre la spalla, gemendo quando vide il nome familiare sullo schermo. «Parli del diavolo».

La voce di Kay lo interruppe prima che avesse la possibilità di salutarla. «Quanto presto puoi arrivare a Mote Park?»

Fece un rapido calcolo mentale, poi: «Venti minuti?»

«Fai quindici se puoi».

«Che succede, capo?»

«Qualcuno ha trovato un paio di pantaloni da jogging e una felpa in un cestino comunale vicino a uno degli ingressi. I vestiti sono coperti di macchie di sangue».

Lisciandosi i capelli umidi prima di estrarre una cravatta blu fiordaliso dalla tasca della giacca, Gavin si affrettò lungo il marciapiede irregolare verso una fila di auto della polizia del Kent.

Due di esse bloccavano l'accesso orientale al parco, mentre un furgone grigio che identificò rapidamente come appartenente alla squadra di Harriet era parcheggiato con un'angolazione scomoda rispetto al marciapiede, accanto alla più vicina delle auto.

Sistemando la cravatta sotto il colletto, abbottonò la giacca e si avvicinò a un giovane agente accanto a un tratto di nastro bianco e blu che delimitava la scena del crimine e gli bloccava l'accesso. Diede un'occhiata al nome sul giubbotto antitaglio e gli rivolse un cenno grato quando gli fu messo in mano un portablocco.

«Grazie, Greaves».

La penna nera che l'accompagnava era calda per la stretta nervosa del giovane, e Gavin resistette all'impulso di pulirsi la mano sui pantaloni dopo aver scarabocchiato il suo nome. Invece sollevò il mento verso un gruppo di sei figure tutte vestite con identiche tute anti-contaminazione.

«Quelli sono ovviamente i tecnici della Scientifica», disse. «Dov'è l'ispettrice Hunter?»

«Qui».

Si voltò al suono della voce per vedere Kay che si faceva strada tra il furgone e l'auto, con le maniche della giacca arrotolate fino ai gomiti. «La squadra di Harriet non ha perso tempo ad arrivare qui, capo».

«Stavano tornando da un lavoro ad Ashford», disse lei.

«Vieni, sei appena in tempo, sto per interrogare il tipo del comune che ha trovato i vestiti».

Fece strada verso un uomo robusto sulla sessantina che indossava una giacca ad alta visibilità verde lime e pantaloni coordinati nonostante la temperatura in aumento.

Aveva quello che sembrava essere un cipiglio permanente, date le linee che gli attraversavano la fronte, e gettò un mozzicone di sigaretta nel canale di scolo con un'apparente mancanza di ironia quando si avvicinarono.

«Era ora», raschiò, poi emise una tosse carica di catarro.

«Mi scusi per l'attesa, signor Wells», disse Kay. «Apprezziamo il suo tempo. Questo è il mio collega, il detective Gavin Piper».

Gavin fece un brusco cenno all'uomo, poi tirò fuori il suo taccuino e sfogliò fino a una pagina pulita.

Wells continuò a guardarli accigliato. «Ho più di cinquanta cestini da svuotare prima della fine del mio turno, e mi fanno un rapporto a fine mese se non viene fatto, quindi sbrigatevi, va bene?»

Kay reagì prontamente e sembrò ignorare palesemente l'atteggiamento dell'uomo. «A che ora ha iniziato il suo turno questa mattina?»

«Alle sei, come faccio sempre durante l'estate».

«E da dove ha cominciato?»

Wells indicò con il pollice oltre la sua spalla. «Dall'altra parte del parco. Vicino a Park Way».

Allungando il collo oltre di lui, Kay aggrottò le sopracciglia. «È venuto a piedi fin qui?»

«No, il camion è parcheggiato giù per la collina. Devo camminare fin qui raccogliendo prima i rifiuti, poi comincio con i cestini. È più facile portare giù i sacchi quando sono pieni, capisce?»

«Giusto, quindi qual è stato il primo cestino?»

«Quello là», disse, indicando dove lavorava la squadra di Harriet. «Quindi questo ha rovinato il resto della mattinata, no?»

«Con che frequenza li svuota? Settimanalmente?»

«Sì. Di solito il lunedì, ma i vostri hanno tenuto chiuso questo marciapiede da sabato, quindi il programma è comunque incasinato. Oggi è il primo giorno che abbiamo avuto la possibilità di avvicinarci». Wells fece roteare teatralmente gli occhi. «E l'azienda non paga gli straordinari. Non possono ottenere i soldi extra dal comune, o almeno è quello che ci dicono».

Gavin osservò i rifiuti che costeggiavano il ciglio della strada e la siepe che separava il marciapiede dalla recinzione del parco. «C'è sempre così tanta spazzatura in giro?»

«Sì e no. Non aiuta il fatto che ci fosse quel festival. Voglio dire, hanno messo bidoni dappertutto nel sito per far buttare la spazzatura alla gente, ma loro la gettano comunque qui fuori. Poi c'è stata quella tempesta, che ha sparpagliato roba ovunque». Wells fece un verso di disapprovazione. «Mi ci vorrà il resto della giornata solo per finire questa parte».

«Non scommetterei sul fatto che finirà qui vicino oggi, signor Wells», disse Kay, estraendo un biglietto da visita e porgendoglielo. «E se il suo capo ha un problema con questo, gli dica di chiamarmi».

Lui sorrise raggiante, mostrando un dente anteriore

mancante, e si mise il biglietto nella tasca dei pantaloni. «Lo farò, grazie».

«Mi dica cosa è successo quando ha trovato gli indumenti».

«Mi è preso un colpo, glielo assicuro». Wells si grattò il mento, spostando lo sguardo verso il punto in cui lavorava la Scientifica. «Insomma, vedo le notizie sull'omicidio della ragazza, e poi quando ho aperto il coperchio del bidone per svuotarlo, c'era una felpa ficcata là dentro con del sangue sulla parte anteriore. C'erano pacchetti di patatine e altra roba attaccata al tessuto, ma ho capito subito che c'era qualcosa di strano».

«Come ha fatto a capire che era sangue?» disse Gavin, alzando lo sguardo dai suoi appunti.

«Mi sono tagliato un dito qualche settimana fa, brutto, e anche se indossavo jeans neri, li ha macchiati lo stesso». L'uomo scosse la testa, guardando i suoi piedi. «Sapevo benissimo cosa avevo davanti agli occhi. Così ho chiamato la polizia».

«Ha toccato gli indumenti?» chiese Kay.

«No. Non ne ho avuto bisogno. Ho visto abbastanza appena ho tolto il coperchio del bidone. E comunque, anche se l'avessi fatto, indossavo i guanti». Wells agitò le dita coperte da un paio di spessi guanti neri che erano macchiati. «Uno di quelli là mi ha preso comunque le impronte».

Kay sollevò un sopracciglio verso Gavin, ma lui scosse la testa. «Bene, signor Wells. Come le ho detto, dubito fortemente che continuerà il suo turno lungo questo tratto di strada oggi, ma la ringrazio per la sua prontezza. Ha il mio biglietto, se le viene in mente qualcos'altro che potrebbe aiutarci, mi chiami».

Condusse la strada verso il punto dove Gavin aveva parcheggiato la sua auto, poi si appoggiò alla portiera osservando la squadra di Harriet.

«Pensi che siano gli indumenti di Tansy, allora?» chiese.

«Devono esserlo, no? Ma cosa ci fanno qui fuori? Perché il suo assassino non ha gettato gli indumenti in uno dei bidoni del parco, o anche da qualche parte nel parco?» Gavin mise via il suo taccuino. «Un bel rischio portarli fino a qui, sicuramente?»

«Forse l'hanno fatto per eliminare qualsiasi traccia di prove, dato che questo è un bidone comunale, tutti gli altri nel parco dovevano essere svuotati dai volontari del festival o dall'impresa di pulizie assunta da Crusader Events. Presumo che Tansy indossasse quel vestito sotto la felpa e i pantaloni della tuta, se supponiamo che fosse *lei* quella che tu e Sean avete visto nelle immagini delle telecamere di sorveglianza, ovviamente». Kay si staccò dall'auto e sospirò. «Suppongo che se lavoriamo sull'ipotesi che si sia vestita con abiti scuri per accedere al parco senza essere vista, e abbia indossato il vestito sotto così da confondersi con la folla una volta che si fosse fatto giorno, avrebbe senso».

«E tutto perché Kasprak non voleva che vedesse suo padre suonare dal vivo... Non lo so, capo. C'è qualcosa che non torna».

«Detective Hunter!»

Entrambi si girarono al suono della voce di Harriet per

vedere la responsabile della Scientifica che li richiamava verso il cordone.

Quando Gavin arrivò, poté vedere l'eccitazione nei suoi occhi.

«Cosa ha per noi?» disse Kay.

«Questo». Harriet sollevò una busta sigillata per le prove. «Era in una delle tasche».

Gavin emise un grugnito di sorpresa quando vide cosa c'era dentro. «È il biglietto da visita di Brian Kasprak».

Kay prese la busta da Harriet e la girò, rivelando una nota scritta a mano sul retro. «E questo non è il numero di cellulare che abbiamo noi. È diverso».

CAPITOLO 45

Brian Kasprak aveva perso un po' della sua brillantezza quando entrò nuovamente nella sala interrogatori, preceduto da un agente in uniforme dalla corporatura robusta.

Si trascinò verso la sedia accanto al suo avvocato, gli fece un breve cenno con la testa, poi si abbandonò all'indietro e fissò Kay mentre Barnes avviava l'apparecchiatura di registrazione.

Senza i suoi caratteristici occhiali da sole a goccia e dopo alcune ore trascorse in una delle spoglie stanze di custodia della stazione, erano visibili cerchi scuri sotto gli occhi di Kasprak, il cui bianco era iniettato di sangue.

I suoi capelli, che arrivavano al colletto, si arricciavano in diverse direzioni, rafforzando il sospetto crescente di Kay che lui li stirasse ogni mattina, e ora mostravano segni di essere stati arruffati per la preoccupazione a intervalli regolari mentre era stato ospite del sergente di custodia di turno.

Aveva lasciato la giacca in cella e ora si strofinava le

braccia nude mentre l'aria condizionata gli increspava la pelle con i brividi. Mentre lo faceva, Kay notò i bordi sfrangiati di un tatuaggio, senza dubbio quello che Melanie aveva affermato lui avesse usato come avatar per il suo account sui social media un tempo segreto.

Terminate le formalità, non perse tempo e gli fece scivolare davanti una fotografia del biglietto da visita che era stato scoperto quella mattina.

«È la sua scrittura?»

«No, non lo è.»

«Riconosce di chi sia la scrittura?»

«Non lo so.»

«Di chi è questo numero di telefono, signor Kasprak?»

Lui socchiuse gli occhi, evidentemente pentito di aver lasciato gli occhiali da lettura nella tasca della giacca, poi si sporse in avanti. «Non... non ne sono sicuro. Non lo riconosco.»

«È forse di qualcuno associato alla band? Sta cercando di proteggere qualcuno?»

«Senta, ho ogni tipo di numeri nel mio telefono, va bene? Non posso ricordarli tutti. Sarei felicissimo di controllare.» Fece una pausa e accennò un ghigno soddisfatto. «Ma voi avete il mio telefono.»

«Detective Barnes, le dispiacerebbe recuperare il telefono del signor Kasprak?» disse Kay. «Forse lo aiuterà a ricordare cosa diavolo ci faceva il suo biglietto da visita nella tasca di Tansy Leneghan.»

Il manager della band si tirò indietro sulla sedia. «Cosa ha detto?»

«Annoti nella registrazione che l'agente Barnes ha lasciato la stanza», disse Kay, poi riprese la fotografia e la infilò sotto la cartellina manila accanto a lei. «Pensi attentamente, signor Kasprak. I prossimi minuti saranno cruciali per lei. Al momento, è uno dei due sospettati per la mutilazione e la morte di Tansy, e il suo campione di DNA verrà anche confrontato con gli indumenti macchiati di sangue trovati in un cestino comunale fuori da Mote Park questa mattina.»

Osservò il volto dell'uomo impallidire ulteriormente, con un sottile velo di sudore che gli imperlava la fronte.

«Non capisco», mormorò, asciugandosi il viso con il palmo della mano. «Non è questo che è successo...»

Poi tacque, concentrandosi sulla superficie scheggiata del tavolo mentre i secondi passavano, finché la porta non si aprì e Barnes riapparve, porgendo il cellulare.

Kasprak glielo strappò di mano con l'entusiasmo di un bambino che afferra il suo giocattolo preferito. Trattenne il respiro mentre si accendeva, poi emise un sospiro di sollievo quando lo schermo si illuminò e premette il pollice per inserire il codice.

«Prima che sia tentato di controllare le email o altro, vediamo la sua lista contatti, per favore», disse Kay, tendendo la mano.

Il labbro superiore di Kasprak si increspò, ma abbassò il telefono e lo fece scivolare sul tavolo verso di lei con forza.

Lei lo fermò appena prima che cadesse dal bordo e iniziò a scorrere l'estesa lista di nomi visualizzata.

L'unico suono che penetrava la sua concentrazione era l'incessante *tic-tac* della lancetta dei secondi dell'orologio sopra la porta mentre lavorava, la mascella si serrava sempre più ad ogni momento che passava.

Infine, strinse le labbra e si voltò verso Barnes, scuotendo leggermente la testa prima di far scivolare il telefono verso il manager della band.

Il sollievo nei suoi occhi non fece nulla per placare la sua crescente frustrazione e, sembrandone consapevole, lui alzò le mani.

«Guardi», disse, con voce calma. «Ho distribuito *decine* di quei biglietti al festival. Non può immaginare quante persone cercavano di avvicinare la band, di ottenere interviste esclusive, o di scoprire come si sarebbe chiamato l'album per poterlo rivelare alla stampa prima che fossimo pronti... e queste erano solo le richieste sensate. Era un pandemonio là dal momento in cui siamo arrivati il giovedì e abbiamo tenuto una conferenza stampa iniziale.»

«Deve avere qualche idea», disse Kay. «Non credo che di norma distribuisca quei biglietti al pubblico, vero?»

«No, ma consideri quante persone erano coinvolte dietro le quinte. I vostri colleghi devono aver dovuto interrogarli tutti, giusto? Quindi sa quanto è difficile per me ricordare.»

Kay puntò il dito sulla busta e lo fulminò con lo sguardo. «Questo numero non corrisponde a nessuno dei contatti che ci sono stati forniti nelle testimonianze raccolte finora.»

«Quindi, dovete esservi persi qualcuno», insistette Kasprak. «O uno di loro vi ha dato un numero sbagliato.»

Un silenzio seguì le sue parole, poi Kay spinse indietro la sedia, le gambe metalliche stridevano sul pavimento piastrellato con un lamento straziante. «Interrogatorio sospeso alle quattordici e diciassette.»

Cinque minuti dopo, con il cuore che le batteva forte, seguì Barnes nella sala operativa, le spalle tese.

Intorno a lei, i telefoni squillavano, le dita battevano sulle tastiere e un costante brusio di attività riempiva l'aria.

Nessuno alzò lo sguardo dal proprio lavoro mentre lei passava, quasi come se potessero percepire la tensione che si trascinava dietro, e invece tenevano gli occhi fermamente fissi sugli schermi dei computer o facevano uno sforzo per trovare qualcosa da fare dall'altra parte della stanza vicino alla fotocopiatrice piuttosto che trovarsi nella sua orbita.

«Potrebbe esserci un'altra spiegazione, capo», disse Barnes quando raggiunse la sua scrivania e si allungò per prendere una bottiglia d'acqua.

«Sono tutt'orecchi, perché io sono a corto di idee.»

«Kasprak potrebbe dire la verità.» Bevve un sorso, lasciando che le sue parole penetrassero, poi scrollò le spalle. «Qualcuno potrebbe aver ricevuto uno dei suoi biglietti nel corso della giornata di giovedì o venerdì come ha detto, e poi averlo usato in mancanza di qualcosa come carta da lettere per passare il proprio numero a Tansy se lei non voleva inserirlo direttamente nel telefono. Potrebbe essere solo una coincidenza che sia stato usato il biglietto di Kasprak.»

Kay socchiuse gli occhi guardandolo. «È una possibilità che non voglio nemmeno contemplare.»

«Sto solo dicendo.»

«Cazzo.» Kay gettò la cartellina manila sulla sua scrivania e si mise le mani sui fianchi prima di voltarsi verso il collega.

«Mi dispiace.»

«Non è colpa tua. È un'osservazione giusta. Hai provato a chiamare il numero?»

«Sì, e tutto quello che ottengo è un messaggio automatico che dice che il telefono è spento». Indicò con un cenno del mento verso la lavagna. «Quindi, cosa facciamo adesso? La compagnia telefonica sta prendendo tempo per dirci a chi appartiene il numero».

«Non c'è nulla che *possiamo* fare ora. Non finché non otteniamo quei risultati del DNA». Controllò l'orologio. «E devono arrivare stasera, altrimenti siamo davvero nei guai, no?»

CAPITOLO 46

Kay si sistemò una ciocca di capelli ribelli dietro l'orecchio, sbatté le palpebre per allontanare la sensazione di bruciore agli occhi e si costrinse a concentrarsi sulla successiva email apparsa sullo schermo del suo computer.

Aveva mandato a casa Barnes e il resto della squadra un'ora prima, consapevole che se fossero stati esausti quanto lei al termine di un briefing pomeridiano frustrante e troppo breve, non le sarebbero stati di alcuna utilità durante il fine settimana.

Trattenendo uno sbadiglio, digitò una risposta concisa a un'email dell'ufficio personale del quartier generale di Chatham, e abbassò lo sguardo quando il suo cellulare vibrò sulla scrivania.

Nonostante tutto, sorrise quando vide il numero di Adam sul display.

«Buonasera», disse, mettendo in vivavoce per poter continuare a lavorare. «Non ci conosciamo già da qualche parte?»

«Stavo per chiederti la stessa cosa», rispose lui, senza

malizia. «Come va? Immagino tu sia l'unica a lavorare a quest'ora?»

«Sono sola, non preoccuparti, non farci questo agli altri. Inoltre, credo che una volta terminato il briefing volessero starmi il più lontano possibile».

«Sono sicuro che non è così. Immagino che tutti stiano sentendo la pressione in questo momento».

Lo sentì sorseggiare qualcosa, e poi il melodioso gorgheggio di un merlo risuonò in sottofondo. «Sei all'aperto?»

«Nel frutteto. Stavo solo controllando che il capanno di Hovis sia rimasto impermeabile in questi giorni, ma sembra a posto».

«E il cancello sul ponte?»

«Non preoccuparti, ho già ordinato il legname necessario. Dovrebbe arrivare la prossima settimana».

Le dita di Kay restarono sospese sulla tastiera, mentre socchiudeva gli occhi guardando il telefono. «Però il livello dell'acqua del ruscello si abbasserà velocemente, no?»

«Sì, ma non sembra interessato ad attraversare l'asse che lo sovrasta...»

«Comunque, sarei più tranquilla se potessimo mettere qualcosa di temporaneo».

Lui sbadigliò. «Va bene, darò un'occhiata domani se avrò tempo. Ah, e Scott ha chiamato prima... hanno bisogno di me in ambulatorio domani per aiutarlo con una procedura d'emergenza, e potrei andare anche domenica per dargli un po' di respiro. Tu lavorerai tutto il weekend, vero?»

Diede un'occhiata alle email che riempivano lo

schermo e sospirò. «Credo di sì, specialmente visto come sta andando questo caso».

«A che ora pensi di tornare stasera?»

«Dammi un'altra ora per sbrigare alcune email e arrivo».

«Preparerò della pasta».

«Ti amo».

«Ti amo anch'io».

Sorridendo, terminò la chiamata e iniziò a stiracchiare le braccia sopra la testa, mentre le spalle protestavano.

Si bloccò a metà quando il telefono della scrivania vibrò e un singolo LED rosso lampeggiò sopra il numero della sua linea diretta.

Afferrando il ricevitore dalla base, col cuore che batteva forte, si schiarì la gola prima di parlare. «Ispettrice Kay Hunter».

«Ispettrice Hunter, sono Grahame Tanner del laboratorio forense», disse una voce calorosa. «Mi scuso per la chiamata tardiva, ma il detective Barnes ci ha chiesto di accelerare l'analisi di alcuni campioni di DNA per lui e ho pensato che lei volesse i risultati il prima possibile».

Col cuore che martellava, Kay prese il suo taccuino e sfogliò rapidamente fino a una pagina pulita. «Grahame, è fantastico, grazie per averlo fatto per noi».

«Non lo dica a nessun altro», disse, ridacchiando. «Ian è riuscito a ottenerlo solo perché mi ha stracciato a golf qualche mese fa e ho commesso l'errore di scommettere che non ci sarebbe riuscito. Probabilmente me ne pentirò per il resto della mia carriera».

Lei sorrise, trattenendo l'impulso di dirgli di sbrigarsi. «Sembra proprio l'Ian che conosco».

«Vero?» Frugò tra alcuni documenti, poi sentì che passava il telefono in vivavoce, la sua voce diventò un po' più metallica. Una stazione radio suonava sommessa in sottofondo, emettendo una sorta di ensemble jazz che non faceva nulla per calmare i suoi nervi. «Così è più facile. Dunque, abbiamo i risultati del DNA di tre persone, Tansy Leneghan, la vostra vittima, e poi Melanie Cranwick e Brian Kasprak. Poi c'è il biglietto da visita. Era un disastro, tra l'altro, molte tracce di prova spalmate ovunque».

Kay chiuse gli occhi per un momento, anticipando i problemi che si prospettavano. «Continui».

«Entrambi i vostri sospettati hanno maneggiato questo biglietto in qualche momento», confermò Tanner. «Le impronte di Kasprak sono quelle dominanti, il che ha senso dato che c'è il suo nome sulla parte anteriore».

«Ma dice che anche le impronte di Melanie Cranwick erano presenti?»

«Lo erano, ma, come spiegarlo, più come un rumore di fondo».

«Quindi ha maneggiato il biglietto a un certo punto, ma non di recente, qualcosa del genere?»

«Esattamente. Per esempio, come se i biglietti fossero stati ordinati da lei e poi scartati quando li ha ricevuti prima di passarli a Kasprak per l'uso».

«Ok, capisco».

«Questo non è un motivo definitivo, naturalmente, ma le dà un'idea del tipo di cose che dovrà considerare».

«Capito».

Voltò una pagina, il fruscio della carta arrivò fino a

dove Kay sedeva, il suo tallone batteva nervosamente sulla moquette. «Poi c'è una quarta impronta».

Il telefono le scivolò dalla presa, e lo afferrò appena prima che colpisse la scrivania, poi lo mise in vivavoce. «Cosa hai detto?»

«C'è una quarta impronta sul biglietto, nell'angolo in alto a destra. Un pollice, e un dito parziale direi. Non corrisponde certamente a nessuno dei campioni forniti».

«È nel sistema?»

«Non da quanto posso vedere, ma la manderò così potrai verificare di nuovo». Fece una pausa, e lei percepì il sorriso nella sua voce. «C'è anche qualcos'altro che potrebbe aiutarti. Cerchiamo di essere accurati qui quando facciamo i test, per evitare di andare avanti e indietro se i nostri clienti richiedono informazioni aggiuntive».

«Cosa intendi?»

«Posso percepire la tua impazienza da qui, ispettrice Hunter, quindi non prolungherò ulteriormente l'agonia. Ho testato il biglietto per tutte le tracce di prova, non solo le impronte digitali. Posso confermare che c'è un minuscolo, e intendo davvero minuscolo, campione di sangue sul bordo sinistro del biglietto».

«È stato trovato nella tasca di alcuni vestiti macchiati di sangue che crediamo appartenessero alla nostra vittima. Ian non te l'ha detto?»

«Sì, me l'ha detto, ma il punto è questo. Questo sangue non corrisponde alla vostra vittima, né il DNA corrisponde a quello di Melanie Cranwick o Brian Kasprak».

«Merda», mormorò Kay. «Qualcun altro ha ucciso Tansy...»

CAPITOLO 47

La mattina seguente, Laura si calò gli occhiali da sole sugli occhi e fece un cenno di ringraziamento al barista prima di farsi largo a gomitate fuori dalla porta del bar.

Fu assalita dalla luce accecante che rimbalzava sulle nude lastre di cemento che ricoprivano Jubilee Square, un errore architettonico che aveva prodotto una distesa anonima priva di ombra, eccetto una pensilina dell'autobus di fronte a High Street.

Strizzando gli occhi, si tirò su la borsetta sulla spalla e passò il bicchiere da asporto da una mano all'altra mentre si spingeva le maniche della giacca su per le braccia, osservando contemporaneamente la pelle chiara che spuntava e invidiando a Gavin la facilità con cui si abbronzava.

«Ho bisogno di un'altra dannata vacanza», mormorò. «Sto cominciando a sembrare di nuovo un vampiro».

Girando a destra e scendendo per Gabriel's Hill, con la pendenza che le tirava i polpacci, si affrettò nella scarsa ombra offerta dalle tende dei negozi sul lato sinistro della strada acciottolata, accelerando il passo mentre si avvicinava alla stazione di polizia.

Sopra la sua testa, i gabbiani stridevano e litigavano mentre facevano del loro meglio per superare in astuzia la miriade di piccioni che affollava i tetti e si tuffava sui resti di cibo caduti. Cumuli di fast food abbandonati si univano ai rifiuti che delimitavano i canali di scolo, non ancora spazzati via da una squadra di operatori comunali che si erano radunati all'ingresso del centro commerciale, parlando a bassa voce e godendosi una sigaretta normale o elettronica prima di continuare il turno mattutino.

Le due corsie di traffico che serpeggiavano intorno a Palace Avenue ai piedi della collina erano già piene di coda, con un flusso costante di auto che svoltavano verso il parcheggio multipiano, e gli animi si scaldavano, a giudicare dai clacson che suonavano da più avanti nella fila.

Muovendosi a zig-zag tra un furgone bianco fermo e una coppia di grandi motociclette che ruggivano con un rombo che le faceva vibrare i timpani, Laura attese mentre un'auto di pattuglia con i colori d'ordinanza usciva dal parcheggio della stazione di polizia, poi si infilò sotto la barriera prima che si chiudesse.

Scorse Barnes che camminava tranquillamente verso di lei, e sorrise quando lui le aprì la porta di sicurezza.

«Ottimo tempismo, sergente».

«Ne hai uno anche per me?».

«Mi dispiace, il posto era pieno zeppo. Mi hanno già fulminato con lo sguardo solo per aver ordinato questo».

«Ah, le delizie della stagione turistica». Passò il suo badge sul pannello accanto alla porta interna e la guidò su per le scale verso la sala operativa. «Hai sentito Kay ieri sera?».

«Ho ricevuto un messaggio». Laura si fermò sul pianerottolo per prendere un sorso di caffè. «Non è una buona situazione, vero?».

Il detective più anziano scosse la testa, con la mano sul corrimano. «No, non lo è. Di questo passo, Sharp verrà qui a chiederci cosa stiamo combinando. O peggio, qualcun altro».

«Merda».

La porta in cima alle scale si aprì verso l'esterno e Kay si sporse a guardarli.

«Briefing fra due minuti», disse, poi si girò lasciando che la porta si richiudesse dietro di lei.

«Giuro che ha un sesto senso quando si tratta di caffè», mormorò Laura.

«E quando parliamo di lei».

Ridendo sotto voce, seguì Barnes nella sala operativa, svuotò rapidamente il suo bicchiere e lo gettò nel primo cestino per la raccolta differenziata che trovò, prima di accendere il computer.

Togliendosi la giacca mentre la macchina si avviava ronzando, fece un cenno di saluto a Gavin e Kyle, poi spinse la sua sedia verso la lavagna dove il resto della squadra era già riunito.

Qualche altro ritardatario entrò nella stanza, ma Laura mantenne l'attenzione su Kay, che camminava avanti e indietro davanti alla squadra con un'energia palpabile.

L'effetto creò un'atmosfera elettrica mentre Debbie distribuiva i programmi del briefing appena sfornati da HOLMES2 e le voci iniziavano a diminuire.

«Abbiamo un problema», disse Kay, fermandosi nei suoi passi per posizionarsi davanti alla fotografia di Tansy. Guardò ogni membro della squadra per assicurarsi di avere la loro piena attenzione prima di continuare. «Ieri sera sul tardi, sono arrivati i risultati del DNA dal biglietto da visita di Kasprak, e sebbene le sue impronte e quelle di Melanie Cranwick siano state confermate presenti, insieme a quelle di Tansy c'era un quarto set di impronte. Peggio ancora per noi, ci sono anche tracce di sangue, e non appartengono alla nostra vittima».

Il cuore di Laura le sbatté contro le costole, la mascella che si allentava. «Capo, il laboratorio sta dicendo che abbiamo prove del DNA dell'assassino?».

«Ce l'abbiamo, ma quel DNA non corrisponde a nulla nel sistema», disse Kay. «Il che ci dà un problema più grande di quanto alcuni di voi possano capire, perché probabilmente eravate ancora a scuola quando sono entrati in vigore i cambiamenti».

Sean Gastrell alzò lo sguardo dal suo taccuino. «Quali cambiamenti?».

«Prima che la legge cambiasse nel 2012 qui nel Regno Unito, i risultati del DNA potevano essere conservati per un periodo massimo di cinque anni per chiunque fosse stato accusato di un reato. Oggi, i risultati vengono conservati a tempo indeterminato, ed è così che riusciamo a collegare i recidivi a nuovi crimini. Prima del 2012, una volta che qualcuno forniva un campione di DNA, il conto alla rovescia iniziava». Kay si passò una mano tra i capelli, e Laura vide allora quanta tensione stava sopportando l'ispettrice. «Quindi abbiamo tre scenari che ora dobbiamo considerare. Chiunque abbia ucciso Tansy non è mai stato arrestato prima, oppure lo è stato ma prima del 2012, quindi il dato è andato perso, oppure...».

«Ha ucciso prima, ma non è mai stato catturato», concluse Laura. «Merda».

L'ispettrice le puntò il dito contro. «Esattamente. Merda».

«E considerando il modo in cui Tansy è stata uccisa, dobbiamo presumere che il suo assassino avesse esperienza», disse Barnes. Indicò con il mento le fotografie scattate durante l'autopsia. «Date le ferite che le sono state inferte».

«Sono d'accordo». Kay lasciò cadere l'agenda su una scrivania vicina e sospirò. «Nelle circostanze attuali, sono propensa a rilasciare Brian Kasprak e Melanie Cranwick senza ulteriori azioni da intraprendere. Qualcuno ha obiezioni?».

La stanza piombò nel silenzio.

«Bene», proseguì. «Prossimi passi, quindi. Diamo un'occhiata più attenta alle altre persone intorno a Joey Twist. Questo significa tutti quelli che potrebbero essere entrati in contatto con Tansy, incluso l'investigatore privato che ha assunto. Kasprak è stato contattato da lui, quindi dovrebbe essere in grado di darci i dettagli di questo tizio. Potrebbe aver scoperto qualcosa durante le sue indagini e non essersi reso conto dell'importanza. *Noi* potremmo capirlo, se ce lo permette, cosa che sono sicura farà, se vuole la nostra collaborazione in futuro».

Laura passò lo sguardo sulle fotografie alle spalle di Kay mentre ascoltava, combattendo una sensazione opprimente per cui l'assassino di Tansy stesse sfuggendo loro mentre la voce dell'ispettrice la avvolgeva, impartendo istruzioni e incoraggiamenti in egual misura.

Se lo ricordò poi, una storia che era stata centrale per l'implosione della band e la successiva riunione, una storia che era diventata parte del mistero e della leggenda della band. Una storia che...

«Capo?» La sua mano scattò in alto per attirare l'attenzione di Kay. «E Thommo?»

L'ispettrice smise di parlare con Gavin, concentrando tutta la sua attenzione su Laura. «Spiegati».

Fece un respiro profondo, poi Laura si alzò dalla sedia e si avvicinò alla lavagna, osservando la fotografia ufficiale della band che era stata scattata per annunciare la notizia dell'imminente album e tour.

Il chitarrista posava alla destra dei suoi compagni, con l'anca spinta lateralmente in un angolo noncurante e la bocca in un ghigno teatrale mentre guardava dall'alto in basso l'obiettivo del fotografo, con un atteggiamento carico di arroganza.

«Sto solo cercando di pensare a chi altro potrebbe volere Tansy fuori dai piedi», disse Laura. «Kasprak ci ha detto che Thommo era il burlone della band, sempre pronto a fare scherzi, ma se ci fosse anche un lato vendicativo in lui? Voglio dire, sappiamo che può essere violento, abbiamo tutti sentito parlare di lui e Joey che si picchiavano nel backstage quindici anni fa. Non si è trattenuto allora, vero?»

«C'è una bella differenza tra fare a botte sul palco e uccidere la figlia del tuo amico», disse Gavin.

Lei si girò sui tacchi per affrontarlo. «Ma Joey *non è* suo amico, giusto? Si parlano di nuovo solo perché hanno bisogno dei soldi di questo tour. Kasprak l'ha detto. E guardando le loro carriere dopo la separazione, Thommo è probabilmente quello che ne ha più bisogno, gli altri hanno ottenuto lavori come turnisti o cose simili nel corso degli anni. Thommo no. Ha vissuto di sussidi tra lavori occasionali. Ha bisogno che questo tour si realizzi».

«Quindi, tu pensi che abbia scoperto di Tansy e abbia deciso di incontrarla per assicurarsi che non rovinasse i loro piani, è così?» Kay prese una penna e scrisse il suggerimento di Laura sulla lavagna. «Vuoi che lo portiamo dentro per un interrogatorio formale come potenziale sospettato su questa base?»

Vedendolo nero su bianco, con la calligrafia sinuosa dell'ispettrice che formalizzava i suoi pensieri nell'indagine, Laura si fermò un momento prima di rispondere.

Era sicura?

Avrebbe messo a rischio il suo posto nella squadra?

«Sì», disse infine. «Sì, lo voglio. Perché così possiamo anche esigere un campione del suo DNA aggiornato, giusto?»

Sentì il brusco inspirare di Nadine da dove la giovane agente sedeva nella prima fila di sedie, ma mantenne lo sguardo fermo sull'ispettrice.

Un lento sorriso cominciò a formarsi, e poi Kay agitò la penna verso di lei.

«Ho sempre saputo che avevi le caratteristiche di una detective straordinaria, detective Hanway».

CAPITOLO 48

Nonostante le ventiquattro ore trascorse in custodia, o forse proprio per questo, quando Brian Kasprak entrò a passo deciso nell'area della reception accanto a Thomas "Thommo" Smith, l'aspetto del manager ricordava nuovamente il suo solito tentativo di apparire trasandato ma ricercato.

Cravatta storta, capelli umidi per aver senza dubbio utilizzato le docce degli uomini nell'ultima ora, la mascella non rasata che serviva solo ad accentuare la sua tenacia.

E tuttavia non era nulla in confronto al chitarrista allampanato.

Quindici anni lontano dalle luci della ribalta non avevano offuscato affatto il carisma di Thommo, e Kay osservò con interesse come la giovane agente dietro la scrivania arrossì mentre sbrigava le varie pratiche con l'uomo, assicurandosi che capisse cosa sarebbe successo dopo.

I suoi jeans blu attillati e la canottiera nera accentuavano arti magri che probabilmente avevano più a che fare con una dieta povera e buona genetica rispetto a qualsiasi forma di esercizio, mentre la sua silhouette era ulteriormente allungata da capelli castano scuro che gli arrivavano a metà schiena. Tatuaggi si intrecciavano sugli avambracci e sui bicipiti, colori vivaci che creavano punti luminosi in netto contrasto con le tonalità blu più scure e invecchiate.

Quando si voltò verso di lei dopo aver scarabocchiato la sua firma caratteristica sulle ultime pagine della documentazione, Kay notò un grigiore nei suoi lineamenti che nessuna quantità di tinta per capelli poteva cancellare.

«Ha un avvocato?» disse lei in segno di saluto, «o dobbiamo nominarne uno per lei?»

«Arriverà presto» rispose Kasprak. «Non si preoccupi.»

«Non sono preoccupata. Il suo cliente ha diritto alle stesse garanzie di tutti gli altri che sono stati interrogati oggi, e se non potesse permettersi un rappresentante legale, potremmo chiamare un avvocato locale che agisca a nome suo.»

«Non sarà necessario, detective Hunter.»

Si voltò al suono di una voce altera e vide una donna dai capelli scuri, più o meno della sua stessa età, avanzare a passo deciso verso il piccolo gruppo; il suo ingresso nella stanza fece girare le teste dei giovani agenti che si aggiravano nei paraggi.

Vestita con una minigonna nera e una giacca coordinata, trasudava sicurezza, e denaro.

«E lei sarebbe?» disse Kay, inarcando un sopracciglio.

«Mia moglie» disse Thommo, e sorrise. «Non è uno schianto?»

«Come cazzo facevamo a non sapere che sua moglie è una dannata avvocatessa?» sibilò Kay a Laura mentre osservava la coppia sistemarsi sulle dure sedie di plastica da un lato di un tavolo rivestito di formica nella sala interrogatori numero quattro.

Laura era diventata tre tonalità più pallida all'arrivo di Felicity Smith, e i suoi movimenti erano diventati goffi.

Nel giro di trenta secondi, la detective un tempo sicura di sé si era trasformata nella tirocinante che Kay aveva cresciuto sin dal suo ingresso nella squadra, e il suo nervosismo era palpabile.

«Non lo so, capo» balbettò in un sussurro appena udibile. «Voglio dire, ovviamente con il suo lavoro e tutto il resto, i due non erano connessi sui social media, e senza che lui fosse stato incriminato non potevamo approfondire più di tanto il suo passato al di là di ciò che è disponibile con una ricerca di base su internet, quindi...»

Kay alzò la mano. «Fai un respiro profondo. Magari tre. Vai. Abbiamo tempo.»

La sua collega inghiottì aria, un po' di colore le tornò sulle guance. «Scusi, capo.»

«Non c'è nulla di cui scusarsi. Se non altro, la squadra finanziario della sede centrale vorrà sapere perché ha richiesto sussidi di disoccupazione se è sposato con un'avvocatessa, non credi?»

Fece l'occhiolino, poi si girò e guidò il cammino verso la sala interrogatori, sentendo la porta sbattere dietro la collega e poi aspettando mentre Laura avviava l'apparecchiatura di registrazione e recitava l'avvertimento formale.

Quando ebbe finito, il volto della giovane detective aveva ripreso un po' di colore, e la sua voce aveva acquisito sicurezza.

Kay si prese un momento per sfogliare i documenti nella cartella manila davanti a lei, e si chiese cosa avrebbe dovuto ordinare dal ristorante cinese da asporto su Spot Lane quando Adam fosse tornato a casa quella sera.

Non che Thommo o sua moglie lo sapessero.

Tutto ciò che avrebbero visto era una detective che si prendeva il suo tempo per esaminare le prove, per quanto inconsistenti, e che si chiedeva perché fosse stata così insistente nel far prelevare un campione di DNA nel momento in cui Thommo era arrivato alla stazione.

«Mi parli di Tansy Leneghan» disse alla fine, intrecciando le mani e osservando l'uomo. «Quando l'ha incontrata?»

Kay udì un brusco squittio dalla sua collega, che fu rapidamente trasformato in un colpo di tosse.

Thommo emise un grugnito sorpreso. «Non ho mai detto di averla incontrata.»

«No, ma lei l'*ha* incontrata, vero? Cosa è successo?»

Dopo aver lanciato un'occhiata a sua moglie, che rispose con un brusco cenno del capo, si rivolse di nuovo a Kay. «È stata una coincidenza completa, il destino... o come vuole chiamarlo. All'inizio non sapevo chi fosse. L'ho solo trovata che si aggirava intorno a uno dei cancelli principali del parco venerdì in tarda nottata.»

«Un momento, a che ora?»

«Non lo so. Era più sabato mattina, sa quando inizi a

percepire che il cielo sta diventando più chiaro? Diciamo dopo le tre, almeno. Non porto l'orologio, capisce? Quindi non ne sono sicuro.»

«Cosa ci faceva lì? Pensavo che Kasprak vi avesse fatto alloggiare tutti al pub?»

«Io non volevo. Non dormo molto prima di un grande concerto come quello, non l'ho mai fatto. Ho bisogno di ricontrollare le cose, di farmi un'idea del posto, quindi cammino un po'. Brian mi aveva sistemato in una delle tende eleganti, ma l'aveva fatta montare dietro il palco principale, lontano dalla vista del pubblico.»

«Continui.»

«È proprio come ho detto, ero uscito per una passeggiata e ho visto questa ragazza con un vestito che si aggirava intorno a uno dei cancelli, è apparsa dal nulla dopo che avevo visto passare uno degli addetti alla sicurezza, quindi deve essersi nascosta finché non se ne è andato e ha pensato che la costa fosse libera. Le ho fatto prendere un bello spavento, glielo assicuro.» Emise una risatina sommessa. «Le ho chiesto cosa stesse facendo, e lei... sembrava triste, ecco. Non disperata, non una di quelle tipe che ci provano solo per dire di aver dormito con qualcuno della band. Anche se questo non succede più di questi tempi.»

Kay osservò divertita mentre l'uomo lanciava un'occhiata laterale a sua moglie che sedeva in un silenzio assordante, lo sguardo fisso sul blocco legale davanti a lei. «Cosa le ha detto?»

«Le ho chiesto cosa stesse facendo. È stato il colpo di scena più sconvolgente della mia vita quando mi ha detto che voleva solo vedere suo padre suonare dal vivo più tardi quel giorno ma non poteva entrare. Pensavo si riferisse a uno dei gruppi di supporto o qualcosa del genere, e lei ovviamente voleva solo parlare, così le ho chiesto con chi suonasse. È stato il colpo di scena più sconvolgente della mia vita quando mi ha detto che era il nostro Joey.»

«Te l'ha detto così, facilmente?»

«Sì. Penso che a quel punto avesse rinunciato, ma si vedeva che per lei significava molto.» Si strinse le mani. «Vorrei non averlo fatto, ora che... ora che è morta, ma volevo aiutarla. Così le ho detto di rimanere dov'era, e sono corso alla mia tenda. Avevo dei vecchi pantaloni di tuta e una felpa relativamente puliti, così glieli ho lanciati oltre la recinzione di sicurezza.»

«Ha indossato i tuoi vestiti per entrare nel parco?»

«Sì, ho aspettato che il prossimo addetto alla sicurezza fosse passato, poi le ho detto che avevo notato che alcune delle case sulla strada successiva davano sul retro del parco, così probabilmente poteva entrare in quel modo, e poi nascondersi. Ho pensato che se avesse indossato abiti di colore scuro, avrebbe potuto intrufolarsi lungo i margini del parco, aspettare che fosse completamente chiaro e poi liberarsi dei miei vestiti, vede, indossava ancora il suo vestito e un cardigan sotto, così si sarebbe perfettamente mescolata con il resto dei possessori di biglietti.»

Kay lasciò che Laura si mettesse al passo con i suoi appunti, poi si rivolse nuovamente al chitarrista. «Non aveva problemi con il fatto che Tansy cercasse di contattare suo padre?»

«Dio sa che ho fatto parecchi errori nella mia vita», disse. «Soprattutto con quel fiasco di quindici anni fa. Il minimo che potessi fare per ripagare Joey sarebbe stato aiutare sua figlia, giusto?»

«Cosa ne dice del tour e delle implicazioni che avrebbe potuto avere se Joey l'avesse invitata a unirsi a voi?», disse Kay.

Thommo scrollò le spalle. «Personalmente non ci vedevo nessun problema. Sarebbe stato lo stesso che avere Flick qui con noi, e Kasprak non ha detto nulla sul fatto che lei non possa fare il tour con noi.»

«Perché non darle semplicemente un pass per il backstage?», disse Laura.

Il chitarrista sbuffò. «Stai scherzando? Kasprak custodisce quei pass come se fossero fatti di oro puro. E poi, se le aveva già detto che non gliene avrebbe dato uno in nessun modo, la questione era chiusa. Non cambia mai idea una volta che ha preso una decisione. È probabile che li avesse già dati tutti a persone che secondo lui potevano aiutarci a ottenere un po' di visibilità radiofonica e vendite per il nuovo album.»

«Quindi, il piano era che Tansy si intrufolasse nel parco durante la notte e poi cosa, si mettesse in prima fila quando il vostro gruppo sarebbe salito sul palco?»

«Sì, o qualunque cosa avesse intenzione di fare. Voglio dire, le avevo detto di non provare ad andare nel backstage o attirare l'attenzione su di sé. Sembrava abbastanza felice già solo di poter entrare e vedere suo padre suonare dal vivo.»

Kay alzò lo sguardo dalla cartellina manila e aggrottò la fronte. «Aspetta. Se l'ha fatta entrare nel parco, perché non è rimasta con lei fino all'alba?»

La mascella di Thommo si irrigidì sotto la sua barba

alla moda. «Perché avevo altre questioni di cui occuparmi. E prima che lei dica qualcosa, sì, mi è rimasto in mente da allora che se non l'avessi lasciata da sola, probabilmente sarebbe ancora viva adesso.»

«Altre questioni? Come?»

«Guardi, non ne vado fiero, va bene? Soprattutto dopo quello che è successo, ma qualcuno era riuscito a procurarmi... qualcosa per aiutarmi con i nervi. Era passato un po' di tempo dall'ultima volta che avevamo suonato in un concerto così grande ed ero preoccupato, tutto qui.»

«Immagino che stiamo parlando di droghe ricreative piuttosto che su prescrizione medica?»

Annuì, abbassando lo sguardo, e girò l'anello con sigillo sul dito. «Sì.»

«Di chi era il numero di telefono che ha scritto sul biglietto da visita di Kasprak?»

«Gliel'ho detto, non ero contento di lasciarla da sola, ma avevo bisogno... Comunque, è il numero di mio fratello. Lavorava quel fine settimana e ho pensato che se Tansy avesse avuto bisogno di qualcosa, sarebbe stata la persona migliore a cui parlare in caso di emergenza.»

«Anche suo fratello lavora con la band?» Kay sfogliò i suoi appunti. «Non lo abbiamo in elenco come parte del vostro entourage.»

«No, non lavora per noi», disse sorridendo. «Non siamo così uniti. Lavora per Crusader Events.»

«Quelli che hanno organizzato il festival? Facendo cosa?»

«Beh, è il proprietario.»

Kay corrugò la fronte. «Come si chiama?»

«Alistair Featheringham.» Thommo scrollò le spalle.

«Lui ha mantenuto il cognome di famiglia. Joey non è stato l'unico a decidere che il suo nome non andava bene per la band quando stavamo iniziando, capisce?»

Dieci minuti dopo, terminato formalmente l'interrogatorio, Kay e Laura rimasero nel corridoio a osservare mentre un agente in uniforme accompagnava Thommo Smith e sua moglie all'uscita.

Il disprezzo dell'avvocatessa per l'intero processo era palpabile, la sua voce si elevava sopra le teste di due impiegati amministrativi che si affrettarono a scansarsi mentre lei usciva a passo deciso davanti a suo marito.

Laura osservò mentre la porta esterna si chiudeva dietro di loro, e poi si rivolse a Kay, che aveva un'espressione vigile.

«Come facevi a sapere che aveva incontrato Tansy quella notte, capo?»

«Era solo un'intuizione.» Kay sorrise. «E fortunatamente per noi, ha dato i suoi frutti.»

CAPITOLO 49

Nel corso del pomeriggio, i restanti tre membri della band furono nuovamente interrogati uno per uno con avvertimento formale e successivamente rilasciati senza ulteriori indagini dopo che ciascuno aveva fornito un solido alibi.

Infine, alle quattro e mezza, Brian Kasprak entrò nell'area della reception con il suo avvocato al seguito e una delle lattine di bevanda energetica di Gavin stretta saldamente in mano.

Si avvicinò a Kay mentre Danny, il cantante, veniva rilasciato dall'ultimo responsabile della custodia dietro la scrivania, e le diede una leggera gomitata. «Senta, Hunter, senza rancore, d'accordo? Sappiamo tutti che lei sta solo facendo il suo lavoro. Anche noi vogliamo che troviate l'assassino di Tansy. Joey è distrutto, e prima trovate il bastardo che ha fatto questo a sua figlia, meglio è».

Kay mormorò il suo ringraziamento, poi tornò alla sala operativa con rinnovata determinazione nel suo passo.

«Bene, il resto della band è fuori dai sospettati», disse,

avvicinandosi al suo gruppo ristretto di detective che l'aspettavano accanto alla lavagna. «Allora, cosa siete riusciti a scoprire su Alistair Featheringham?»

«A parte il fatto che è un cittadino modello, niente», disse Barnes, facendo il broncio. Indicò con il pollice oltre la sua spalla verso la lavagna. «È attivo sui social media, sostiene molte raccolte fondi per beneficenza attraverso cose come corse di cinque chilometri e simili, e sembra essere più vicino ai genitori rispetto a Thommo. Vivono a Hastings, tra l'altro. Entrambi sui novanta anni».

«E precedenti? Qualcosa?»

«Nemmeno una multa per eccesso di velocità, capo», disse Kyle. «E guardando il tipo di auto che gli piace guidare, la dice lunga. Mi dispiace».

Le spalle di Kay si abbassarono. «Dannazione, pensavo che potessimo avere qualcosa. E la sua deposizione? Avete ricontrollato nel caso fosse stato tralasciato qualcosa quando è stato interrogato sabato scorso?»

«L'ho fatto, e non ho trovato nulla che la squadra sul posto avrebbe potuto chiedergli in più», disse Barnes. «E a meno che non abbiamo qualcosa di definitivo su cui lavorare, non saremo in grado di convocarlo per un interrogatorio, figuriamoci richiedere un campione di DNA da confrontare con quello sul biglietto da visita di Kasprak».

«Sì, lo so... stavamo già forzando la mano facendolo con Thommo». Mise le mani sui fianchi e fissò la lavagna con rabbia, riluttante ad ammettere la sconfitta. «Suggerimenti?»

«Vive solo a Charing, no?» disse Kyle. «E se andassimo a parlargli?»

Kay si voltò. «Cosa, adesso?»

«Sì». Sorrise. «Se non altro, lo destabilizzerà vedere che ci presentiamo senza preavviso alla sua porta, specialmente quando lo interrogherai formalmente. Non si sa mai cosa potremmo scoprire in questo modo, capo».

«Mi piace il suo stile», mormorò Barnes, poi infilò la mano nella tasca dei pantaloni e lanciò il portachiavi al detective in prova. «Meglio che tu vada con lei, allora».

———

L'uomo che aprì la porta d'ingresso del fienile in pietra di selce riconvertito indossava occhiali con montatura metallica alla moda e aveva un'espressione perplessa.

«C'è un cartello sul pilastro del cancello che dice niente ospiti non invitati», disse. «Questo include il postino, quindi... Aspetti, ci siamo incontrati al festival sabato, vero?»

Kay mostrò il suo distintivo. «Ispettrice Hunter, Polizia del Kent. Questo è il mio collega, detective Kyle Walker. Può confermare che Thomas Smith è suo fratello?»

Lui sbatté le palpebre. «Thommo sta bene?»

«Sì. Possiamo entrare?»

«Perché?»

«Probabilmente è meglio se spieghiamo dentro, signor Featheringham».

«Sono nel bel mezzo della preparazione della cena. Aspettiamo ospiti alle...»

«Prima parliamo, prima ce ne andremo». Kay sorrise

maliziosamente e fece un cenno verso la macchina usurata di servizio che era stata assegnata alla squadra quella settimana. «A meno che non preferisca che aspettiamo l'arrivo dei suoi ospiti? Possiamo parcheggiare lì, vero?»

L'uomo diede un'occhiata al veicolo e si ritrasse. «Entrate. Dovremo usare la sala di ricevimento... mia moglie ha occupato il soggiorno con i figli di sua sorella».

Kyle le lanciò un breve cenno, poi la seguì lungo un ampio corridoio fino a una grande stanza rettangolare che era stata dipinta in una audace tonalità di ambra.

Tre divani bianchi erano disposti a forma di U di fronte alle porte del patio all'estremità opposta, offrendo una vista su un prato incredibilmente verde. Un caminetto vuoto si estendeva lungo la parete di sinistra, sopra il quale un'enorme televisione trasmetteva silenziosamente, con lo schermo che mostrava una partita di cricket d'oltremare che offriva poche speranze per l'attuale squadra inglese.

Featheringham si fermò al centro della stanza e si voltò verso di loro, incrociando le braccia sul petto. «Bene, siete entrati. Fate in fretta, per favore. Immagino che si tratti della giovane donna trovata morta lo scorso weekend? Vi rendete conto che ho già fornito una dichiarazione?»

«Sì, ed è così», disse Kay, osservando le fotografie incorniciate e i premi che adornavano la parete accanto a lei. «Tuttavia, sono sorpresa che non abbia menzionato che suo fratello era l'artista principale».

«Non sembrava rilevante al momento».

«E adesso?»

«Adesso mi sto innervosendo», disse. «Aveva qualcosa da chiedermi, o devo dire ai media che vengo molestato dalla polizia dopo aver già passato la maggior parte di questa settimana a parlare con la mia compagnia assicurativa? Ha idea del danno che i vostri hanno fatto alla reputazione della mia organizzazione?»

«Francamente, non potrebbe importarmene di meno», sbottò Kay, facendo un passo avanti. «Tansy Leneghan l'ha chiamata?»

Ci fu una frazione di pausa, e poi Featheringham sbatté le palpebre.

«Cosa?» Le sue sopracciglia scattarono verso l'alto. «Chi?»

«L'ha fatto, vero? Quando?»

«Io... non ne sono sicuro».

«Quando, signor Featheringham? È importante».

«Non ho detto che l'ha fatto».

«Non era necessario». Kay alzò il mento, fissandolo. «Faccio questo lavoro da abbastanza tempo per sapere quando qualcuno sta mentendo. Quando l'ha chiamata Tansy? Sappiamo che Thommo le ha dato il suo numero di cellulare quando l'ha vista poche ore prima che venisse uccisa, quindi...»

«Erano circa le quattro e quindici», sbottò Featheringham. «Lo so solo perché ero qui, e mi ero messo a riposare per qualche ora quando il telefono ha svegliato mia moglie. Non è stata contenta, ve lo assicuro, specialmente quando ha sentito la voce di un'altra donna. Non molte persone hanno il mio numero diretto».

«A proposito, abbiamo provato a chiamarla. Perché il suo telefono era spento?»

«Perché avevo bisogno di una pausa da tutte le chiamate che stavo ricevendo riguardo all'annullamento dell'evento, ecco perché. Almeno finché non avrò una risposta concreta dai miei assicuratori su come intendono compensare tutti i nostri fornitori».

«Cosa voleva Tansy?»

Abbassò lo sguardo sul tappeto ornamentale sotto i loro piedi, strusciandolo con la punta del mocassino in camoscio. «Non lo so».

«Cosa intende? Ha parlato con lei, no?»

Kay osservò con silenzioso stupore mentre gli occhi dell'uomo si riempivano di lacrime, la voce tremante alle parole successive.

«Non ne ho avuto la possibilità. Ho chiesto chi fosse, perché non riconoscevo il numero. Era un cellulare e, come ho detto, pochissime persone hanno il mio numero diretto. Chiunque sia di queste parti è salvato nella mia rubrica; quindi, sarebbe apparso il nome invece del numero».

«Quindi *ha* parlato con lei. Ha appena detto che non l'ha fatto...»

«Ma non l'ho fatto. Ho chiesto chi fosse, come ho detto, ma non c'è stata risposta. C'è stato... una specie di trambusto dall'altra parte della linea, e poi è caduta».

«Cosa?»

«Si è interrotta. Ho provato a richiamare, ma la prima volta era occupato, e la seconda volta che ho provato cinque minuti dopo, ha squillato a vuoto. Nessuno ha risposto». Featheringham si asciugò gli occhi e la fulminò con lo sguardo. «E ora lei è qui. Era lei, vero? Tansy. Era lei che cercava di chiamarmi. Perché, ispettrice Hunter? Perché la figlia di Joey Twist stava cercando di chiamarmi?»

Su suggerimento di Kay, la moglie di Alistair Featheringham aveva preso la situazione in mano e annullato i loro piani per la cena di quella sera.

La donna aveva rapidamente accompagnato sua sorella e i bambini in macchina per portarli in un pub gastronomico nelle vicinanze, il suo volto pallido tradiva lo shock nonostante la sua brusca efficienza.

Featheringham ora sedeva su uno sgabello con telaio cromato nell'ampia cucina della coppia, le sue dita stringevano una tazza di tè zuccherato che Kyle aveva preparato per lui prima di ritirarsi nell'ingresso, con il taccuino e il telefono in mano.

Kay aveva già parlato con la moglie di Featheringham, che aveva confermato che Tansy aveva chiesto solo di parlare con Alistair e sembrava senza fiato.

Non era in grado di fornire altre informazioni semplicemente perché era uscita dalla camera da letto irritata mentre lui cercava di ottenere una risposta più dettagliata da chi chiamava.

«Capo?» disse Kyle, facendole cenno dalla porta aperta verso il corridoio. «Posso parlarle un attimo?»

Seguendolo, attese finché non raggiunsero la parte inferiore delle scale e poi alzò un sopracciglio con sguardo interrogativo. «Cosa hai trovato?»

«Si tratta di quel cellulare usato per chiamarlo», disse. «Laura ha fatto delle ricerche, e il numero corrisponde a uno che è stato denunciato per furto da una tenda ai margini del campeggio sabato mattina».

«Questo spiega come Tansy sia riuscita a telefonare a

Featheringham quando aveva lasciato il suo telefono in albergo. Ok, grazie. Andiamo a vedere cos'altro può dirci».

Tornando in cucina, si accomodò su uno degli sgabelli di fronte al proprietario della società di eventi.

«Da quanto tempo gestisce la Crusader?» disse, riportando Featheringham su un terreno più sicuro e familiare. «È attiva da un po', vero?»

«Ventiquattro anni». La sua mano tremava mentre portava la tazza alle labbra. Dopo aver bevuto un sorso, sospirò. «Anche se sono tornato a essere più presente solo negli ultimi quattro anni circa. Ovviamente siamo stati in pausa per un po', con una squadra più piccola che lavorava da casa, mentre aspettavamo di vedere se ci sarebbe stata ancora un'attività dopo tutti i lockdown e tutto il resto, e non sono ancora riuscito a distaccarmi di nuovo».

«Non partecipa agli eventi?»

«Cerco di evitarlo. Ho del personale per quello. Negli ultimi quindici anni, mi sono concentrato sulla parte di investimento ed espansione dell'azienda, lavorando con partner stranieri e assicurando sponsorizzazioni aziendali. Abbiamo degli investitori piuttosto importanti, sa. Tutti richiedono il mio tempo per assicurarsi che ciascuno senta di ottenere un buon rapporto qualità-prezzo. Sono andato al festival nel fine settimana solo perché era praticamente dietro l'angolo, per così dire. Non voglio che il mio personale pensi che li controlli continuamente, sono per responsabilizzarli affinché realizzino il loro potenziale».

Kay sorrise mentre l'uomo si adagiava nuovamente nel suo linguaggio aziendale, la voce si faceva più forte mentre si dilungava sull'argomento. «Dev'essere incredibilmente orgoglioso di ciò che ha realizzato».

«Oh, sa... mi tiene lontano dai guai». Riuscì a sorridere. «E paga la benzina».

«Sì, ho visto che è un grande appassionato di auto d'epoca».

«È solo un modo per sfogare lo stress».

Lei si guardò intorno nella cucina, con gli elettrodomestici luccicanti e i piani di lavoro in granito, la luce oltre le finestre lentamente si affievoliva mentre un tramonto color ocra bruciato iniziava a colorare l'orizzonte, e poi tornò a guardare Featheringham.

«C'è qualcos'altro a cui riesce a pensare che potrebbe aiutarci nelle nostre indagini?» disse, detestando la disperazione che saturava le sue parole. «Qualsiasi cosa?»

«Vorrei che ci fosse». Allontanò la bevanda calda, poi scosse la testa. «Lo vorrei davvero».

CAPITOLO 50

Un dolce tramonto si era trasformato in un crepuscolo tinto d'indaco quando Kay concluse il briefing con la squadra.

Mentre osservava i volti stanchi davanti a lei, poteva percepire la frustrazione che trapelava dal gruppo e il digrignare dei denti mentre riesaminavano le prove ancora e ancora.

Eppure, non c'era nulla.

Proprio nulla.

Diede un'occhiata all'orologio sulla parete mentre Barnes reprimeva uno sbadiglio. «Sentite, prendetevi una pausa, tutti. Andate a casa, mangiate qualcosa e dormite un po'. Magari domattina avremo una prospettiva diversa sulle cose».

Notò una certa riluttanza nel modo in cui uscirono dalla stanza trascinando i piedi, e un senso di orgoglio le percorse le spalle.

Nessuno di loro voleva ammettere la sconfitta, lo vedeva chiaramente, ma osservando la miriade di teorie che ora si estendevano sulla lavagna, trattenne un sospiro rendendosi conto che l'indagine stava lentamente ma inesorabilmente sfuggendo dal suo controllo.

Chiunque avesse ucciso Tansy era troppo bravo, troppo esperto, e fortunato.

Ignorando i morsi della fame che le pizzicavano lo stomaco, Kay si avvicinò alla sua scrivania e aprì il fascicolo che Barnes le aveva lasciato.

Dopo qualche istante, chiuse la cartella con un sospiro, lasciando vagare lo sguardo verso le finestre coperte dalle veneziane, chiedendosi quando lei e Adam sarebbero riusciti a prendersi una vacanza.

Avrebbe dato tutta sé stessa per far arrestare l'assassino di Tansy e accusarlo del suo omicidio, ma era anche ben consapevole che i suoi livelli di energia stavano iniziando a calare a causa dello sforzo di mantenere la squadra concentrata sull'indagine.

Il telefono fisso di Gavin squillò dalla postazione accanto alla sua, e lei sbirciò oltre il divisorio basso per vedere un numero di Gravesend sul display.

«Ispettrice Hunter».

«Detective Hunter, sono il detective Paul Solomon del Quartier Generale», disse la voce familiare. «Gavin è lì?»

«Li ho appena mandati tutti a casa per la serata», disse, afferrando un foglietto adesivo. «Vuole lasciargli un messaggio?»

«In realtà... credo di poterlo dire a lei, per evitare che lui debba ripetersi».

«Oh? Di cosa si tratta?»

«Quando Gav è stato qui la settimana scorsa ha

accennato a quell'omicidio del festival di cui vi state occupando. Ha detto che volevate sapere se conoscevo casi simili irrisolti, ha detto che la teoria attuale è che l'assassino della vostra vittima l'abbia già fatto prima, giusto?»

«A giudicare dallo stato delle sue ferite e dal fatto che finora se l'è cavata, direi di sì». Kay smise di far ondeggiare la penna tra le dita e si lasciò cadere sulla sedia del collega. «Perché, ha trovato qualcosa?»

«Non lo so... forse».

«Mi dica. Nonostante quello che Gavin potrebbe averle raccontato, non mordo. Non durante il fine settimana, comunque».

Paul rise. «Buono a sapersi, capo. Okay, non ho trovato nulla nella nostra zona ma qualcosa mi ha fatto suonare un campanello, così ho fatto qualche telefonata a colleghi di altre forze di polizia del sud con cui ho familiarizzato negli anni. Essex, East e West Sussex, e Hampshire, per la precisione».

Kay si sporse in avanti, fissando il numero visualizzato sullo schermo del telefono. «Ha trovato qualcosa, vero?»

«Forse. Ha una penna a portata di mano? Le invierò tutto questo via email tra poco, ma ho un briefing tardivo a cui devo partecipare tra dieci minuti. Abbiamo una banda armata che stiamo cercando di arrestare domani mattina».

«Proceda. Sono pronta».

«Dunque, non è emerso nulla nella Divisione Est. Per quanto ne so, senza ulteriori informazioni, la morte di Tansy è la prima di questo tipo nel Kent. Tuttavia, c'è un caso irrisolto di morte sospetta nell'Hampshire risalente a otto anni fa, avvenuta durante un festival folk di medie dimensioni vicino a Winchester, che sembra simile, la vittima era un uomo sui vent'anni che è stato ferito con arma da taglio, poi strangolato e lasciato in un bosco nelle vicinanze. Le punte delle dita erano state rimosse, così come i lobi delle orecchie».

Kay sussultò. «I lobi delle orecchie?»

«Indossava orecchini piuttosto distintivi, quelli che sono incorporati nei lobi, non semplici piercing».

«Capisco...» Sentì l'orrore nella propria voce e sbatté le palpebre per cancellare l'immagine. «Altro?»

«Sì. Altri quattro casi nel sud, una volta che ho parlato con il mio contatto nell'Hampshire, hanno sollevato la questione con persone che conoscono nel Dorset e nelle forze del Devon e della Cornovaglia. Capo, stiamo parlando di altri sei decessi sospetti nell'arco di vent'anni. E questi sono solo quelli di cui siamo a conoscenza. In ogni caso, le punte delle dita sono state rimosse post mortem, e a volte anche altre parti del corpo se c'erano caratteristiche distintive. Ma nella maggior parte di questi, non c'erano tagli e strangolamento associati come avete riscontrato nell'omicidio di Tansy. Quattro erano sospette overdosi di droga, con le successive mutilazioni attribuite a qualche bastardo malato che ha manomesso il cadavere prima che il corpo venisse segnalato alle autorità. Le mutilazioni non sono mai state rese pubbliche in quei casi, motivo per cui ci è voluto del lavoro per ottenere i dettagli».

«Gesù».

«Ha decisamente trovato qualcosa, capo». La sua mano coprì il ricevitore, e lei sentì voci soffocate in sottofondo prima che lui tornasse. «Mi scusi, devo andare, ma le invierò tutto via email dopo il briefing, e troverà il mio numero nel sistema se ha bisogno di me. Va bene?»

«Assolutamente, e grazie, Paul. Le devo un favore».

«Prenda semplicemente quel bastardo, capo. Prima che uccida qualcun altro».

CAPITOLO 51

Con la mascella contratta, Kay fece tintinnare una decina di spilli colorati nella mano mentre osservava la mappa appena stampata che ora si estendeva su una bacheca di sughero accanto alla sua scrivania.

Una mattina tetra e nuvolosa avvolgeva la città della contea, una luce opaca filtrava attraverso le veneziane della sala operativa e prometteva altro dello stesso tenore.

L'illuminazione al neon del soffitto proiettava un bagliore giallastro malsano sulla lavagna bianca alla sua sinistra, la cui presenza era un costante promemoria di ciò che sarebbe successo se avesse fallito ora.

«Forza, Hunter. Concentrati» mormorò.

Aveva trascorso il tempo, da quando era arrivata un'ora prima, a tracciare sulla mappa i sei luoghi dei crimini irrisolti che presentavano una somiglianza notevole con l'omicidio di Tansy.

L'email di Paul Solomon era arrivata come promesso, insieme ai numeri di riferimento dei fascicoli per ogni indagine che si era arenata per mancanza di informazioni o di piste solide per procedere.

Non aveva dormito da quando l'aveva letta, ed era rimasta sveglia immaginando il dolore di altre sei famiglie, come quello dei genitori di Tansy che rimanevano disperatamente in cerca di risposte, che aspettavano con ansia di capire perché i loro cari fossero stati strappati da loro in modo così crudele.

Togliendosi le scarpe e muovendo le dita dei piedi sul sottile tappeto, fece scricchiolare il collo e cercò di concentrarsi nuovamente.

«Va bene» disse, passando lo sguardo sugli spilli nella bacheca. «Sei morti sospette, sei luoghi diversi, sei eventi completamente differenti. Cosa li collega? Strade? Facilità di fuga? Cosa?»

Solo che nessuna delle scene del delitto si trovava nel raggio di un chilometro e mezzo l'una dall'altra.

Erano sparse in diverse contee, una località balneare sulla costa del Dorset qui, una fattoria nell'Hampshire lì, un parco divertimenti nel Sussex...

Quindi, dov'era l'assassino?

«Merda» mormorò, e gettò gli spilli sulla scrivania di Gavin.

La sua scrivania era nascosta sotto tutta la documentazione dei casi che aveva stampato da HOLMES2 subito dopo aver riletto l'email di Solomon quando era arrivata quella mattina.

Rimboccandosi le maniche della giacca, passò in rassegna i documenti, anche se ormai ne conosceva il contenuto quasi a memoria.

Doveva esserci qualcosa, qualche fatto che le era sfuggito.

Represse uno sbadiglio, sapendo che la sua stanchezza contribuiva ai suoi sforzi carichi di frustrazione, ma non voleva lasciar andare la sensazione di esserci vicina... molto vicina...

«Buongiorno, capo».

Il saluto vivace di Laura la distolse dalla sua nebbiosa riflessione, alzò lo sguardo e vide la detective che accendeva il suo computer, e poi Kyle e Gavin apparvero alla porta già impegnati in un'amichevole disputa sulla partita di calcio della sera precedente in televisione.

Barnes fu l'ultimo a varcare la porta, ma le rivolse un sorriso e le porse un bicchiere di caffè da asporto mentre passava diretto alla sua scrivania, accigliandosi nel vedere il disordine sparso sulla sua.

«Immagino che gli addetti alle pulizie abbiano evitato la tua scrivania ieri sera, capo» disse. «Cosa stai combinando?»

«Accidenti, capo» disse Gavin, lasciando cadere il suo zaino sulla sedia. «Aspetta che Debbie scopra che hai esaurito la nostra scorta di carta».

«Penso che mi perdonerà» disse Kay con un sorriso stanco. «Il tuo amico Paul al quartier generale ha mantenuto la promessa».

«Per favore, dimmi che non sei stata qui tutta la notte, capo» disse Barnes. «È così?»

«Non proprio, ma non preoccuparti. Sono tornata a casa per qualche ora».

Lui annuì, ma non sembrava convinto. «Va bene, vuoi

dirci cosa hai combinato mentre il resto di noi si godeva il suo meritato riposo?»

Lei fece un respiro profondo. «Non voglio che questa teoria lasci questa stanza finché non avremo più prove a sostegno, chiaro?»

Quattro facce la fissavano, e poi Kyle parlò.

«Capo, non lavoriamo insieme da molto, ma se hai bisogno di chiederci questo, credo che stiamo facendo qualcosa di sbagliato».

«Sì, è vero. Dunque, ecco il punto. Per tutto questo tempo, abbiamo cercato qualcuno che avesse preso di mira Tansy prima del festival. Qualcuno vicino alla band» disse, camminando sul tappeto. Si fermò, poi guardò ciascuno di loro a turno. «Penso che ci stessimo sbagliando».

«Intendi dire che abbiamo affrontato la questione dal punto di vista sbagliato, capo?» disse Barnes.

«Sì, esatto. Forse tutto questo non ha nulla a che fare con il tour di reunion, o Joey, o nemmeno Tansy». Col cuore che batteva forte, osservò la lavagna bianca, lo sguardo vagava sui diversi flussi di informazioni e fotografie. «E se ci fosse stato un assassino esperto *dentro* il festival in cerca della sua prossima vittima? E se Thommo Smith avesse inavvertitamente messo Tansy proprio sul percorso dell'assassino?»

Un silenzio attonito riempì la sala operativa, interrotto solo quando la fotocopiatrice decise di ricalibrare con un rombo assordante.

«Ehm, capo...?» disse Gavin con cautela. «Sta suggerendo che Tansy è stata uccisa da un serial killer?»

Kay si voltò per vederlo insieme agli altri detective che

la fissavano, con gli occhi spalancati. «È esattamente quello che sto dicendo. Penso che abbiamo a che fare con un serial killer che ha usato eventi come questo in tutto il paese per rimanere nascosto a lungo. Forse per più di vent'anni».

CAPITOLO 52

Ian Barnes si passò una mano sulla mascella e guardò Kay con un crescente senso di attesa.

Aveva lavorato con lei per diversi anni ormai, si fidava del suo giudizio, e l'aveva vista crescere con sicurezza mentre si ambientava nel suo ruolo di ispettore.

E non l'aveva mai vista saltare a conclusioni affrettate.

«Cosa ti rende così sicura?» disse, sapendo che probabilmente era l'unica persona della squadra abbastanza coraggiosa da porre una simile domanda, ma con la consapevolezza che lei se l'aspettava.

Un leggero sorriso affiorò sulle sue labbra prima che rispondesse. «Perché la stessa società di eventi, Crusader Events, era coinvolta in ogni singolo festival.»

Barnes si appoggiò allo schienale della sedia, con il cuore che batteva forte. «Facciamo venire Alistair Featheringham per un interrogatorio formale, allora?»

«Sì, ma non come sospettato.» Kay prese una pila di documenti dalla sua scrivania e glieli agitò davanti. «Ho già fatto i controlli sull'intelligenza a fonti aperte, come hai detto a me e Kyle ieri sera, lui non è coinvolto sul campo quando c'è un festival perché ci sono molte altre cose che accadono in quell'azienda. Tranne in un caso, quello di Tansy. E, come ha detto, è solo perché il festival era qui, vicino a dove vive. Gli parliamo di nuovo, certo, ma questa volta sarà perché voglio tutti i suoi registri di impiego degli ultimi vent'anni.»

«Cristo, capo, non credo che vorrà farlo senza...»

Kay guardò oltre la sua spalla mentre il telefono di Gavin vibrava sulla sua scrivania e alzò un dito per zittire tutti mentre lui rispondeva alla chiamata.

Barnes si girò verso Laura, e sollevò un sopracciglio con sguardo interrogativo vedendo lo sguardo di stupore sul suo viso. «Ti stai divertendo?»

«Gesù, sergente,» sussurrò. «Un serial killer? Sul serio?»

«Penso che sia sulla strada giusta, non credi? E cosa ne pensi di...»

«Era Harriet,» disse Gavin, la sua voce sovrastava le loro. «Hanno trovato il cardigan scomparso di Tansy.»

Barnes automaticamente prese il suo taccuino. «Dove?»

«In uno dei bidoni per i rifiuti a rischio biologico che stanno setacciando da sabato.»

«E il DNA? Qualche traccia?»

«Schizzi di sangue, quindi lo stanno analizzando proprio ora per confrontarlo con il campione prelevato dal biglietto da visita di Kasprak trovato anche nella tasca di Tansy.»

«Quanto ci hanno messo?» disse Laura. «Voglio dire, è passata una settimana.»

«La loro prima priorità era processare tutte le prove raccolte dove è stato trovato il corpo di Tansy, e poi naturalmente il bidone comunale dove sono stati scoperti gli indumenti,» spiegò Kay. «I bidoni per i rifiuti a rischio biologico sono stati raccolti da vari punti intorno al sito del festival, sono quelli usati per raccogliere aghi e cose del genere, ecco perché ci è voluto così tanto tempo. La squadra di Harriet ha dovuto fare molta attenzione al modo in cui ha gestito tutto ciò, l'ultima cosa di cui avevamo bisogno era che uno dei suoi investigatori si pungesse con un ago per disattenzione.»

Barnes si avvicinò alla lavagna, passando lo sguardo sulle varie fotografie della scena del crimine del fine settimana precedente. «Gav, Harriet ha per caso menzionato in quale bidone per rifiuti biologici è stato trovato il cardigan?»

«Ha detto che era uno di quelli usati nella tenda dei volontari. Ne tenevano un paio lì ogni giorno durante il festival per raccogliere qualsiasi cosa venisse consegnata.»

Barnes sorrise a Kay mentre un sorriso si formava sulle sue labbra. «E uno di quei volontari gestisce quella tenda ogni volta che la Crusader Events è coinvolta in un festival, giusto, capo?»

CAPITOLO 53

«Sei assolutamente sicura di questo, Kay?»

L'ispettore capo investigativo Devon Sharp sbirciò attraverso le veneziane nel suo vecchio ufficio, con le stecche deformate dall'età e polverose per la mancanza d'uso.

«Onestamente?» Kay sospirò, poi lo raggiunse, osservando Dana Schuldberg che veniva condotta da una volante attraverso un parcheggio inzuppato dalla pioggia e attraverso la porta sul retro della stazione di polizia. «Sì. Sì, lo sono. Credo.»

Lui ridacchiò. «Cosa ha avuto da dire Featheringham in merito?»

Lei si voltò, dandosi da fare per raccogliere alcuni degli oggetti da ufficio scartati che erano stati gettati sulla vecchia scrivania butterata di Sharp e spingendoli in un archivio già traboccante con un'ammaccatura sul lato. «È rimasto scioccato, comprensibilmente, ma è stato molto collaborativo date le circostanze. Kyle ha portato tre dei nostri agenti in uniforme al magazzino che Crusader

Events usa per conservare tutta la sua vecchia documentazione per il contenimento dei costi, e sono tornati con tutti i fascicoli del personale.»

«Tutti quanti? Cosa, degli ultimi, quanti sono... vent'anni e passa in cui l'azienda è stata in attività?»

«A quanto pare Featheringham è un po' maniaco nel conservare le cose», disse Kay, chiudendo il cassetto dell'archivio con un calcio della scarpa. «Stavo chiacchierando con sua moglie mentre lui era al telefono con la società di stoccaggio, e lei ritiene che la loro soffitta sia un incubo.»

«Beh, grazie al cielo.» Sharp si allontanò dalla finestra. «C'è qualcosa in quei documenti che supporta la tua teoria?»

Kay si spostò il ciuffo dagli occhi con un soffio e sorrise. «Sì. Dana era presente a tutti e sei i festival dove abbiamo un decesso sospetto.»

«Davvero?»

«E abbiamo stilato un elenco di ogni festival in cui è stata responsabile della tenda volontari così possiamo condividerlo con le forze dell'ordine in tutto il paese per scoprire se ci sono altri casi irrisolti.»

Sharp emise un fischio sommesso sotto il respiro. «Non mi stupisce che mi hai chiamato.»

«Non volevo affrontare i media da sola nel caso in cui questa storia uscisse prima che siamo pronti, capo. Ed è per questo che solo una piccola percentuale della mia squadra investigativa sa cosa sta realmente accadendo in questo momento, non possiamo permetterci fughe di notizie.»

«Sono d'accordo. Ok, non ci metteremo molto a

completare le procedure nella stanza di custodia, quindi è meglio che mi mostri cosa avete trovato.»

Kay lo guidò verso la sala operativa, gli consegnò una cartella manila contenente le prove raccolte dalla squadra e lo guardò mentre iniziava a leggere.

Includeva tutto ciò che erano riusciti a raccogliere nel giro di due ore su Dana Schuldberg, insieme a una sintesi esecutiva che Barnes aveva digitato con i loro suggerimenti.

Era brutalmente breve, limitandosi a sottolineare che la donna sembrava immersa nella sua carriera e nel lavoro di beneficenza. A parte una relazione di sei anni finita male tre anni fa, i suoi post sui social media erano pieni di fotografie scattate con amici e le loro famiglie, alcuni dei festival a cui aveva partecipato nel corso degli anni, sia come dipendente che come partecipante con biglietto regolare, e di vacanze trascorse in luoghi esotici e soleggiati.

«Aspetta», disse Sharp. «Nella sua dichiarazione dice che lavora con Crusader solo da quattro anni, quindi come spieghi la sua presenza in quei sei omicidi?»

«Ho parlato con Alistair Featheringham di questo, e ha confermato che è stata volontaria per diversi anni prima di candidarsi per il ruolo a tempo pieno che ha ora. Ecco, guarda.» Kay si sporse e sfogliò fino a un elenco pinzato verso la fine del fascicolo. «Questo è un elenco completo di ogni evento a cui ha partecipato nel corso degli anni, sia come dipendente che come volontaria. Crusader Events deve conservare questi dati per scopi assicurativi, anche se non per tutto il tempo che lui insiste nel conservarli.»

«Sia benedetta la sua mania di accumulo, allora»,

mormorò Sharp, scorrendo l'elenco con gli occhi prima di girare pagina. «E i luoghi dei vostri sei decessi sospetti sono qui, giusto?»

«Sì, e questo è l'elenco che ho condiviso con altre forze, anche se Kyle è passato a sistemare la versione inviata in modo che mostri solo quelli rilevanti per ciascuna forza. Non volevo sovraccaricarli con poco preavviso.»

«Probabilmente saggio.» Sharp chiuse la cartella con uno schiaffo e gliela restituì. «Chi la interroga con te?»

«Pensavo che forse avresti voluto farlo tu, visto che questo caso potrebbe avere implicazioni più ampie a livello nazionale.»

«D'accordo. Ok, andiamo a scoprire cosa ha da dire la signora Schuldberg a sua discolpa, va bene?»

———

Dana Schuldberg sedeva con le mani saldamente strette tra loro, le nocche bianche mentre Kay leggeva l'avvertimento formale e chiedeva all'avvocato della donna di presentarsi per il verbale.

«Andrew Gillow», intonò con un'inflessione annoiata.

Kay osservò Dana agitarsi sulla scomoda sedia di plastica e stringersi il cardigan intorno alle spalle per proteggersi dall'aria condizionata, che Sharp aveva impostato su quattro gradi in meno del solito.

Era un trucco che Kay gli aveva visto implementare di tanto in tanto lavorando con lui nel corso degli anni, e che senza dubbio aveva imparato durante il suo periodo nella polizia militare.

Un bicchiere di plastica pieno d'acqua era rimasto intatto davanti alla responsabile dei volontari, nonostante il suo avvocato avesse chiesto che le fosse portato dopo che aveva fornito un campione di DNA quarantacinque minuti prima.

Subito dopo, Gavin aveva portato in tutta fretta lo stesso campione di DNA al laboratorio forense con il suo caratteristico disprezzo per gli altri automobilisti.

Kay resistette all'impulso di controllare l'orologio o di guardare l'orologio sulla parete dietro l'avvocato.

Sicuramente il test era in corso ormai, no?

«Dana, può iniziare confermando da quanto tempo lavora per Crusader Events?» cominciò Sharp.

«Quattro anni.» Lo sguardo della donna si spostò da lui a Kay, poi tornò indietro. «Non pensate davvero che io abbia ucciso quella donna, vero?»

«Essere responsabile di tutti i volontari nei festival sicuramente ti da certi poteri», continuò Sharp. «Come l'accesso alle aree dietro le quinte, zone sicure, posti del genere, giusto? Le risulta facile muoversi in un sito del festival, o avrà dei privilegi di sicurezza aggiuntivi?»

«No, io... Io, um... Suppongo di potermi muovere più o meno come voglio. Non ci ho mai pensato veramente, ad essere onesta.»

«Come ha iniziato con Crusader?»

«Ero una volontaria, aiutavo solo quando potevo così non dovevo pagare un biglietto per i loro festival.»

«Da quanto tempo andava avanti prima che facesse domanda per un ruolo all'interno dell'azienda?»

«Quasi vent'anni, suppongo. Ho fatto volontariato anche per altri festival, non solo per i loro. Nei dintorni di

Bristol, da dove vengo, ci sono un sacco di festival durante l'estate, quindi avevo davvero molta scelta. È solo che il lavoro con la Crusader si è presentato e ho potuto fare ciò che amo a tempo pieno.»

Kay abbassò lo sguardo sul suo taccuino, con un brivido che le attraversò le spalle al pensiero che l'assassino di Tansy avesse gettato una rete più ampia di quanto lei e la sua squadra avessero inizialmente pensato.

Quanti altri omicidi irrisolti c'erano ancora da scoprire?

Aprendo il fascicolo, Sharp fece scivolare una fotografia verso Dana. «Parlami di quest'uomo. Dove l'hai incontrato?»

La fronte della donna si corrugò mentre scrutava l'immagine. «Io... mi dispiace, non so chi sia. Non l'ho mai incontrato.»

«È stato assassinato a un festival nell'Hampshire due anni fa. All'epoca, fu trattato come un'overdose accidentale, ma la sua famiglia ha sempre insistito sul fatto che non facesse uso di droghe e ha chiesto che venisse tenuta una seconda indagine dal medico legale». Sharp scrollò le spalle. «Insolito, ma comprensibile date le circostanze, e per fortuna, in seguito è stato scoperto che c'era stato un omicidio. In particolare, un trauma che inizialmente si pensava fosse stato causato da una caduta in cui aveva battuto la testa. Si è scoperto che quella ferita era stata anflitta da una terza persona. Qualcuno l'ha assassinato.»

Dana batté le palpebre. «È terribile.»

«Poi c'è Alicia Scotsman», disse Sharp, facendo scivolare un'altra fotografia sul tavolo verso di lei. «Diciannove anni, trovata morta nella sua tenda la mattina dopo l'ultima notte di un festival nel Sussex. E questa donna è stata assassinata a un festival a Weymouth nove anni fa...»

«Non capisco», disse Dana, guardando il suo avvocato. «Cosa c'entro io con tutto questo?»

«Era presente a ciascuno di questi eventi», disse Sharp.

«Lavoro a molti eventi. È il mio lavoro. È quello che faccio. Ve l'ho già detto, sono responsabile dei volontari in tutti gli eventi che si tengono con Crusader.»

«E sei in grado di muoverti liberamente in ogni area del festival, come hai precedentemente confermato, senza che nessuno ti faccia domande». Sharp sfogliò il fascicolo, prendendosi il suo tempo. «Infatti, secondo i registri della Crusader, raramente lasci il sito una volta lì e sei spesso vista mentre aiuti sia i fornitori che i partecipanti. "Indispensabile" è come ti definisce una delle tue valutazioni annuali. Quella responsabilità deve pesarti molto. Come va la sua vita personale?»

«Cosa?» Dana si ritrasse sulla sedia al brusco cambio di direzione che l'ispettore capo investigativo stava dando alle sue domande. «Che diavolo c'entra questo con lei?»

«Risponda alla domanda per favore, signora Schuldberg. Ha una relazione con qualcuno tra un impegno e l'altro nel gestire da sola gli aspetti relativi al volontariato dell'attività di Crusader?»

«I-io sì. In un certo senso». Arrossì e guardò il suo avvocato. «Devo davvero rispondergli?»

Andrew Gillow inclinò leggermente la testa in risposta, e Dana si voltò di nuovo verso Sharp.

«Trovo le sue domande invadenti.»

«Trovo la sua riluttanza a rispondere intrigante.»

La donna si agitò sulla sedia prima di rispondere. «Vedo uno o due uomini, sì. Nessuno dei due vive con me, e la nostra sistemazione si adatta alle nostre vite impegnate.»

«Avremo bisogno dei loro dati.»

«Questo è assur... oh, come vuole». Agitò la mano con impazienza. «Immagino che lei possa fare quello che vuole, giusto? In fondo è della polizia.»

Kay alzò lo sguardo al tono della donna, ma vide solo una stanca accettazione negli occhi di Dana.

«Perché ha ucciso Tansy Leneghan?» continuò Sharp. «Ha sentito che era legata a Joey Twist e ha pensato di prendere di mira qualcuno con un profilo più alto questa volta, o è stata solo sfortunata a trovarsi da sola nel parco lo scorso weekend?»

«Non l'ho uccisa. Gliel'ho detto. Perché avrei dovuto farlo?»

Sharp non disse nulla, e Kay seguì il suo esempio, lasciando crescere il silenzio mentre osservava la donna che girava un singolo anello d'argento sul mignolo.

«Non l'ho uccisa», ripeté Dana a bassa voce, abbassando lo sguardo sul tavolo. «Avete interpretato tutto male.»

«Come ha scelto le altre vittime?» disse Sharp. «In quanto responsabile dei volontari ha accesso ai nomi di tutti i possessori di biglietti, non è vero? Nel caso in cui sia necessario avvisare i loro parenti più prossimi in caso di emergenza medica. È così che le ha scelte? Si è mai chiesta quanto dolore ha causato a quei parenti ogni volta che ha tolto una vita?»

«Smettila!» Dana si ritrasse sulla sedia e si asciugò le

lacrime che le scorrevano sul viso, con il mascara che si sfocava creando scie nere a zigzag sulle sue guance. «Smettila.»

«Detective, vorrei chiedere una pausa per la mia cliente», disse Gillow, sbottonandosi la giacca e tirando fuori un pacchetto di fazzoletti di carta da una tasca interna. «Almeno venti minuti, credo, non vi pare?»

Sharp raccolse le fotografie e chiuse il fascicolo prima di annuire a Kay.

«Interrogatorio sospeso alle undici e quarantacinque», disse lei, poi spense l'attrezzatura di registrazione e lo seguì fuori dalla stanza.

CAPITOLO 54

«È brava, devo ammetterlo».

Sharp finì l'ultima goccia d'acqua nel bicchiere di plastica, poi lo mise sotto il rubinetto del filtro per riempirlo di nuovo mentre Kay spostava lo sguardo tra l'orologio e il cellulare.

C'era ora un'energia frenetica nella sala operativa che le stringeva il cuore e le faceva venire la pelle d'oca.

«Dai, Gav», mormorò. «Voglio quel risultato, e velocemente».

«Quanti favori hai dovuto chiedere per questo?»

«Troppi, capo. Ma il laboratorio è stato in allerta nelle ultime quarantotto ore e stanno lavorando su due indagini per omicidio per la Divisione Est questo fine settimana; quindi, per una volta hanno abbastanza personale a disposizione per aiutarci».

«Buono a sapersi».

«Capo?»

Kay si girò al suono della voce di Kyle e vide il detective in prova avanzare verso di lei con una cartella aperta piena di pagine appena stampate. «Che cosa hai lì?»

«È l'elenco rivisto dei volontari che hanno lavorato continuativamente con Crusader Events negli ultimi vent'anni», disse, sfogliando i documenti. «Volevo solo confermare che Dana appare in ognuno di questi, e ho collegato il suo nome ad altri due festival dove ci sono state morti sospette. Ce n'è uno nel North Somerset del 2015 e un altro in Cornovaglia nel 2017 che probabilmente dovremmo includere».

«Cristo, quindi parliamo di almeno un omicidio all'anno».

«Sembra così, capo. Continuerò a scavare, ma sto aspettando che altre forze di polizia richiamino e questo potrebbe non succedere fino a domani o martedì, a seconda dei turni e cose del genere».

«Va bene, grazie, Kyle. Fai quello che puoi, e aggiungi quelle morti alla lavagna, vuoi? Inizia a preparare i profili delle vittime, social media, quel genere di cose. Suppongo che i dettagli dei parenti più prossimi siano su HOLMES2?»

«Ci sono, e ho anche verificato che i responsabili delle indagini dell'epoca siano disponibili se dovessimo parlare con loro con breve preavviso. Uno di loro è andato in pensione tre anni fa, ma la sua email e il cellulare sono in archivio, quindi otterrò l'autorizzazione prima di contattarlo».

«Ottimo lavoro».

Si girò di scatto verso Sharp. «Gesù, quanti altri ne troveremo?»

«Contatterò il quartier generale e metterò pressione per

farti dare più personale», disse, già tirando fuori il cellulare. «Avresti dovuto avere aiuti extra giorni fa. Questo è un caso importante, Kay, dovremo iniziare a pianificare come gestire anche i media, visto che sarà un caso di portata nazionale. Sono sicuro che i nostri colleghi nelle altre contee vorranno assicurarsi che non li mettiamo in cattiva luce».

«Sembra un buon piano, e grazie per l'aiuto con il personale extra. E per quanto riguarda...?» Il suo telefono vibrò nella mano, e lei rispose automaticamente. «Gav?»

Ci fu una risatina all'altro capo della linea, e poi: «Jonathan Aspley, *Kentish Times*. L'ho colta in un brutto momento, detective Hunter?»

«Jonathan, qualsiasi momento è un brutto momento», disse. «Che cosa vuole?»

«Sento voci che l'assassino di Tansy Leneghan potrebbe aver fatto questo prima. Vorrebbe commentare?»

«Non in questo momento. Sono nel bel mezzo di un'indagine. Potrei richiamarla più tardi?»

«La prendo in parola».

Terminando la chiamata, incrociò lo sguardo di Sharp e sospirò. «Gli avvoltoi stanno iniziando a circolare. Non so per quanto tempo potrò...»

«Capo!»

La voce di Laura attraversò la sala operativa e quando Kay vide il pallore malaticcio sul volto della detective, il suo cuore sprofondò.

«Che c'è?»

«Sono al telefono con Gavin, capo. Non è riuscito a raggiungerla sul cellulare». Laura si fece strada tra uno dei membri del personale amministrativo con una frettolosa scusa per raggiungerli. «È al laboratorio, e hanno appena finito di testare il campione di DNA di Dana, capo. Non è lei».

«Non è lei?»

«Il campione non corrisponde né al sangue sui vestiti né alle tracce sul biglietto da visita di Kasprak», disse Laura, con gli occhi spalancati. «Cosa facciamo adesso?»

«Cazzo». Sharp si girò, passandosi una mano sui capelli corti.

Kay deglutì, con un senso di terrore che le serrava lo stomaco e le torceva le viscere. «Sono sicuri? Hanno controllato?»

«Lo stanno analizzando di nuovo, capo, ma sono sicuri al novanta per cento. Dana Schuldberg non ha ucciso Tansy Leneghan».

«E quindi probabilmente non ha nemmeno ucciso queste altre vittime». Kay raddrizzò le spalle e si diresse a grandi passi verso la lavagna.

Kyle stava fissando l'elenco, i segni freschi della penna ancora lucidi dove aveva aggiunto i nomi delle altre due vittime a un conteggio terrificante che stava crescendo costantemente in lunghezza. Con la mascella serrata, aprì la cartella e iniziò a sfogliare ancora una volta le pagine.

«Gesù, Kyle, non dirmi che hai pensato a un'altra vittima», disse.

Non disse nulla per un momento, poi si accovacciò e posò la cartella sul pavimento accanto a lei, sparpagliando le pagine intorno ai suoi piedi, mormorando tra sé e sé.

«C'è un'altra, vero? Dove? Locale o più lontano?»

Lo osservò mentre afferrava una delle pagine, e poi lui alzò lo sguardo verso di lei, con gli occhi spalancati.

«C'è un altro nome che appare in ciascuna di queste liste di volontari per i festival organizzati da Crusader Events», disse. «È Lewis Molton».

«Molton?» Barnes si avvicinò. «Non è quel tizio più anziano che abbiamo visto nella tenda dei volontari prima di parlare con Dana?»

«Qui dice che è un ex medico militare», disse Kyle, rialzandosi prima di passarle la pagina.

Scorrendo i dettagli con la mano tremante, Kay sentì una rinnovata ondata di adrenalina attraversarla. «Penso che tu abbia trovato qualcosa».

Sharp fece cenno a Laura. «Di' a Gavin di tornare qui il prima possibile, senza superare i limiti di velocità se possibile. E voglio che tu e Kyle andiate a questo indirizzo registrato per Molton. Prepareremo un profilo per lui mentre lo fate e organizzeremo il rilascio di Dana, ma Molton è ora la nostra priorità assoluta. Lo voglio in custodia entro un'ora».

«Capito, capo».

«Se avete qualsiasi preoccupazione, chiamate i rinforzi».

«Lo farò».

«Dice sul serio, Laura», disse Kay. «Se abbiamo ragione e lui è il nostro assassino, allora è pericoloso. Soprattutto se sa che lo abbiamo scoperto».

CAPITOLO 55

Laura osservò il bungalow dall'aspetto stanco a cinquanta metri di distanza e tamburellò con le dita sul volante.

La casa di Lewis Molton era nascosta in un anonimo vicolo cieco in una delle zone più vecchie di Maidstone, con una siepe di ligustro trascurata che proteggeva il giardino anteriore dalla vista. Dalla sua posizione poteva vedere l'intonaco color crema che si staccava sopra il telaio di una finestra a bovindo punteggiata di marciume, e la grondaia del tetto era incavata in alcuni punti, con evidenti macchie verdi di muffa che si aggiungevano a una facciata già dall'aspetto desolato.

Dei cancelli neri deformati bloccavano l'accesso a un vialetto di cemento alla sinistra del bungalow che portava a un garage con una porta di alluminio blu scuro che rimaneva risolutamente chiusa.

Espirò, cercando di calmare il battito cardiaco accelerato che accompagnava la tensione nelle sue spalle.

Accanto a lei, Kyle aveva il telefono in mano mentre

esaminava un'app di mappe, pizzicando e allargando l'immagine satellitare della proprietà.

«C'è un accesso laterale tra il garage e la casa, secondo questo», disse. «Dietro la casa, sembra esserci un giardino principalmente in erba, e c'è una rimessa, più simile a uno di quegli uffici da giardino nell'angolo posteriore, diagonalmente opposto al retro del garage».

«Quale auto è la sua?»

Lui passò dalla mappa all'app dei messaggi, poi indicò una station wagon grigia parcheggiata più avanti lungo la strada, con la vernice scheggiata e arrugginita intorno ai passaruota e alle giunture delle portiere.

«Immagino che sia in casa, allora».

«Forse. Non ho ancora visto segni di movimento».

«Pensi che ci abbia notato?»

Kyle strinse le spalle. «Difficile dirlo».

«Ok, scopriamolo». Laura tirò la maniglia della portiera, poi guardò oltre la spalla. Il suo collega non si era mosso. «Ti va di fare questa cosa? Voglio dire, dopo...»

«Sto bene».

«Andiamo, allora».

Il suo collega balzò fuori dall'auto dopo di lei, attraversando la strada e mantenendo il suo passo deciso lungo il marciapiede e attraverso il cancello d'ingresso.

«Aspetta», disse lui, afferrandole la manica prima che raggiungesse la porta d'ingresso. «Mettiti dietro di me nel caso ci stia aspettando».

Lei annuì, riluttante ad ammettere che il suo cuore le batteva così forte tra le costole che pensava probabilmente lui potesse sentirlo. Con i palmi sudati, si fece da parte e lo guardò mentre bussava alla porta con il pugno.

Non ci fu risposta, e quando sbirciò verso la finestra anteriore, non vide ombre dietro la tendina ingiallita.

Kyle si protesse gli occhi con la mano e guardò attraverso il pannello di vetro smerigliato nella porta, poi scosse la testa. «Non vedo movimenti».

«Proviamo sul retro. Forse anche quel garage è aperto».

«Possiamo entrare?»

Lei riesaminò mentalmente i dettagli dell'arresto programmato, poi annuì. «Penso di sì».

«Se la sua auto è parcheggiata lungo la strada, dovrebbe essere in casa però, giusto?»

«Magari è andato a piedi al negozio all'angolo o qualcosa del genere». Lo seguì lungo il sentiero, poi attraverso quattro lastre di pavimentazione scheggiate fino al vialetto, e si fermò all'angolo del bungalow. Tirò fuori il telefono mentre vibrava. «Siamo qui ora, capo. No, nessun segno dei rinforzi ancora. Sì, glielo farò sapere».

Kyle inarcò un sopracciglio. «Aspettare o procedere?»

«Procedere». Riuscì a infondere un minimo di sicurezza nella sua voce, poi ammiccò. «Con cautela, ovviamente».

«Se sei sicura?»

«Possiamo solo dare un'occhiata prima che arrivino, giusto?» Gli passò accanto e si diresse verso la porta del garage, infilò un paio di guanti protettivi dalla tasca dei pantaloni, poi si chinò per azionare il chiavistello arrugginito.

Non si mosse.

«Chiuso?» disse Kyle.

«O quello o è completamente bloccato». Arricciò il naso. «Dio solo sa quando è stato aperto l'ultima volta».

«Probabilmente è per questo che la sua auto è sulla strada, allora».

«Sì». Si raddrizzò. «Mi chiedo perché non l'abbia parcheggiata semplicemente nel vialetto, però?»

«Forse è più facile parcheggiarla fuori se deve uscire più tardi, specialmente se le persone hanno l'abitudine di bloccare il vialetto».

«Forse». Girandosi, proseguì oltre il garage lungo uno stretto sentiero che correva adiacente al lato del bungalow.

Mentre passavano davanti a due finestre, lei cercò di sbirciare attraverso le tendine, ma non riuscì a vedere nulla tranne una bottiglia di detersivo per piatti e una bomboletta di insetticida sul davanzale della seconda finestra, evidentemente la cucina.

Tuttavia, non c'era ancora alcun segno di movimento.

Un brivido le attraversò le spalle, la pelle d'oca punteggiò i suoi avambracci al pensiero improvviso che Molton potesse osservarli, osservare lei mentre si muoveva furtivamente.

Quando raggiunsero il retro del bungalow, lei vide una porta sul retro del garage in blocchi di cemento accessibile dal giardino. Era chiusa, ma poteva sentire un basso ronzio incessante provenire dall'interno.

Alzando lo sguardo, vide un cavo elettrico che si estendeva dalla casa al garage.

«Cosa stai combinando?» mormorò.

Poi Kyle le toccò il gomito, e lei emise un grido soffocato.

«Shh», disse lui, poi indicò un basso edificio in stile

chalet che occupava l'angolo posteriore di un prato ben curato. «È nell'ufficio in giardino, guarda».

Lei si immobilizzò, osservando la struttura con telaio in legno di colore azzurro chiaro con i suoi due gradini bassi che portavano a un sentiero ben tenuto di ghiaia che curvava attorno al prato fino al garage e poi proseguiva verso la casa.

C'erano delle veneziane alla finestra al posto delle tendine, e lei riuscì appena a distinguere le familiari tonalità blu di uno schermo di computer.

La porta dell'ufficio in giardino era socchiusa, si sentiva appena una voce maschile, ma mentre tendeva l'orecchio, non riuscì a sentire nessun altro.

«Credo sia al telefono», disse.

«Allora prova con la porta del garage mentre è occupato», disse Kyle, già affrettandosi verso di essa. «Tanto vale dare un'occhiata qui dentro se possiamo».

«Va bene». Laura guardò oltre la sua spalla notando un movimento alla fine del vialetto e tirò un sospiro di sollievo quando vide due agenti in uniforme avvicinarsi verso di loro. «Almeno sono arrivati. Non hai visto altre vie d'uscita dal giardino, vero?»

«No».

«D'accordo», disse, aprendo la porta. «Bene, almeno non può scappare mentre diamo un'occhiata a...»

Uno sciame di mosche la avvolse.

Agitando le mani davanti al viso nel tentativo di scacciarle, scrutò nell'oscurità oltre la luce del sole che filtrava dall'apertura.

«Ma che...»

Sei grandi frigoriferi a pozzetto erano allineati lungo le

pareti, uno bloccava la serratura della porta basculante sul davanti del garage. Macchie di ruggine punteggiavano gli angoli di due di essi, le strutture rettangolari ronzavano efficienti nonostante la loro evidente età.

Il pavimento in cemento era stato spazzato accuratamente e non erano visibili altri arredi.

Laura espirò, scacciò un'altra mosca dagli occhi e si avvicinò, il battito del cuore le rimbombava nelle orecchie. Un senso di terrore la avvolse, tutta la sua attenzione era concentrata sul frigorifero più vicino.

Quello con un nuovo marchio del produttore lucente e una guarnizione di gomma bianca pulita e brillante attorno al coperchio che rimaneva risolutamente chiuso.

«Ora o mai più, Hanway», mormorò.

Facendo un respiro profondo, sollevò il coperchio e guardò all'interno.

Per un breve momento, il suo cervello si rifiutò di comprendere ciò che i suoi occhi stavano vedendo.

C'erano vassoi disposti in file ordinate, fila dopo fila uno sopra l'altro, tutti con piccole etichette colorate che erano in contrasto con l'orribile esposizione.

File di unghie colorate, lobi delle orecchie che si erano raggrinziti nel tempo con dischi opachi d'argento o neri stretti ai resti di pelle, tatuaggi che erano stati tagliati dagli arti, e quello era un...

Sentì il primo spasmo stringerle lo stomaco prima di richiudere il coperchio e correre verso la porta aperta.

«Resta lì», sbottò a Kyle mentre gli sfrecciava accanto. «Non entrare».

Riuscì ad arrivare dall'altra parte del prato prima che lo

stomaco le si contraesse violentemente, e vomitò in un gruppo disordinato di arbusti cresciuti selvaggiamente.

Respirando pesantemente, chiuse gli occhi e cercò di combattere il puro orrore che minacciava di sovrastare il suo addestramento.

«Lo abbiamo preso», gridò uno degli agenti, la sua voce attraversò il prato fino a dove lei rimaneva piegata in due.

Raddrizzandosi, vide un arzillo pensionato al fianco dell'agente, vestito con una camicia di cotone nera e pantaloni verde oliva, il suo sguardo si spostava dalla porta aperta del garage ai due detective.

Un brivido le percorse la schiena quando incrociò i suoi occhi, una vigilanza quasi rettiliana li attraversò prima che un sorriso si formasse sulle sue labbra.

«Avete trovato la mia piccola collezione?» disse con voce cantilenante.

Non c'era rimorso, né paura, nessun tentativo di negazione.

Invece, raddrizzò le spalle e serrò la mascella, come se fosse orgoglioso di condividere finalmente il suo macabro lavoro con il pubblico.

Laura prese un fazzoletto di carta da Kyle con un brusco cenno di ringraziamento e si tamponò le labbra, respirando aria fresca a grandi boccate. «Chiama Kay. Falle sapere che avremo bisogno della squadra di Harriet qui, e metti Molton in custodia, ci aspetta una lunga notte».

CAPITOLO 56

Kay posò una tazza di tè dolce accanto a Laura e appoggiò la mano sulla spalla della collega.

«Come te la stai cavando?»

L'altra donna tremò, ma prese la bevanda con un mormorio di ringraziamento. «Sto solo finendo di scrivere il mio rapporto, capo. Non ci vorrà molto.»

«Non è questo che intendevo, e lo sai.» Lasciandosi cadere su una sedia libera accanto alla scrivania della giovane detective, Kay si guardò alle spalle per assicurarsi che il resto della squadra fosse fuori portata d'orecchio. «Per esperienza personale, ti consiglierei di parlare con un professionista all'inizio della prossima settimana. In questo momento sei sola a casa, vero?»

Laura annuì, posando la tazza con mano tremante. «Sì. L'ultimo farabutto se n'è andato qualche settimana fa.»

«Bene, allora domani sera ti voglio a cena da me e Adam, d'accordo? Non preoccuparti, la faremo semplice invece di avere tutta la squadra, anche se Barnes sta accennando a un barbecue a breve. Ma devo assicurarmi che non ti stia tenendo dentro quello che è successo questo pomeriggio, ok?»

«Va bene.» La collega tirò su col naso. «Penso di aver ancora una decina di minuti su questo, e poi sarà in HOLMES2 e stamperò le copie per l'interrogatorio. Ho anche fatto fare ad Harriet alcune foto iniziali quando lei e Patrick sono arrivati per primi.»

«Ottima pensata, grazie.» Kay guardò oltre la testa della collega mentre Sharp entrava nella sala operativa, e diede una pacca sulla mano di Laura. «Devo andare.»

«Capo?»

Si guardò alle spalle per vedere un rinnovato sguardo di determinazione sul volto di Laura. «Cosa?»

«Non lasciarlo scappare. Inchiodalo al muro, d'accordo?»

«Lo farò, non preoccuparti.»

Affrettandosi verso il resto della squadra riunita attorno alla lavagna con l'ispettore capo investigativo, si arrotolò le maniche della camicia. «Ian? Sei pronto?»

«Puoi scommetterci.» Le consegnò due cartelle manila, consegnando un set identico a Sharp. «La sala di osservazione è pronta, capo. Gavin ti raggiungerà lì.»

«Bene.» L'ispettore capo investigativo sfogliò rapidamente il riassunto per punti che Barnes aveva fissato all'interno della cartella superiore e annuì bruscamente. «D'accordo, contatterò il quartier generale così potranno coordinarsi con le altre forze dell'ordine mentre procediamo. In questo modo, se avremo bisogno di mettere in relazione qualcosa che Molton dice riguardo a un altro caso irrisolto, speriamo di poter ottenere le informazioni in modo rapido. Non credo che tutti lavoreranno ai nostri stessi orari stanotte.»

Kay si guardò alle spalle mentre Kyle entrava nella stanza con una pila di pizze da asporto che distribuì tra gli agenti in uniforme che si erano offerti volontari per restare fino a tardi. Cercò di ignorare il brontolio del suo stomaco, poi sorrise quando lui aprì l'ultimo cartone e glielo porse.

«Meglio che tu e Barnes ne mangiate un po', capo, prima che sparisca tutto» disse. «Non credo avrete un'altra occasione.»

«Grazie.» Affondò i denti in una fetta, poi lo allontanò dal gruppo. «Fammi un favore? Tieni d'occhio Laura per me.»

«Non preoccuparti, lo farò.»

«Come stai tu? Tutto bene?»

«Sì, ho fatto come ha detto lei e non sono entrato.» Guardò oltre Kay verso Laura che sedeva alla sua scrivania, a testa bassa, mentre dava tranquillamente gli ultimi ritocchi al suo rapporto sull'arresto. «Vorrei esserci stato io, però, al posto suo.»

Kay si pulì le mani con un tovagliolo. «Non pensarla così. Era lei a guidare l'arresto ed è stata una sua decisione. Nessuno di voi poteva immaginare cosa ci fosse in quel garage.»

«Immagino di sì. Hai notizie da Harriet?»

«No, non negli ultimi trenta minuti. Immagino che rimarranno lì ancora per qualche giorno.» Tornò dove Barnes si stava servendo una seconda fetta di pizza. «Mangia quella, e poi iniziamo.»

«L'avvocato di Molton è qui, capo» disse Debbie dalla sua scrivania. «E il campione di DNA di Molton è appena stato portato al laboratorio da Dave Morrison, era comunque di turno stasera, così l'ho mandato a lui. E non andartene senza questa cartella, contiene le informazioni del file della Crusader Events.»

«Grazie.»

Barnes le lanciò un sorriso tetro. «Pronta alla battaglia?»

«Fai strada.»

CAPITOLO 57

Kay aprì la prima delle cartelle manila e, nonostante la crescente repulsione per l'uomo seduto di fronte, avvicinò la sedia al tavolo.

Lewis Molton la osservava con freddo interesse mentre Barnes recitava l'avvertimento formale. Le dita delle mani curate dell'assassino erano intrecciate sul tavolo, la sua postura rilassata. Teneva le maniche della camicia abbassate mentre l'aria condizionata emetteva un lieve ronzio nel silenzio che seguì le presentazioni formali.

La salvietta antibatterica che era stata consegnata a Molton dopo aver fornito sia un set completo di impronte digitali che un campione di DNA giaceva ora accartocciata sul tavolo accanto al suo gomito, e un persistente odore di antisettico si diffondeva fino a dove lei 'sedeva. Il suo dopobarba si mescolava con quell'aroma, inviandole una curiosa miscela di agrumi e sandalo che sapeva avrebbe ricordato per giorni.

«Da quanto tempo fa volontariato per Crusader Events?» iniziò lei.

«Circa ventidue anni».

«Per quali organizzazioni ha fatto volontariato prima di questa?»

«Una delle grandi organizzazioni di pronto soccorso». Molton sorrise. «Apprezzavano le mie capacità».

«Lei era un medico nell'esercito, vero?» Kay abbassò lo sguardo e sfogliò la documentazione. «Quando ha lasciato l'esercito?»

«Ero nella Territorial Army, quindi l'ho fatto solo per circa dieci anni. Poi il lavoro è diventato... più impegnativo, quindi ho dovuto lasciare».

«E di che lavoro si trattava esattamente, signor Molton?»

«Ero un giardiniere paesaggista in una grande proprietà a sud di Staplehurst. Decisero di espandersi nella rinaturalizzazione prima che diventasse di moda, e poi aprirono al pubblico. Sono stato parte integrante della progettazione e gestione del progetto fino al mio pensionamento sei anni fa».

Kay si fermò per prendere un appunto, chiedendosi quante delle vittime di Molton potessero essere finite nei giardini ornamentali senza che il proprietario lo sapesse, mentre contemporaneamente combatteva un crescente senso di repulsione per la mancanza di emozioni dell'uomo.

«Mi dica come ha iniziato a fare volontariato con Crusader Events».

«Oh», agitò una mano davanti al viso. «Non vuole davvero sentire questa storia, vero?»

«Signor Molton, risponda alla domanda, per favore».

«Va bene». Fece il broncio, si appoggiò allo schienale

della sedia e incrociò le braccia. «Avevano messo un annuncio sul giornale locale. Era pubblicizzato anche online, ma all'epoca c'era ancora un giornale gratuito abituale. C'era un festival folk che stavano organizzando a circa venti chilometri da qui, ed erano a corto di volontari durante i mesi estivi. La formazione di primo soccorso era una delle preferenze che elencavano, quindi ho fatto domanda».

«Perché ha fatto domanda? Lei aveva già un lavoro impegnativo come giardiniere paesaggista».

Scrollò le spalle. «Dovevo comunque prendermi del tempo libero. Avevo venti giorni di ferie annuali da utilizzare, e nessuna famiglia con cui trascorrerli; quindi, ho pensato di andare a vedere un po' di musica dal vivo. Tra le altre cose».

«Che tipo di cose?»

«Crusader organizza festival della birra, mostre di auto, esposizioni di roulotte e camper. Qualsiasi cosa del genere, davvero».

Kay fece una pausa mentre Barnes iniziava a scarabocchiare frettolosamente nel suo taccuino, con la pagina angolata lontano dallo sguardo dell'assassino. Poteva solo immaginare la lista di compiti che stava formulando per la squadra già sovraccarica di lavoro al piano di sopra. Con la confessione di Molton, avrebbero avuto ora ancora più eventi passati da esaminare alla ricerca di potenziali vittime.

Si sforzò di non far trasparire sul volto il disgusto crescente e si voltò verso la seconda cartella manila. «Il suo fascicolo personale con Crusader non menziona compiti di primo soccorso fino a quattro anni fa. Cosa faceva quando si è iscritto inizialmente con loro?»

«Distribuivo crema solare, mappe del festival, rispondevo alle domande», disse con un monotono tono annoiato. «Cose banali».

«Ha usato quelle cose banali, come le chiama lei, per cercare le sue vittime, non è vero?» disse, estraendo una serie di immagini dalla cartella. «Come questi uomini e queste donne, tutti giovani frequentatori di festival, tutti innocenti. Cosa l'ha spinta a prendere di mira proprio questi in particolare?»

«Oh, non saprei», sospirò. «A volte mi piaceva come erano vestiti, a volte era il modo in cui mi sorridevano o mi parlavano, potevo capire subito che si fidavano di me, naturalmente. E perché no?» Allargò le mani in un gesto espansivo. «Ero lì per aiutarli, no?»

Lo sguardo di Kay si posò per un momento su ciascuna delle fotografie sparse sul tavolo, e deglutì. Molton aveva ragione: non c'era uno schema evidente nella sua scelta delle vittime, nessuna somiglianza tra gli occhi inquisitori che la fissavano in ogni immagine.

Una tristezza le trafisse il cuore pensando alle vite spezzate da qualcuno che parlava con così poca emozione, così poca compassione.

Tutte quelle figlie, figli, madri, padri, sorelle, fratelli... tutti portati via dal mostro che sedeva di fronte a lei, la sua compiacenza palpabile.

La penna di Barnes smise di graffiare la superficie del suo taccuino e lui si schiarì la gola in attesa.

«Quando ha iniziato a usare gli eventi per assassinare

le sue vittime?» disse, battendo le palpebre per liberarsi della sensazione pungente agli angoli degli occhi.

«Quasi subito», rispose Molton, formando un sorriso maligno. «Era facile, davvero. Le persone si ubriacano e fanno stupidaggini continuamente. I luoghi sono spesso vicini alla campagna per non disturbare i vicini... fauna selvatica in abbondanza per giustificare alcuni dei piccoli morsi e pezzi mancanti. E non dovevo preoccuparmi dello smaltimento. Lo sapeva che, in almeno quattro occasioni, sono passati *tre giorni* prima che qualcuno li scoprisse? Tutti gli altri erano troppo occupati a far festa, drogarsi, ubriacarsi, ballare... Cosa le dice questo sull'umanità, detective?» Si sporse in avanti. «A nessuno importava».

«Perché conservarli?» disse Kay, trattenendo il sapore disgustoso in bocca alle sue parole. «Perché prendere le unghie di Tansy? L'ha graffiata? Aveva paura di aver lasciato tracce di sé?»

«Dio, no. Non avevo paura». Molton rise, un latrato roco echeggiò sulle pareti semplici in intonaco. Si sporse in avanti. «Erano belle. Le ha viste? Così belle. Le volevo».

«Perché Tansy Leneghan?»

«Non riuscivo a dormire quella notte. Ero troppo eccitato. Tutte quelle persone, tutte quelle *scelte*». Si passò la lingua sulle labbra. «Ho deciso di fare una passeggiata. E poi l'ho vista».

«Dove?»

«Pensava di essere furba». Un sorriso malizioso si formò, i suoi occhi assunsero un'espressione sognante. «Stavo camminando in cima alla collina quando ho visto una figura emergere dalla siepe. Evidentemente era riuscita ad arrampicarsi oltre una recinzione per evitare la pattuglia di sicurezza. Non sapevo chi fosse, naturalmente, solo che mi era stata presentata un'opportunità squisita a cui non potevo assolutamente resistere».

«Mi dica cosa è successo», disse Kay, consapevole del silenzio che seguì le parole di Molton. Con la bocca secca, si costrinse a tenere le mani giunte e ad assumere una postura non minacciosa, sapendo che questa sarebbe stata la sua unica possibilità di scoprire la verità.

«Oh, non c'è molto da dire», rispose lui, appoggiandosi allo schienale della sedia e sospirando. «Ho un po' di pratica, vede. Anche se non mi aspettavo che opponesse tanta resistenza».

Detto questo, sbottonò i polsini della sua camicia di cotone e arrotolò le maniche.

Una serie di graffi simili a solchi gli segnava la pelle tra i polsi e i gomiti.

«Era una combattente, lo ammetto», disse, con tristezza nella voce. «Non che sia servito a molto. Non serve mai».

«Perché l'ha spostata dopo averla uccisa?»

Lui sbuffò. «Quella stupida puttana si rifiutava di morire. Pensavo fosse morta dopo averla strangolata finché non ha iniziato a dimenarsi quando ho cominciato a rimuoverle le unghie».

Kay represse un brivido. «Perché gettare la felpa e i pantaloni nel cestino comunale, e il cardigan in un contenitore per rifiuti biologici?»

«Per confondervi, ovviamente. Per quale altro

motivo?» Il viso di Molton s'indurì. «Non ho fatto tutto questo per renderla facile a nessuno. Lei è stata solo fortunata, detective Hunter, tutto qui».

«Quante? Si preoccupa di tenere il conto? Si chiede mai quante vite ha rovinato nel corso degli anni?»

«Trecentoquattro».

Sentì sia Barnes che l'avvocato trattenere bruscamente il respiro.

«Cosa?»

«Trecentoquattro». Molton scrollò le spalle, poi sospirò. «Non sono riuscito a catalogarle tutte, ovviamente. Sarebbe stato impossibile, per questioni di spazio. Voglio dire, ha visto il mio garage. E poi, il tempo rovina tutto. Anche alcuni dei più bei esemplari si sono danneggiati nel corso degli anni, e non potevo permettere che rovinassero quelli più belli. Quindi dovevano andarsene. Ma sì, trecentoquattro».

Kay raccolse le fotografie e chiuse la cartella. «Allora posso assicurarle, signor Molton, che non vedrà più la luce del giorno».

«Non mi dispiace. Ho sempre voluto scrivere un libro». Sorrise. «E ora avrò il tempo per farlo».

Kay rimase a bocca aperta. «Un libro?»

«Sono sicuro che ci sono molte persone che vorranno leggere di me».

Passò lo sguardo da Molton al suo avvocato, che saggiamente mantenne lo sguardo fisso sul suo taccuino, con la penna sospesa sopra la pagina.

Accanto a lei, Barnes soffocò uno sbuffo di disgusto.

Osservando l'assassino davanti a lei, Kay raddrizzò le

spalle e pronunciò le parole per cui la sua squadra aveva lavorato tanto per arrivare a sentire.

«Lewis Molton, lei è accusato dell'aggressione e dell'omicidio di Tansy Leneghan...»

CAPITOLO 58

Kay passò la lingua sulle labbra, assaporando la lieve traccia di brandy che persisteva, e seguì Barnes attraverso la strada verso la stazione di polizia.

Dopo che Lewis Molton era stato processato e portato nelle celle in attesa del trasferimento a un centro di custodia cautelare, il suo collega le aveva suggerito di camminare fino a un pub tranquillo ai margini di High Street.

Era un'offerta che aveva accettato senza esitazione.

Davanti a un drink forte, avevano mormorato il loro disgusto e incredulità riguardo alla confessione dell'assassino.

Scioccati dalle sue parole, già sopraffatti dall'enorme quantità di lavoro che li attendeva, avevano trascorso alcuni momenti a contemplare le conseguenze della loro indagine, prima di alzare sobriamente un brindisi silenzioso alle vittime e alle loro famiglie per la giustizia che presto sarebbe seguita.

«Tieni», disse Barnes una volta attraversata la strada in sicurezza. «Giusto per precauzione».

Lei prese il pacchetto di mentine dalle sue mani e se ne mise una in bocca con un cenno di ringraziamento. «Penso che faremo un breve briefing stasera, Ian, e poi manderemo tutti a casa. Dirò loro di assicurarsi di essere qui per le nove di domattina, avranno bisogno di dormire un po' di più dopo questa storia».

«Sembra una buona idea, capo». Alzò lo sguardo verso il cielo che si oscurava. «Il tempo sarà bello nei prossimi giorni, finalmente. Vuoi provare a organizzare un barbecue dopo il lavoro una di queste sere questa settimana? Pia mi sta tormentando per riunire tutti».

«Sì, sarebbe bello. Credo di essere di turno, ma per voi altri non dovrebbe esserci problema. Controllerò i turni con Debbie domattina».

Guidò il cammino attraverso la porta di sicurezza e su per le scale, con una stanchezza che si impossessava di lei ad ogni gradino mentre la frustrazione e la paura dei giorni precedenti lasciavano posto al sollievo.

Era questa, questa consapevolezza che avrebbe potuto riposare stanotte con l'assassino di Tansy dietro le sbarre, incapace di fare del male a chiunque altro, che la sosteneva nei suoi momenti più bui, che la faceva andare avanti quando tutto il resto sembrava perduto.

Si fermò in cima alle scale e sorrise. «Grazie, Ian. L'abbiamo preso. L'abbiamo dannazione preso».

«Dannazione, sì». Lui sorrise. «Non è una brutta squadra là dentro, vero?»

«Se la caveranno».

Il suo sorriso si fece più grande quando entrarono nella sala operativa.

Un'atmosfera quasi festosa avvolgeva la squadra, tutti parlavano contemporaneamente, le risate riempivano lo spazio dove solo poche ore prima una tensione elevata li aveva attanagliati.

Ora, mentre attraversava la stanza per raggiungere i suoi giovani detective che si erano radunati attorno alla scrivania di Gavin, sentì il familiare senso di orgoglio per il loro lavoro, e si fece strada passando accanto a uno della squadra amministrativa per unirsi a loro.

Ma loro non alzarono lo sguardo dallo schermo di Gavin.

Invece, Kyle e Laura si chinarono più vicini e continuarono una discussione animata su un'email che stavano leggendo.

«Che sta succedendo?» disse Kay, perplessa.

Tutti e tre sobbalzarono visibilmente.

«Non l'avevamo vista, capo», disse Laura, arrossendo.

Kay allungò il collo. «Che cos'è quello?»

«La scommessa», disse Gavin.

«Cosa...?»

«Quella per Hovis», spiegò Kyle. «Abbiamo dovuto aprire un foglio di calcolo. Gli ho chiesto di vedere a quanto siamo arrivati. Quanto abbiamo, Gav?»

«Quattrocento sterline», disse il detective. «La squadra di Paul Disher dell'unità tattica specializzata ne ha sentito parlare in qualche modo e ha deciso di partecipare, e così ha fatto anche Harriet. Poi c'è il laboratorio forense e alcuni della squadra di Paul Solomon a Northfleet...»

«Mi stai prendendo in giro...» Kay sospirò. «Va bene, basta così. Forza, briefing, e poi potete andarvene a casa».

Voltò le spalle al suono delle risate e si concentrò sulla lavagna per l'ultima volta.

«Ecco qua, capo. Un altro per tenerla in piedi ancora per un po'», disse Debbie, porgendole una tazza fumante di caffè.

«Grazie. Come siamo messi con le scorte?»

L'agente strizzò l'occhio. «Farò un nuovo ordine domani, non si preoccupi».

Una volta che il personale in uniforme e il personale amministrativo si unirono a loro, fece cenno a Kyle. «Abbiamo già i risultati dei test del DNA dal laboratorio?»

«Sì, capo. Hanno confermato che il sangue di Molton corrisponde ai campioni prelevati dai vestiti di Thommo trovati in quel cestino comunale, e alla macchia di sangue trovata sul biglietto da visita di Kasprak».

«Lo abbiamo incastrato». Kay strinse il pugno. «Questo, più la sua confessione, la Procura della Corona avrà abbastanza da fare, ma almeno è un inizio».

«E tutte le altre vittime, capo?» disse Debbie, con gli occhi spalancati. «Cosa facciamo per loro?»

«Dovremo lavorare con l'avvocato di Molton per vedere se il suo cliente ci darà dei nomi, se li conosce, e dovremo estrarre tutti i registri per morti sospette in lungo e in largo per il paese». Kay espirò. «Ci vorrà tempo, ma credetemi, lo accuseremo di quanti più omicidi possibile in modo che la Procura possa chiedere che trascorra il resto della sua vita dietro le sbarre».

Un sospiro collettivo filtrò attraverso la squadra.

«Inoltre, ho bisogno che venga preparato un

comunicato stampa da diramare domani mattina per prima cosa. Gavin, ti dispiacerebbe occupartene? Dovrà essere inviato alla centrale nel caso vogliano aggiungere qualcosa sull'indagine in corso relativa ad altri casi, ma per ora concentrati solo su Molton che è stato incriminato per l'omicidio di Tansy».

«Sarà fatto, capo».

Continuò a delegare i diversi compiti alla sua squadra, affrontando una per una le questioni in sospeso sulla lavagna, prima di alzare la mano per chiedere silenzio. «Sono orgogliosa di tutti voi per la dedizione dimostrata durante questa indagine. Non è stato facile, e mi rendo conto che per alcuni di voi ciò che stiamo affrontando avrà delle ripercussioni per molto tempo. L'ho già detto, ma se avete bisogno di parlare venite pure da me. Ci sarò sempre per voi, ed è anche disponibile un aiuto professionale in via confidenziale, quindi non abbiate paura di chiedere. Non ha nessuna implicazione sulle vostre capacità in qualità di agenti di polizia, e a volte non possiamo parlare di queste cose con le nostre famiglie. Sono stata chiara?»

Ci furono cenni del capo e mormorii di assenso nella stanza, e lei sorrise prima di prendere la sua tazza di caffè. «In tal caso, finite tutto quello che potete nella prossima mezz'ora o giù di lì e tornate a casa. Ci rivedremo qui alle nove di domani, così potrete concedervi una parvenza di dormita, e voglio…»

Si interruppe quando il telefono sulla scrivania di Barnes iniziò a squillare, e aggrottò la fronte quando lui rispose e scoppiò a ridere.

Confusa, lo osservò mentre mormorava una risposta all'interlocutore, poi si asciugava le lacrime dalle guance, ansimando mentre cercava di riprendere fiato. «Sì, certo, glielo farò sapere».

La sala operativa piombò nel silenzio mentre riagganciava la cornetta, poi lui la guardò e sorrise.

«Era Adam, capo», disse. «Dice che forse è il caso di comprare altri cespugli di rose domattina».

«Cosa?» Kay abbassò la tazza di caffè. «Vuoi dire che Hovis...»

Il suo collega controllò l'orologio, ancora sorridendo. «Già, e secondo la nostra scommessa, ho guadagnato quattrocento sterline, grazie».

Lei si guardò intorno mentre il resto della squadra iniziava a ridere, fulminandoli tutti con lo sguardo prima di tornare a Barnes.

«Quella maledetta pecora. Giuro che se continua così non arriverà a Natale».

FINE

L'AUTRICE

Prima di dedicarsi alla scrittura, Rachel Amphlett, autrice di romanzi polizieschi tra i più venduti di USA Today, ha suonato la chitarra in una band, ha lavorato come comparsa in TV, al cinema e nell'editoria come assistente editoriale.

Ora impugna una penna al posto del plettro e scrive polizieschi. Ha oltre 30 romanzi e racconti all'attivo che vedono come protagonisti spie, detective, giustizieri e assassini.

Appassionata di viaggi e investigatrice privata per caso, Rachel ha la cittadinanza australiana e britannica.